I0553035

En la cumbre de la Esperanza

Pastor Castillo

Editorial Lunetra

A mis nietos, Ivón, Carlos Andrés Jr. y Victoria

Índice

Una cumbre cubana para La Esperanza

Confieso que con esta novela me he reído, se me ha escapado alguna que otra lagrimita y, sobre todo, disfruté del ingenio del autor para contar cosas aparentemente cotidianas e intrascendentes y convertirlas en una grandilocuente historia personal, que pudo ser mía o tuya, de cualquier cubano.

En la Cumbre de la Esperanza, ópera prima del cubano Pastor Castillo (Pinar del Río, 1945), es una novela bien fundamentada, que conmueve, exalta y estimula el deseo de leerla hasta el final, logro del autor con una historia hilvanada a otras muchas, mediante un narrador en primera persona, que nos ayuda a transitar por diferentes espacios de locación y en el tiempo, de una manera coherente y cronológica.

Sin querer encasillarla en un género, estamos ante una novela con mucho de costumbrismo, velado humor criollo cubano y una manera muy del autor de explicar la realidad, su realidad desde el ambiente bucólico de un punto en la geografía de su natal Pinar del Río, hasta la ciudad soñada de París y otras urbes cosmopolitas adonde le llevaron sus andares mundanos.

Hay en esta obra de fuertes matices autobiográficos, una mezcla bien sazonada de realismo sicológico, a partir de fusionar la realidad y la fantasía del protagonista y de los personajes que tienen vida propia en una ficción con prevalencia de las emociones, tanto en las descripciones como en los diálogos, que en ocasiones, son monólogos.

Ese tono anecdótico y burlesco, le permite al autor, sin satanizar ni desprestigiar su entorno, criticar los vicios sociales y los errores políticos de los hombres que ejercen el poder en su Cuba y en otras naciones recorridas. A veces lo hace de manera subrepticia, entre líneas, pero otras con toda la fuerza de la denuncia.

Ese tono anecdótico y burlesco le permite al autor, sin satanizar ni desprestigiar su entorno, criticar los vicios sociales y los errores políticos de los hombres que ejercen el poder en su Cuba y en otras naciones por las que transitó en su accidentada carrera hacia el amor. A veces lo hace de manera subrepticia, entre líneas, pero otras con toda la fuerza de la denuncia.

El amor que trasluce en la narración por el ambiente local, su familia campesina, poco instruida y muy creyente de las múltiples maneras de tratar de explicar lo que no se conoce; el uso y abuso de costumbres y herencias culturales, me retrotrae al Costumbrismo, como corriente artística y literaria, que expresa interés por lo circundante sin dejar de exponer sus frustraciones, tal cual lo hace el autor, mediante su protagonista principal y una pléyade de personajes secundarios exponentes de cada momento histórico narrado.

El personaje principal, niño campesino de ojos de asombro ante el descubrimiento de una familia peculiar, con nombres extravagantes: Chila, la barajera; Gregorio, el muerto que acude al llamado de la abuela Iluminada; Juana la Grifa; la chiva Rompetambor, Altagracia, la amante del juez; la Prieta, su hermana…, pasa a ser el adolescente que se ve involucrado en el clandestinaje de la naciente revolución de Fidel Castro, para verlo luego convertido en el doctor Rafael en misión en las Islas Seychelles.

Es así que reaparece como el Guajiro de una conocida prisión cubana, tras su escapada con una amante a París, para finalmente, en calidad de emigrante, el médico competente sigue confabulando en su mente todas las historias, anécdotas, misterios de santeros y cartománticas, de fábulas de tesoros escondidos, y de una dramática realidad que le tocó vivir hasta preparar un viaje a su semilla, desgranada en sentimientos que tocan el alma del lector.

La mezcla sustancial de una intención moralizante y didáctica con mucho de romanticismo desgrana elevado amor por lo popular y lo típico de donde nació y de cada lugar descrito en sus andanzas.

Sin dudas, Castillo domina la magia de narrar, de contar y enganchar al lector en su manera personal de contar los cuentos, que tienen afilados matices de realidad y lleva al lector a solidarizarte con Rafael y su amada Beth, con su hermana La Prieta, y con toda esa sarta de personas con nombres raros y cómicos, muy a lo campesino, que aparecen una y otra vez en la obra.

Es una novela que conmueve, pues tiene de todo: romance, crítica social, historia, revelaciones de la cultura cubana y de otros lugares, descripciones detalladas y hasta detallosas, algo de suspense, mucha cubanía y velada comicidad, justo lo necesario en cada caso.

Para ello, el autor hizo derroche de su humor criollo y guajiro hasta en los ingeniosos nombres de integrantes de su familia, de los habitantes de La Esperanza y de la cárcel a la que fue condenado por burlar lo establecido e irse sin permiso del gobierno cubano a desandar París (que le valió mucho más que una misa) con su amante, una mujer bella y amorosa que lo llevó por el ¿buen, mal? camino de lo desconocido.

Que lo insólito es muy simple y puede palparse en la pura realidad, lo deja plasmado Pascual Castillo en este texto, demostrativo de que lo africano vive en Cuba en sus credos, sus espíritus y su cultura, como herencia ancestral de esclavos.

Lo auténticamente sentido, lo reafirma el personaje de Rafael, médico conocedor de París, de las Islas Seychelles, de ciudades africanas y de las más cosmopolitas urbes estadounidenses, cuando dice: *"Quizá no pueda llamar a mis primeros tiempos, mi tiempo dorado... los recuerdo como si hubieran sido los mejores".*

Después de múltiples correrías, ante la incertidumbre de las expectativas con que lo recibirían sus familiares y amigos al regresar a Cuba, y por el miedo implícito en el emigrante de no saber cuál es la mejor carta por mostrar —si contar todas las zozobras, los fracasos, el llanto, la nostalgia, o las cosas hermosas no vistas antes por ninguno de sus interlocutores—, Rafael se aconseja y piensa: *"no debo contar de la misa, la mitad"*

Castillo es muy asertivo, pictórico, al describir costumbres, folklore y usos en los campos pinareños, jugando con lo más autóctono del cubano, sus miedos, sus cuentos, sus magias, sus creencias, para trasladarlos a una representación literaria que confirma por boca del protagonista: *"Sin recuerdos no sé vivir"*.

¿Se puede calificar a *En la cumbre de La Esperanza* como una novela comprometida con el proceso social en Cuba? Esta interrogante se la dejo al lector para que haga su propio juicio. Yo tengo mi respuesta.

Zenaida Ferrer Martínez
Periodista y escritora

PRIMERA PARTE

Made in USA

Un misterio envuelve a La Esperanza. Desde su colina más empinada asomaba mi casa toda pintada de blanco con sus puertas y ventanas de un verde ya no tan oscuro, donde lo más acogedor era el aire fresco que nos llegaba del noreste y con él, los olores de la albahaca y del jazmín. Los pequeños guayabales, las arboledas de mangos y las palmas reales, animaban aquel paisaje rayano a una cordillera de moderadas montañas.

Es cierto que no lo pedí, me hicieron, una fría mañana aparecí. Y como a casi todos, mucho antes de tener cuerpo y figura, un nombre me pusieron, con el perdón de las ilustrísimas señorías que lo han llevado, horrible a mi parecer. Le hubiese correspondido a mi hermano mayor para contentar a mi abuelo, pero mis padres no lo tuvieron en cuenta, o lo dejaron para el final como señal de que yo haría las conclusiones de aquellas incómodas ceremonias nocturnas tan carentes de privacidad. El caso es que el nombre estaba esperándome a la puerta de salida o de entrada. Todavía hablan de mis berrinches, mis gritos sin intervalos: no me cansaba, debe haber sido por lo del nombre, Rafael.

La cuna donde me depositaron permanecía colgada al caballete del cuarto por dos sogas fuertes encargadas de sostener la armazón de marabú[1] revestida con un forro de sacos de harina de trigo, matizados por grandes letreros rojos que dejaban ver "Made in U.S.A".

---

[1]*Dichrostachys cinérea*: Alcanza por lo común alturas máximas de 4 a 5 m. En Cuba es una plaga invasora; su madera es muy dura, inmune al ataque de hongos e insectos, tiene buena combustión. (*Todas las notas son del Editor*).

Algo más aliviada mi madre, entró al cuarto Chila, la barajera. Pocos prestaron atención al chocolate Nestlé que Chila llevaba bajo el sobaco, tenían su mirada puesta en tía Iluminada, la seguían con la vista porque de arriba abajo, sin ningún apuro me revisaba. Y sucedió que se detuvo en mi cabeza y mis manos, viró la vista hacia arriba, comenzó a tomar una extraña expresión y habló en lengua extraña. Aunque apenas comprendieron, todos sabían que con ella había que contar, porque donde la Iluminada ponía el ojo, daba en el blanco. Era una clarividente[2].

Cirilo estaba allí, convencido de no tener marcha atrás lo visto y oído, y que bien pudiera a puño y letra quedar escrito en un papel, porque también tía Iluminada era entendida en esos menesteres. El pobre hombre no tuvo aguante, en cuanto colocó los dos pies en su casa contó lo sucedido a Anastasia, su mujer. Y por no ser Anastasia exagerada en los decires, esperó el amanecer para poner el mensaje a consideración de la opinión pública del barrio lo mejor acomodado posible, pero como suele suceder con los dimes y diretes entre vecinos, se fue popularizando el decir de Anastasia, las cosas habladas cambiaban de color, se tornaban castaño oscuro, cogía vuelo lo supuestamente expresado por la Iluminada. Algunos sustituyeron colorines por pinturas, tomaban en cuenta que la Ñata[3], una de mis hermanas, con un trozo de carbón pintaba los troncos de las palmas y cuanta cosa encontraba por delante; también hacía muñecos y vasijas de barro, mas era dudoso que el espíritu de una hermana viva pasara a quien

---

[2]Juego de palabras a partir del nombre de la tía y la "capacidad" para predecir el futuro y establecer augurios como en este caso.
[3]Familiaridad para referirse a las personas con la nariz aplastada

recientemente había salido del vientre de la madre, ¿de qué manera si todavía no abría los ojos pudiera conocer la afición de la Ñata por tales cosas? Yo no tenía parecido alguno con el Cristo de las estampillas del cura, tal vez en algo al Cristo del Guayabo, esto último sería de muy mala suerte. El del Guayabo, además de ser extremadamente estrafalario y bastante feo, perdió pronto su escasa reputación, las cosas terrenales le incitaban a cometer escandalosos pecados como el último que, fresquecito viajaba de boca en boca: "Los González cayeron en la trampa, Adolfina, la hija mayor, no se podrá casar vestida de blanco: la culpa la tuvo el Cristo".

Lo peor decían de mí, la cabeza no tenía correspondencia con tan pequeño cuerpo, sería no más que un tramposo, jugador de gallos finos. Los menos moderados hablaron en contra de lo que Dios manda, de los cojones y algunas cosillas que el recién nacido hacía.

Montó en cólera tía Iluminada cuando conoció semejantes murmuraciones, arremetió contra los malintencionados lengüilargos, la interpretación del mensaje transmitido por su muerto Gregorio nada tenía que ver con los desproporcionados comentarios circulantes. Dio por cierto que le dijo del niño cosas muy grandes, tremendas, tremendísimas, embrollos casi al punto de no poder desenredarse, tendrían que acopiar paciencia, esperar mucho tiempo para conocer la verdad. Advirtió requetebién: "*En caso de repetirse tales insidias, le comunicaré por escrito al cura, al americano, y a Bienvenido el curandero, los nombres de sus seguidores implicados en tales cizañas para que tomen carta en el asunto. No se lo notificaré al Cristo del Guayabo, no merece la pena, tampoco le daré participación al alcalde, el pobre hombre siempre en babia*".

Ante tan malos augurios, tía Iluminada se apresuró a recomendar que con urgencia me bautizaran. Era muy probable, o mejor dicho, rotundamente lo aseguró: *me habían hecho mal de ojo*. En los atardeceres comencé a tener fiebrecitas, y las oraciones a los santos encargados de esa tarea no me valían de nada, iba de mal a peor.

El problema tomaba visos de complicación, mis padres, fieles seguidores de los protestantes, aceptaban el bautismo por inmersión, el bautizado debía tener la mayoría de edad; los abuelos paternos y maternos precisaban que se cumpliera lo dicho por el muerto, creían en Dios, aunque no descontaban el criterio de los difuntos, cual Moisés que hablaba con Dios, pero visitaba al faraón. Sin detenerse en más consideraciones se propuso ella para madrina y a Cubano como padrino.

Con el pasar de los días la disputa palidecía, quienes serían mis favorecedores me llevaron en brazos a la iglesia del pueblo en una fría madrugada de febrero. Y resultó que, a pesar de todos los reclamos humildes, mansamente solicitados al cura desde la ventana de su habitación, añadidos los improperios desesperados que después gritaron, ni siquiera se levantó. Ya tenía fiebre muy alta, viraba los ojitos en blanco y, para colmo de males, dicen que comencé a tener diarreas verdosas con un hedor que apuntaba hacia lo peor. Mientras, el párroco vociferaba malhumorado: *"Hostias, esta no es hora para tales menesteres; además, desde hace tiempo no tengo agua bendita"*. Atados de pies y manos habían quedado mis probables padrinos, poco podían hacer.

El sol ya estaba rompiendo la noche cuando llegaron conmigo a La Esperanza. Algo de buena suerte, frecuentes visitas de Gregorio a tía Iluminada, rezos, cocimientos de cogollos de almácigo y otras yerbas, lentamente hicieron posible mi recuperación, con las consecuencias de que sin comérmela ni bebérmela cargara por mucho tiempo con el sobrenombre de "Judío".

Agua de río

El crecimiento de mi barriga y la comedera de dientes que yo formaba cada noche me los curó Antoñica Izquierdo. Descarnada pero fuerte era Antoñica, no había podido doblegar la fiebre de su hijo, a horcajadas se lo echó a la espalda; era domingo, nadie quiso acompañarla.

Escalaba montañas, atravesaba ríos, sepultaba el cansancio. El sol estaba en su apogeo, el calor ardía en sus cabezas, se acercaba al Valle, el valle grande que todos quieren ver porque es hermoso como no hay otro; lo rodean mogotes cual enormes elefantes engañosos con apariencia de estar dormidos. Nadie puede ignorarlos, evadir la mirada: inconmovibles, fieles vigías de aquel paisaje permanecen ante los ojos del viajero. Antoñica no pensó en eso, solo se contentó cuando llegó al punto más alto, al mirador; para entrar al pueblecito escondido en otro valle solo le faltaba bajar, por curvas resbaladizas, siempre bajar.

Un caserío de madera con techos de tejas rojas, mugrientas ya por el tiempo era todo cuanto había en aquellas dos callejas largas y estrechas. Silencio encontró, en silencio permanecía aquel pueblo falto de vida. Antoñica voceó, vociferó, gritó. Ni el médico, ni el boticario, ni la Casa de Socorro[4] respondieron a sus clamores, no abrieron las puertas. Creyó estar viviendo un sueño al revés, un sueño de cosas ciertas a las que no daba crédito.

---

[4]Centro para los primeros auxilios médicos.

El asfixiante sol de agosto no le hacía daño, en subidas y bajadas andaba cuando un perro grande con aullidos de derrota la perseguía. No lo oía, no tenía fuerzas para oírlo. Candelillas se le hacían en los ojos mientras caminaba por tan aletargado lugar. Junto a la acera, resguardados por la sombra de los pinos, unos hombres jugaban dominó, disimularon su presencia cuando ella se les acercó: habló, suplicó: no le hicieron caso. Un grupo de pilluelos se unió a los persistentes ladridos del perro, y a todo pecho le gritaban: *"¡Vete! ¡Desaparece, desaparece!"* Nadie nunca le habló de los perros, los pillos, que nadie oye, la muerte sin razón: lo horrible. Fatigada a más no poder, no tuvo otra alternativa que emprender el regreso a la montaña, a los Cayos de San Felipe donde vivía.

Atrás había quedado la carretera. Tiempo llevaba por el polvoriento camino cuando comenzó a sentir miedo, miedo de las hojas que caían de los árboles y la fuerza del calor del sol las hacía rechinar y partirse al menor contacto, miedo del canto de los pájaros, del silencio: miedo a dormirse caminando.

"Endereza la cabeza para que me pese menos. No te duermas, es malo dormirse cuando se tiene calentura. Despierta. No te preocupes por los mugidos de los bueyes, cuando lo hacen así es mala señal, pero no, no te pasará nada. Endereza, no andamos solos. Dicen que Dios castiga, pero a ti no, eres muy inocente para haber hecho algo que no le guste. Muévete, muévete aunque sea para saber que…Hijo, estamos llegando al río limpio, cerca del último, no descansaré, no tendría fuerzas para levantarte después, ni para levantarme yo, no las tengo, no puedo. Pareces desmadejado, anímate, toca mi cabeza con tus manos, hazlo fuerte para sentirte, mi hijito.

"Oye esto que te digo: Tú vivirás, vivirás para hacer el cuento, y lo harás completo, completico. Por lo que más quieras, no te duermas ahora, tu madre te habla, necesito hablarte. Tienes que contar lo que nos sucedió, cuenta desde el pi al pa, no puede faltar nada de lo que nos pasó en el pueblo. Yo, con mi abrigo de astracán, a punto del mediodía con el sol acribillándome ni cuenta me daba; ya no necesito quitármelo, tampoco puedo ahora, estoy muy débil. Si me descoyunto en el camino coge mis fuerzas, las de antes, cógelas hijo para que tu voz se oiga. Di del silencio, de las puertas que no se abrieron, de los jugadores de dominó, Pensándolo bien, será mejor calles el suceso de los chiquillos y el perro, eso nos desacredita, nos echa por tierra. Al río y la montaña se lo dices todo, grítaselo a ellos, nos conocen bien, saben que somos honrados y no pedimos ni cogemos más de lo necesario, que no quede nada ni nadie sin saber lo que nos pasó".

De las que saben batallar, de la raza dura era Antoñica. Sus cabellos siempre hacían dos conchas hasta taparle las orejas y, una negra cola de caballo le llegaba a su cintura, ahora, revueltos andaban, sin rumbo a merced de alguna racha de aire.

El camino tupido por los árboles y la humedad le hicieron sentir la cercanía del otro río, el grande, ya cerca de su casa, el que con sus bramidos anunciaba la lluvia fuerte desplomándose por las cabezadas, el verdaderamente suyo. Falta de aliento, desfallecida por tantas horas subiendo y bajando lomas todo lo creía perdido, pero no pudo evitar los recuerdos, la alegría disfrutada por las tardes cuando bajaba con sus hijos a comer frutos silvestres y a bañarse como lo había hecho toda la generación de los Izquierdos; las biajacas[5] que su esposo pescaba allí no tenían sabor a fango, aquellas no, hasta en caldo con un poquito de sal se podían comer y eran buenas para aclarar la mente, no tener perturbaciones. Con cañabravas[6] y bejucos habían tendido un puentecito colgante porque no siempre las aguas cedían el paso. Las pomarrosas se entretejían y formaban un techo que no dejaba entrar el sol, por eso era oscuro y húmedo.

Aquel paso de río daba de qué hablar, a unos les divertía, otros temían sus bravuconadas y algunas cosas que se ven o son dichas tal vez por miedosos. No había alternativa posible, era la tabla de salvación. Se acercó a la margen derecha para hacer el necesitado pedido de consuelo que apenas logró.

En aquel silencio de monte en tiempo de seca, mientras colocaba al niño sobre una gran piedra gris, un sijú[7] emprendió su canto. El sijú es un pájaro feo, sus patas largas sostienen el cuerpo con su lomo blanco manchado de rojo, sus ojos amarillos y saltones en una cabeza grande y redonda no lo pueden hacer lucir peor. Desagrada el sijú, nadie quiere escucharlo. Pero Antoñica agotada hasta el límite, exhausta, no se dio cuenta del canto anunciador de la muerte; sus manos comenzaban a buscar un descanso y

---

[5]*Nandopsistetracanthus.* Pez endémico de Cuba que puede llegar a los 20 cm; era común en los ríos y arroyos, por lo que era muy utilizado por los campesinos en su alimentación.

[6]*Arundodonax.* Es una especie de planta herbácea semejante al bambú, del que se diferencia porque de cada nudo sale una única hoja que envaina el tallo.

[7]*Glaucidium sijú.* Conocido en inglés como *Cuban pygmy-owl*; es un mochuelo o búho pequeño que habita en toda Cuba, de alrededor de 17 cm es el más pequeño de los búhos antillanos.

su cuerpo adormecido un alivio; sus pies no despertaban, su cuello no cedía al más mínimo movimiento.

Tendida en el suelo, yacía aletargada desde no sabía cuándo. Un eco bajaba desde las montañas, rebotaba en las piedras y se perdía resonando contra las ramas de los árboles hasta chocar con la dureza de los mogotes. Muy lejos se iba el eco y otra vez regresaba para hacer el llamado: *"Sumérgelo en el agua, sumérgelo en el agua, sumérgelo, hazlo tres veces, hazlo"*. Sordo comenzó a llegarle hasta lograr descifrarlo cuando un esfuerzo supremo la llevó a sobreponerse de sus exiguas fuerzas, le urgía someterse al mandato.

Cumplió de la mejor manera posible la orden hasta dejar acostado a su niño en una piedra con vetas blanquecinas. Acaso todavía palpaba el menudo cuerpecito cuando advirtió sus intentos por moverse, las manitas y sus pies se lo decían, acaso temblaba. Aunque no le pareció tan caliente, le fue imposible alegrarse, tendida a su lado quedó inconsciente esta vez. ¿Cuánto tiempo transcurrió?, nadie lo sabe.

"Mamá, mamá, el eco, es el eco. Despierta, despierta mamá, el eco está bajando, te habla, dice tu nombre, lo dice clarito, escucha, mamá".

"Antoñiiica, Antoñiiica, desde hoy curarás a todo el que venga a ti. Curarás con el agua de este manantial, tres veces la echarás en la cabeza de los enfermos y tres veces repetirás, ¡perro maldito, pa' los infiernos!, como hiciste con tu hijo".

Continuaba el niño atento a lo que sucedía, el eco hacía rondas, llegaba una y otra vez, no se cansaba. Fue desperezándose la madre. Tocó al hijo muchas veces, creía imposible su recuperación. Sin apenas dar crédito al momento que estaba viviendo, al milagro concedido, torpemente se desprendió de su abrigo, seco ya. Y mientras con una mano palpaba el agua del río, y con la otra creyendo tocar la cima de la montaña, en un acto de suprema purificación, inició un derroche de loas al río y la montaña, a ellos juró poner todo su interés en cumplir la orden dada: curaría enfermos.

Si bien la funesta jornada la condujo hasta las puertas de la muerte, a partir de ahora todo sería distinto. No se tomó tiempo para reponerse de la fatiga y el cansancio, transformada llegó a su casa, desconocida había regresado. En su duro rostro aparecían sus ojos extrañamente abiertos, daba espanto aquella mujer quien antes, sin abrir la boca, apenas con un gesto orientaba a su prole, tampoco acostumbraba a hablar cuando no era el caso, menos aún, alardear; ahora daba órdenes contundentes y precisos mandatos a su esposo, hijos, nietos, nueras y yernos, que eran muchos y muchas. De su boca salieron estas palabras: *"Curaré, curaré con agua del río a todo el que venga a mí. Busquen adónde ir, llévense los trastos, nada ni nadie me debe causar molestias. Necesito tranquilidad. ¡Desaparezcan!, ¡háganlo cuanto antes! Y que en la pipa nunca me falte agua, agua pura del manantial que alimenta al río".* Nadie comprendió su actitud, sin embargo, a toda prisa se dispusieron a obedecerle.

Su nombre y su apellido, Antoñica Izquierdo, comenzaron a tomar fuerza. No puede imaginarse la rapidez con que se poblaron los caminos en busca de la mujer milagrosa, la que curaba con agua. En escaso tiempo aparecían enfermos con las más variadas dolencias, diferentes edades, credos, grupos sociales. Proliferaban mendigos, prostitutas, proxenetas. Algunos oportunistas habilidosos dispuestos a explorar aquel ambiente aprovecharon la oportunidad para poner pequeños negocios, de todo había en aquel pueblo improvisado. Era algo que nadie comprendía, extrañísimo, único, pero la necesidad y la novedad atraían cual imán, Antoñica no cobraba ni aceptaba dádivas.

Hacía tiempo me estaba creciendo la barriga, pasaba las noches masticando los dientes, a veces tenía fiebre alta. Se le antojó a mi madre era el justo momento para verme esos problemas y otros tantos que tenían mis hermanos y parientes, iríamos en busca de Antoñica, la mujer que lo curaba todo. A la Ñata no la llevaron, ya Juana la Grifa[8] le había curado el vicio de comer tierra que la tenía tan pálida y menuda. Durante nueve días antes de que el sol comenzara a calentar, juntaba nueve pilitas de tierra del jardín; de su parte más alta, una a una, a punta de dedos cogía un poquito y lo revolvía hasta ponerlo a hervir con agua. Refería la Grifa la obligación de dejar asentar el preparado como se hacía con el café carretero, una vez tibiecito se lo daba a tomar. Así la Ñata perdió el vicio de comer tierra, retomó su color, por eso no fue con nosotros. El carretón donde nos llevaron no era muy grande, dos viajes resultaron escasos para tantos necesitados.

Un mar de gente había tomado aquellas montañas. Luces de gas, de petróleo, linternas, pequeñas fogatas y, también una plantica eléctrica iluminaba el lugar. Presenciaba yo las estrellas del firmamento y las de la tierra. No recuerdo haber visto antes un pueblo cuando era de noche, muy hermoso si lo miras desde un alto.

Muy feliz de encontrarme en mi primera gran aventura disfrutaba cada momento. En tan estupendo paisaje, increíblemente admirable un río grande se interponía ante

[8]Sobrenombre para las personas, en especial las mujeres, que tienen el cabello enmarañado.

nosotros, también mogotes que semejan elefantes. Trataba de no mirar a los visiblemente enfermos, los deformes, a no ponerle la cara a lo feo, a veces horrible. Era un niño más en aquel extraño desorden que en cierta medida disfrutaba.

Tres días habían pasado cuando mi hermana la Prieta y Tesoro, lograron meter mi cabeza no tan pequeña por una ventanita, como a tamal de maíz me apretaban por la cintura, y yo, asustado pataleaba. Las facciones contraídas en el sobrecogedor rostro de la mujer que me rociaba el agua por la cabeza mientras me repetía, *"perro maldito, pa' los infiernos"*, me hacían observarla hasta en el más mínimo detalle. Una huella trágica, un sabor amargo dejó en mí para siempre. Empapado salí de allí, como todos, diciendo que mi barriga estaba más chica, me sentía muy bien. Al escuchar tales palabras, quienes esperaban su oportunidad ardían en deseos de su gran momento. Nadie podía detener tamaña mole humana dispuesta a no retirarse.

Con el pretexto de la falta de higiene, las santanillas, las garrapatas, los ratones, los mosquitos y los incontrolables problemas sociales que se estaban presentando, apareció la Guardia Rural y se llevó a Antoñica. Suficiente razón para resolver lo que dieron en llamar un caos. La condujeron hasta la capital de provincia, le celebraron un juicio y le prohibieron sus prácticas de curandera. Mientras, las protestas de los médicos y boticarios por la carencia de pacientes y la poca venta de medicamentos a partir de la nueva forma de curar, no salió a la luz, por mucho tiempo quedó en el tintero.

Altagracia, la amante del juez del pueblo, puso el grito en el cielo, había llegado con su juego de cuarto, incluyendo cómoda y espejo; lo mandó a proteger de los envidiosos y las malas lenguas con una lona sujeta por cuatro estacas bien orientadas hacia los puntos cardinales bajo la sombra de un frondoso algarrobo. También había guásimas[9]centenarias con abundante follaje, pero no quiso situarse debajo de una de ellas por su mala fama de ser buenas para ahorcarse. La hermosa mujer, a pesar de los pesares, estaba dispuesta a no irse de allí hasta conseguir una respuesta a su situación. Por extraño que pareciera, se rumoraba la preocupación por conocer la parte del cuerpo por donde le rociarían el agua a Altagracia, quien no aparentaba padecer dolencia alguna: era una rosa, un bombón de chocolate, ninguna enfermedad asomaba en ella; también chismorreaban que su problema estaba localizado de la cintura para abajo, *culerías* suyas. El caso era que, con espejuelos oscuros, traje de dril y corbata roja, andaba el juez tremendamente sofocado por aquellos espinosos matorrales chorreando sudor sin importarle el qué dirán. No le perdía pie ni pisada a Altagracia, no salía del pueblo inventado, el pueblito del agua como comenzaron a llamarle.

Pero Antoñica era una mujer de fe, persistió en el cumplimiento de la tarea encomendada por el eco. Otra vez se poblaron las montañas, su prédica tomó nuevas fuerzas, de más lejos aún, desde las orientales provincias llegaban en busca de la mujer que curaba con agua: la curandera se estaba convirtiendo en un problema nacional.

Nuevamente la Guardia Rural entró a su casa, sin miramientos cargó con ella para el desatendido y desprestigiado hospital de locos de la capital, allí la

_____

[9]*Guazumaulmifolia.* Árbol nativo de la América tropical, muy ramificado, que puede alcanzar los 20 m. de altura.

dejaron. No faltó quien viera cómo disimuladamente el presidente de La República acudió en busca de su ayuda, pero ella no hablaba. No habló. Solo la contentaba salir al patio, mirar las palomas y escuchar los pájaros en el jobo[10] grande. Andaba triste. No aprendió a vivir sin el río y la montaña. Un amanecer no pudo más, el eco en forcejeo con la muerte se la llevó. Se la llevó Allá, al mismo lugar de donde había salido. Se fue para seguir resonando.

Ni el tiempo ni la ciencia han podido arrebatar la costumbre de curarse con agua, los acuáticos siguen fieles a su legado. Ella me curó la barriga y la comedera de dientes, no es la primera vez que lo cuento. En la intimidad de un paisaje estupendo, cerca del camino, sentados sobre una piedra a la orilla del arroyo de los magueyes, mientras Rompetambor pastaba, entretenidos en ver cómo las piedrecitas que tirábamos hacían burbujas en el agua turbia, puse al tanto a mi buena y linda Margarita de todo lo sucedido: lo de mi barriga grande y la comedera de dientes. no, me dio vergüenza.

---

[10]*Spondiasmombin*. Conocido en el Caribe anglófono como *yellowmombin* o *hog plum* y en Jamaica *Spanish plan* o *gulay plan*. *La fruta*, grande, tiene una cáscara correosa y fina. capa de pulpa, que puede tanto comerse fresca, o hecha zumo. Puede llegar hasta 25 m. de alto.

Expectación

Fue Rompetambor mi primera gran prenda, me lo habían regalado desde el vientre de la madre chiva, nadie hubiese podido pensar que era mi mascota, no lo era. Ante mis vivaces ojos de niño, el animalito llegó al mundo con un color pardo que no me gustaba, lo hubiese preferido cual la flor del naranjo, con botines y un lucero en la frente simuladores de la noche, porque en sus travesuras, confundiéndose con la yerba seca se me podía extraviar. Como tal cosa no dependía de mi gusto, comencé a quererlo.

El nombre Rompetambor me lo propuso Catulo, me gustó no por su belleza, tal vez otro pudiese ser más agradable al oído, sino por la relación que guardaba con la expresión *"chivo que Rompetambor con su pellejo lo paga"*. Seguro estoy, yo no cumpliría tal sentencia, lo quería demasiado, pero le exigiría el cumplimiento de sus deberes.

Apliqué toda mi sapiencia campesina en la instrucción del chivito, me esmeraba cuanto podía, le hablaba cual si fuese capaz de entenderlo todo. Mis aspiraciones para con él eran muy elevadas, llegaría a convertirlo en un Gran Chivo. Juntos comenzamos nuestras andanzas, primero hasta el lindero que marcaba el redondel de La Esperanza, después extendimos las caminatas desde la casona grande de mis abuelos maternos hasta la finca de los americanos, con el paso del tiempo alargábamos los recorridos, llegábamos muy lejos, nadie me imaginaba sin la compañía de mi chivo.

Noble animalito, cobijado por la sombra de un mamoncillo[11] me esperaba para llevarme sobre su lomo de regreso a casa, en tales situaciones siempre sospechaba pudiera sucederme lo peor, sus berridos desesperados me lo decían.

Ocurrió un Sábado de Gloria. Apenas acababa de llegar a mi casa cuando mamá me entregó un listado y dos pesetas[12] (cuarenta centavos), la comida de la tarde y algún sobrante para el otro día. La idea me agradó, la bodega estaba lejos, así Rompetambor tendría la posibilidad de reafirmarse como mi medio de transporte, y, yo sacarme el gusto de andar en él. Muy divertidos haríamos el viaje. Aproveché, porque era el caso, para explicarle no se metiera con las chivas que viera por el camino, podía acarrear grandes problemas, afectar su buena reputación y el reconocimiento de ser el chivo mejor domesticado que alguien hubiese visto; cuando llegara el momento le buscaría su merecida hembra.

En efecto, hice el recorrido muy animado, era el primer viaje largo en compañía de Rompetambor, suficiente razón para sentirme feliz. No debo ocultar su extrañeza al ver aquel camino grisáceo, grande y brilloso, llamado carretera. Aunque no conseguí modo de hacerle poner sus cascos sobre ella, no me molesté, había aprendido que todo lleva su tiempo. Así fue, cogimos por el trillo pegadito a la cuneta sin tener la menor idea de que lo peor estaba por venir.

Ante José Miguel el bodeguero, algunos clientes y otros curiosos, mi mano derecha entró en el bolsillo del

---

[11]*Melicoccusbijugatus.* Es un árbol frutalnatural de la zona intertropical de América apreciado por sus pequeños frutos comestibles.
[12]Moneda fraccionaria de 20 centavos.

pantalón, buscaba el dinero y el listado para realizar la compra. ¡Gran sorpresa! Sin saber cómo ni cuándo las dos cosas habían desaparecido. No puedo precisar mi reacción ni la de quienes hasta ese momento se habían entretenido en mirar con cierta envidia a mi chivo. Nueve personas esperaban por mí para comer esa tarde, sin incluir el café y las hojas de tabaco para mascar el abuelo Rafael.

Aquella gran desgracia guarda relación con mi primer proyecto de vida: pedirle al cielo una lluvia de pesetas que cubriera nuestra finca. Y fue tal mi convicción en la posibilidad del éxito y el desborde de mis esperanzas, única vía factible para la solución de tantas escaseces, que al amanecer del siguiente día había desaparecido el sabor amargo de lo sucedido, y todas mis energías en poner manos a la obra; lo haría con la mayor discreción, en guardar el secreto residiría el éxito.

Todavía con la humedad del rocío en los pies, mientras Rompetambor muy cerca disfrutaba de la yerba fresca, comencé por revisar la piña de ratón[13] que nos separaba de Pancho, el concejal; era él la comidilla de los vecinos, cuando hacia visitas, a la pregunta de qué había informado el noticiero, su respuesta siempre era la misma: —*"Estuvo muy bueno, desgracia mía, los muchachos interrumpieron y no pude comprender, ¡qué soles!, ¡qué calores!, ¡qué falta hace que llueva!"*. Ni hablar de sus tres hijos regordetes y blancos cual la leche, en la escuela, a la hora de la merienda siempre andábamos en pleitos, nunca me

---

[13]*Bromelia penguinlindl*. Es una planta común en toda Cuba, que se emplea para formar cercas y setos vivos en las fincas y en los patios de las poblaciones rurales.

cambiaron el boniato que les ofrecía por un pan con mantequilla o un durofrío[14] de fresa.

Crecí oyendo decir que el boniato es bueno para la vista y la calabaza robustece las pantorrillas, la abundancia de boniatos y calabazas no resolvieron ese problema en El Guayabo, pero estoy convencido de que el boniato da tremendas ganas de pelear, al primer golpe aquellos gorditos quedaban en el suelo. Cierta vez, le di con la derecha al del medio, cayó desplomado boca arriba, y no encontrando modo para despertarlo, a un compañero de aula le sobrevino la feliz idea de todos orinarle la cabeza; así fue con una mirada fija, bastante borrosa todavía apareció ante nosotros, y tras mucho batallar logramos enderezarlo.

Poco a poco corté algunas piñas de ratón, debía propiciar la caída de las pesetas en el justo lugar, no tomar en cuenta algún obstáculo sería imperdonable. Aunque todavía el cielo se reservaba las buenas noticias, lo vigilaba, no debía tomarme por sorpresa.

Después de un breve descanso seguí camino al lindero con León, el esposo de tía Modesta. Me gustaba atravesar su finca cuando iba para la escuela, siempre anhelaba se repitiera la suerte de aquel día cuando una abeja que también andaba en busca de mangos machos me picó en la planta del pie por donde al tenis se le había hecho tremendo hueco: excelente pretexto para regresar a casa y no asistir a clases.

Una cerca de alambre de púas era el lindero con León y Antonio Cañón. Me parece que fue hoy cuando Cañón, el

---

[14] Pequeño bloque de agua congelada después de haber sido endulzada y saborizada

esposo de tía Valentina regresaba de jugar cartas. El monte dormía el sueño de la medianoche, Cañón hizo lo que hacemos todos los guajiros[15]cuando la luna se recuesta y no quiere salir, a ratos chiflamos, a ratos cantamos para espantar el miedo que sentimos al andar con la oscuridad a cuestas. Que el diablo no por gusto es diablo lo tenía bien aprendido la Prieta, más lista que ninguna otra chica. En el trillo tupido por pomarrosas, paso obligado para muchos, colocó un espantapájaros con una vela iluminándole el rostro. Ante aquella insospechada aparición, Cañón no pudo reaccionar, perdió el control. Nadie volvió a ver su caballo y el infeliz hombre, completamente desorientado vagó por invisibles caminos inventados hasta el amanecer en aquella negrura de monte, mientras en su casa lo esperaba tía Valentina, de puro temblor, con el rosario en sus manos a punto de comérselo, rodeada por sus hijos tristes y legañosos. Cañón nunca dio explicaciones de lo sucedido, no se le escuchó hablar de lo ocurrido, pero quienes estaban enterados del asunto se daban perfecta cuenta, después de tan escandaloso incidente, en cada encuentro con la Prieta su rostro se desfiguraba, dos chorros de aire caliente salían por los huecos de su nariz y, sus orejas peludas tomaban apariencia de abanicos en plena faena.

Mientras tanto, yo enderecé cuatro o cinco postes de la cerca y empaté algunos pedazos de alambre de púas de la mejor forma posible. Todo parecía indicar que pronto iba a llegar mi ansiada lluvia.

Cada día Rompetambor se sentía más a sus anchas. Aquella mañana daba saltos enormes para alcanzar las

---

[15]Forma coloquial de referirse a alguien de origen campesino.

apetecibles hojas de piñón, larga era también la hilera de marañones viejos que nos aislaban del pedazo de tierra de Rufino, a quien llamábamos Cubano, aunque no lo pareciera, sin ningún reparo lidiaba muy conforme con la vida que le había tocado. Enamorado locamente desde muy joven de tía Iluminada, cuando le preguntaban por qué estaba solterón, no la había conquistado, Cubano respondía, *"yo se lo dije a ella, no pudo ser, no pudo ser"*. En realidad, a tía Iluminada para nada le gustaba aquel hombre, posiblemente en eso tenían que ver sus largas patillas y el color amarillento de su bigote, encargados de cubrir gran parte de tan enjuto rostro.

La corteza de aquellas matas de marañón advertía haber sido plantadas por nuestros antepasados. Me divertía ver cómo a la naturaleza se le ocurrió dar un fruto que tuviera la nuez por fuera, comía de ellos a pesar de su sabor áspero y picante, quizás su color rojizo me animaba, son buenos para mitigar el hambre. Masticando un marañón me encontraba cuando el recuerdo de la noche anterior comenzó a ponerme en aprietos. Rungo dijo que los viernes sin luna salía una luz verde del copo de la mata de aguacate sembrada entre el piñón botija[16] y el mamey Santo Domingo[17], pasaba por encima del caballete de mi casa y se posaba en el quiebrahacha[18] plantado cerca del

---

[16]*Jatropa curcas L.* Arbusto muy usado por toda la isla para formar setos vivos en cercas de las fincas y los patios.

[17]*Mammea americana*: Árbol similar en apariencia a la magnolia; puede alcanzar más de 20 metros de altura en zonas tropicales; su fruto es de pulpa firme, aromática y muy dulce, de color naranja a rojizo.

[18]*Guibourtiahymenaeifolia*: Árbol cubano cuya madera es muy apreciada, dura, resistente e incorruptible; puede alcanzar 50 pies de altura y un tronco de 16 pulgadas de diámetro. En la región oriental del país se le conoce como "caguairán".

pocito ciego. Era un espíritu interesado en cobrarse alguna cuenta pendiente de persona grande o chiquita. Por allí casi nadie debía nada, había muy pocos a quienes pedirle. Dado que Rungo también habló de persona chiquita, me puse en guardia, me dio por pensar me hubiese incluido en la posible sanción a cobrar por el espíritu noctámbulo que nos rondaba, me habían inculcado temor a los muertos, de manera especial a quienes habían sido malos en vida, y yo estaba haciendo cosas que guardaban relación con lo alto. Cierta paz, un poco de tranquilidad llegó a mi corazón, con el recuerdo de lo dicho por Catulo, mesurado al hablar y casi siempre negociador, esa noche negó lo dicho por Rungo. Afirmaba que la luz sólo aparecía en la oscuridad cuando la tierra estaba mojada, salía y se posaba en cualquier lugar: eran gases de la tierra, o tal vez, estrellas que se corren. Era el caso, hasta los hombres sentían miedo de aquella luz, la más grande de todas.

Desconfiado a más no decir andaba yo cuando ni una voz se escuchaba en la tranquilidad del mediodía. Palomo, desde la espesura del monte daba aullidos de temor, me avisaba: debía darme prisa. Mi determinación fue cortar solamente las ramas más sobresalientes que pudieran desviar algunas monedas, me urgía desaparecer lo antes posible de aquel lugar. El cielo comenzó a ocultarse detrás de los nubarrones que según mi parecer contenían el tesoro.

Un discreto portón me advirtió la proximidad de la finca de los americanos. Allí estaba la iglesia donde me enseñaban a creer en Dios, a no robarme las naranjas que ellos cultivaban, a dar el diezmo. Entonces pensé, si por cuatro cajas de guayaba mamá tiene que entregar una peseta, ¿cuántas me solicitará el pastor como resultado de lo proporcionado por el cielo? No podía imaginarlo. Venían a mi mente los versículos: *"Dad al César lo que es del César, y a Dios lo que es de Dios"*, y, *"Primero entrará un camello por el ojo de una aguja que un rico en el reino de los cielos"*. Otra interrogante vino a mi mente: *¿tendré que dejar* de ser guajiro cuando ese momento llegue? Y con igual apuro la respondí: *"No, no. Una, porque me gusta, otra, porque tal cosa se te mete en el cuerpo, y aunque no lo quieras sobresale por encima de la ropa: seguiré siendo guajiro, guajiro de pura cepa"*. Salí de aquel pensamiento tan embrollado cuando se me acercaba el único tractor que había visto en mi vida. El ruido ensordecedor y el olor desprendido por el tractor me llevaron hasta el lindero con Cirilo. Ni un árbol, ni una cerca, nada nos separaba: hasta aquí tú, hasta aquí yo.

A Cirilo los seminaristas comenzaron a llamarle "el filósofo". Cierta vez, mientras se distraían en alardear de saberes, y para romper el silencio del pobre hombre agotado por el quehacer diario, alguien le preguntó, *"Cirilo, ¿qué es la vida?"* A lo que él, abrochándose el primer botón de su camisa llena de zurcidos, componiéndose el cinto cerca de las tetillas, lo que acentuaba su extrema delgadez, y después de fijar su mirada azul en el guano del techo, con gran solemnidad contestó: *"La vida... la noche, el día, el almuerzo, la comida"*. La respuesta se hizo famosa. Pasado el tiempo me di cuenta que Cirilo respondió así porque ese era su dilema, la razón de su constante batallar, su horizonte.

Tenía el buen hombre la paciencia de un maestro, nos convertía en yuntas de bueyes las tusas de maíz y las botellas, con pequeñas laticas nos hacía las ruedas de carretones; animaba las noches con cuentos de Bertoldo, el protagonista de todos, canario aplatanado en Cuba, con fisonomía de ser muy torpe, pero siempre se las arreglaba para salir airoso de sus aprietos.

Según contaba Cirilo, un aciago día andaba Bertoldo por el bosque cuando sintió un fuerte dolor de estómago, sus tripas se retorcían a más no decir. Antes de agacharse se quitó su reloj recién estrenado y lo colgó en la rama de un árbol joven. Lo olvidó. Por más romperse los sesos para recordar el lugar donde pudiera aparecer, no lo conseguía, No faltó fecha en el calendario que no saliera Bertoldo en busca de su buena prenda.

Era domingo, todos los animales hacían silencio; el aire, carente de fuerzas no intentaba el menor movimiento de las hojas cuando Bertoldo escuchó un cansado tic-tac con apariencia de ser enviado desde el mismo cielo. Orientó la cabeza hacia el lugar del sonido. Colgado de la rama más alta, un brillo plateado descubría el tan buscado reloj. El árbol medía quince metros, habían pasado veinte años.

Mientras cortaba algunos bejucos reprimí a Rompetambor por querer comérselos, los empaté hasta dejarlos bien colocados donde debía ser el lindero con Cirilo, de buena gana hubiese preferido se quedara como estaba: hasta aquí tú, hasta aquí yo. Un olor agreste a tierra mojada me puso contento, advertí cercano lo esperado.

Mi proyecto era todo un éxito, dejaba atrás el lindero con Cirilo, el potrero del abuelo Rafael llegaba hasta la piña de ratón. Hueso y pellejo, cual coco seco, ¡qué duro era abuelo! Con el mismo látigo que espantaba a los animales, nos espantaba a nosotros; siempre callado, con quien más hablaba era con el cura cuando lo tenía de visita. A decir verdad, el hablador era el cura, abuelo apenas sabía ponerle nombre a las cosas, hablaba en frases cortas y palabras precisas.

Todavía mis tripas no me perdonan aquel mediodía. Acababa de llegar y, después de pedirles la bendición, abuela me brindó almuerzo, por pura pena le dije que no, en realidad estaba arqueado por tanta hambre, esperaría una segunda propuesta. Intentaba ella insistir para que aceptara, cuando a la velocidad de un trueno, cortado y gruñón, abuelo la increpó: *"¡Diantre, el muchacho respondió que no, las cosas se dicen una sola vez!"*. Y lanzó un cuerazo al aire que pasó rozándome la nariz. Con sus negros ojitos indignados, apareció en el rostro de abuela una mueca de desprecio hacia él, pero no habló, no se atrevía. Si al salir me despedí, no lo recuerdo.

Crucé la cerca, el aire me trajo el olor de nuestro horno de carbón, lo quemábamos con leños de marabú. El humo salía con buen olor y de un azul característico, ya se advertía el excelente resultado. Andaba a toda prisa, pasaba cerca de una casita construida a la orilla del arroyo donde vivía Tesoro en compañía de una cotorrita, y Batalla, su perro medio bobo, cuando quizás por la necesidad de comer algo, o la pena acabada de pasar, recordé una de las décimas[19] que en los atardeceres le escuchaba cantar:

Le pido a Dios con afán
que cuando otra nube vea,
de lechón asado sea
de dulce de guayaba y pan.
Mucho arroz con azafrán,
empanadas y morcillas,

---

[19]Forma poética muy popular en Cuba, se considera la "forma poética nacional" consistente en una estrofa de diez versos octosílabos con rima consonante.

varios huevos en tortilla
que los veamos caer,
y por el arroyo correr
sopa de arroz amarilla.

Llegué a lo más alto del potrero, dejé en libertad a Rompetambor para que jugara y pastara a sus anchas. Desde allí, con sus enamoradizos bramidos, atraería a las cabritas jóvenes, disfrutaría de sus delicias. Yo fingiría no estar viéndolo para evitar se apenara; a decir verdad, ya tenía edad para ello. Me senté en un lomo de yagua de palma real, si alguien me estaba mirando, pensaría que iba a rodar cuesta abajo como tantas otras veces con el chivo dando brincos y saltos a mi lado; aquella lomita era envidiable, esta vez no lo intenté. Atrapé toda La Esperanza con la mirada.

Estaba frente a ella, soñé:

Había comprado una camioneta roja, a partir de ese momento Cuca no iría más al pueblo con tan pesadas alforjas, la veía amamantando a un potrillo de lunar blanco en la frente como para que nunca olvidara a la madre que lo parió, y todo su cuerpo alazán, igual a su padre Nelson, el caballo del americano, con ese nombre en honor al de George Washington, que tanto la despreciaba por su paso cansino, por penca y mal encabada. Seleccioné un tractor amarillo caretiblanco para que Maravilla y Cubana no tuvieran que arar, sino parir terneros y dar buena y abundante leche. Palomo engordaría, cambiaría el pelo, cuidaría bien de la casa; sus colmillos, al igual que los míos, a cada rato estarían de pura fiesta. Él no gustaría del chocolate ni los caramelos de menta, pero del pan con mantequilla y el durofrío de fresa sí, eso sí. Cual rayo de luz, dando brincos Rompetambor apareció ante mí con muy hermosas galas, más elegante y refinado de lo acostumbrado: todo relucía en él. Mi pasividad le apenó, agachó la cabeza, y salimos caminando uno junto al otro como lo hacíamos cuando lo llevaba a pastar o íbamos de paseo los domingos. Tuve el convencimiento de que él advirtió cómo a su paso los demás chivos y chivas se viraban de nalgas, mostraban apariencia de estar comiendo yerbas o tomando agua; sin embargo, otra era la realidad, no querían verlo engalanado, con cierto aire de superioridad. Que los parientes y las parientes de Rompetambor se viraran de fondillo al verlo pasar me dio muy mala espina, era una señal preocupante, comenzaban a despreciarlo en su intento de irse por encima siendo su igual; no se daban cuenta de que soñábamos. Entonces, los dos miramos para arriba, el cielo se nos iba en escapada. Nubes negruzcas, todas revolcadas andaban con apresurado paso procurando el Sur, mientras una gran capota oscura se acercaba por el Este con la intención de cubrirnos.

El sol me acribilló la cara mientras, concentrado en acomodar de la mejor manera mi futuro luminoso, había transcurrido más tiempo del realmente disponible, tendría que trabajar mucho si el cielo no terminaba de mandarme lo mío.

Esa noche me senté en el piso como un Buda, era todo oídos. León contó que tía Iluminada volvió a tener otra aparición. Gregorio, el muerto que siempre le salía y quien en vida fue esclavo de mi bisabuela Micaela, le habló claro, tan clarito como nunca le había hablado: debía buscar el dinero enterrado en la ceiba y darle una parte al sobrino que, entre comillas, había bautizado, tenía que ir sola. León también afirmó que el esclavo Matungo aquella misteriosa noche del enterramiento del dinero, aún no se había dormido, por eso observó todos los movimientos a través de las rendijas del bohío. Gregorio y doña Micaela apurados caminaban junto al mulo con la pesada carga por aquellos trillos; frecuentes eran las tentativas del animal por quedarse atrás, estaba viejo y bastante el peso que llevaba. Así fue como cubrieron la ruta en busca de la ceiba. Según León, Matungo no abrió su boca para decir el secreto hasta mucho tiempo después de haberse muerto Gregorio, le temía más que a doña Micaela, era respetado por todos. En aquella zona los cimarrones eran sus principales contactos, le hacían mucho caso, tenía control de cuanto hacían, y sus amarres para impedir la llegada de los blancos con las flechas y sus perros. Siempre lograba salirse con las suyas, Carne de callo le decían a él, una limpieza bastaba para dar por cumplido el deseo de quien lo solicitara; la muerte de Herrera, el dueño de trapiche, se la pusieron a su cuenta, los blancos le temían,

Al referirse a Gregorio, Catulo exageró más de lo acostumbrado, de Matungo dijo también que fue un malagradecido y tramposo. Nadie afirmó o negó lo dicho por él, pensándolo mejor, algo se traía entre manos, no le contradijeron, lo conocían bien. Catulo sabía al dedillo las historias de aquellos desdichados, su abuelo fue concuño de Herrera.

Yo no podía comprender todas las habladurías de las personas mayores; además, me daba pena mamá, quien desde la cocina preparaba el café, y debió mantenerse atenta a la conversación, de seguro no le agradaba escuchar tales cosas acerca de su familia lejana, toda hecha huesos viejos ya. Me fui a dormir, necesitaba soñar, soñar mis lluvias, soñar mis sueños, soñarme yo. Apenas me había acostado comenzó un chubasco sin ningún apuro por acabar, fue tal mi contento que esperé despierto el amanecer.

Augurio

Sudado y frío, por un trillo estrecho, buscando la salida al camino real, andaba yo. En el bolsillo de mi camisa llevaba el papelito que mi madre le mandaba al viejo Bienvenido, esta vez tuve la precaución de guardarlo bien. No lo leí. Mientras cabalgaba en mi yegua a buen trote, muchas preguntas y sus respuestas aparecían en mi mente todavía bastante tierna. Creía tener a Bienvenido ya delante de mí: de color carmelita oscuro, voz gruesa, facciones finas, corpulento y elegante. Siempre con sombrero de jipijapa, guayabera cruda y zapatos corte bajo: de oficio curandero, maestro en eso. Lo había visto varias veces y no dejaba de impresionarme.

Por el camino regresaba a caballo el desamparado Tesoro, venía de pasar un mal rato y yo estaba por pasarlo. Por una u otra razón todos buscaban la ayuda del negro cuando les apretaba el zapato, aunque casi todos preferían callarlo; por eso, para que no me viera, evité ponerle la cara a Tesoro. Me escondí detrás de una majagua[20] vieja, desde aquel lugar, con impaciencia vigilaba la casa de Bienvenido hasta tanto se encontrara solo.

No debo negar el desconcierto y malestar que sentí cuando desde la puerta entreabierta de su habitación, fuertes olores me penetraron; le pedí permiso para entrar, me quité el sombrero; se me olvidó saludarlo, él también se mostró algo turbado.

—¿Qué haces aquí? ¿te hicieron venir?

---

[20]*Taliparitielatum*. Árbol maderable, alto y frondoso, abundante en los campos cubanos.

Tardé en responderle, y con los ojos humedecidos y la voz entrecortada porque la situación era muy difícil, estiré la mano, y le dije:

—Vengo con un encargo de mamá, le traigo un papelito.

Frunció el ceño, recostó la cabeza hacia atrás, lo leyó con calma y asombro.

—No comprendo nada de todo esto ¿ella quiere que yo vaya a su casa? ¡Ah, debe estar...! Esperó demasiado, poco se podrá hacer.

—¿Nada?, ¿nada se puede? —Le pregunté. Yo, que llegaba de la sombra, era un charco de sudor frío.

Bienvenido se tomó su tiempo. Encendió un tabaco, le dio unas cuantas chupadas y soltó dos bocanadas de humo apestoso antes de decirme:

—Desde ahora voy a trabajar en eso. Esta noche iré, no me esperen temprano.

—Por favor, escríbalo todo en el mismo papelito, los recados son muchos y se me enredan.

Mientras garabateaba el mensaje, otra vez escuché su voz gruesa:

—Estás creciendo en apuros y apurado. Tranquilo muchacho, ve tranquilo: las cosas cuando tienen que pasar, pasan.

Bienvenido cumplió su palabra, tarde en la noche llegó, su presencia era necesaria en aquellos difíciles momentos. El cura y los americanos de la iglesia se enterarían de tan insospechada visita, para nada les agradaría, pero Bienvenido comprendió que estábamos entre la espada y la pared, obligados a engancharnos de cualquier gajo que trajera la palizada; por eso llegó con todo tipo de yerbas metidas en un saco. Fue preciso, indicó cómo compartirlas en pequeñas porciones y hervirlas en una cantidad de agua suficiente para hacer los baños. Además, la manteca de majá se le friccionaría solamente por las coyunturas. No pronunció ni una palabra de estímulo, a Bienvenido no le gustaba mentir.

Punto por punto, mi madre hizo cada día lo que el curandero dejó indicado, pero él me lo había dicho: *"Las cosas cuando tienen que pasar, pasan"*. La gallina y los siete polluelos pronto quedamos sin nuestro gallo padre.

El infierno tuyo soy yo

Una pequeña habitación había sido convertida en confesionario para descorrer la cortina de los pecados y recibir el perdón del cura, el mismo que frecuentaba a mis abuelos. El Padre pasaba con discreción por cada uno de los asientos, indicaba cuándo debían dirigirse al lugar, una posibilidad dada a las obreras una vez por semana.

Debió haber sido un miércoles, mientras la Prieta concentrada en adelantar su tarea, e impedida de estirar bien cada una de las hojas, comenzaba a quejarse por la falta de humedad del tabaco, escurridizo el cura le dijo al oído.

—Es una pena, usted no puede confesarse, su padre está en el infierno, ni siquiera al final de su vida aceptó mi religión, la católica, apostólica y romana, la verdadera.

Yo estaba allí, fui a llevarles el almuerzo a mis hermanas. Desde una ventana larga que bien poco le faltaba para llegar al piso, posicionado detrás de los balaustres, vi cómo ni corta ni perezosa la Prieta, tablero en mano dejó esparcido todo el tabaco que el aire se encargaba de acomodar por el salón. Había volado sobre las mesas para caer de bruces colgada al cuello del Padre, quien en su intento por huir se defendía como podía. El gran coro de mujeres desesperadas muy pronto los rodeó, a todo pecho gritaban: *"¡Suelta al padre, Prieta, suelta al cura! ¡Dios santo, ten piedad, el demonio se apoderó de esta muchacha! Celestino, coorre, nos quedamos sin el Padre!"*.

Continuaba ardiendo Troya. Pasado de peso y nada adiestrado en las artes marciales, aquel hombre poco podía hacer, le era inútil todo esfuerzo por liberar su cabeza, sus arranques descontrolados, para no caer escaleras abajo, afloraban infructuosos. Atrapado por su sotana negra hasta ese momento a la desbandada, todo parecía perdido cuando ya resonaba la voz de Celestino, el administrador con aires de desesperación mientras, de dos en dos subía los escalones para hacer acto de presencia en el lugar de los hechos.

—¡Prieeeta, Prieeeta, me vas a desgraciar! ¡Puñetera, me vas a desgraciar! ¡Con el perdón del Padre coooño, me caaago en diez y la maadrepuuta!

Tras mucho batallar, Celestino logró apoderarse de tan maltrecho cuerpo hasta cargarlo entre pecho y espalda: lo creyó difunto.

—Te saliste con la tuya, Prieta, me desgraciaste, me hundiste en el fango, carajo, puñetera…

El silencio se adueñaba del lugar. Todavía atemorizadas las mujeres continuaban con sus miradas espantadas hasta perderlos de vista. No regresaron a sus asientos, hasta que Celestino desaparecía con el cura al hombro como quien carga un saco de papas y, sabe además que peligran sus frijoles.

Aún enfurecida ella, a todo pecho no cesaba de arremeter contra el Padre. *"¡El infierno tuyo soy yo, el infierno te estará esperando! ¡No lograrás escaparte de mí!".*

Regresé a casa con la cantina llena de comida.

—Hay poco tabaco, se van temprano —se me ocurrió decirle a mamá.

Ese día llegué tarde a la escuela y no pude escribir.

Amén

La iglesia de los americanos no tardó en prosperar. Rústico, aunque muy agradable a los ojos de todos, el lugar se convirtió también en seminario, ganaba seguidores a pesar de ser exigentes. Las mujeres no debían cortarse el cabello, pintarse el rostro ni las uñas, exhibir las pantorrillas, usar sandalias ni ropas ceñidas, tampoco bailar o participar en fiestas mundanas. Los hombres, entre otras cosas, se verían comprometidos a abandonar el vicio de fumar, jugar gallos finos, tomar bebidas alcohólicas, y contra viento y marea se esforzarían para no ponerle el ojo a mujer que no fuese la suya: bien riguroso.

Desde la casa del míster se divisaba hasta el punto donde moría su finca, si pudiese recibir tal apelativo aquel pedacito de tierra. Para gran asombro por lo novedoso del artefacto, un molino de viento logró sacar abundante agua de exquisita calidad. Muy pronto el campo reverdecía, iba perdiendo la maleza hasta hacerse rodear de modestas construcciones, naranjales y huertos. Todo confluía hacia la iglesia, como si marcara el fiel de todas las actividades.

Cada miércoles y domingo con su Biblia bajo el brazo era Negrobueno[21] el primero de la familia en emprender el viaje, iban para el culto. Era viejo el hombre, a la entrada del monte Canalta había levantado su choza. No se sabe exactamente cuándo apareció con Candita, su mujer, y un racimo de hijos. El sobrenombre de Negrobueno se lo dio a Filomeno un míster cuando comprendió la nobleza con que llevaba la vida y su esfuerzo para creer en Dios, único

---

[21]Sobrenombre compuesto a partir de las palabras que en español se refieren a alguien de la raza negra colmado de buenas actitudes.

53

Salvador. Sin ninguna malicia, cierta vez comenté con Yayo la atención brindada por su padre a Lucecita, la jovencita rubia de ojos negros, acordeonista de la iglesia; me respondió que debía ser por su gusto a lo punzó, ella siempre vestía de ese color. Yayo y yo, los miércoles de meditación nos las ingeniábamos para que el tiempo transcurriera lo más divertido posible. Nos situábamos en algún lugar estratégico para dedicar una buena parte del culto a escudriñar con la mirada los intercambios de mensajes divertidos entre los jóvenes enamoradizos, y otros ni tan jóvenes ni tan enamoradizos. Quizá por eso nos convertimos en testigos excepcionales, anónimos hasta el día de hoy, de algunas cosillas allí presenciadas.

Resultó que el osado campesino Pantaleón Respetancia[22] no era feligrés. Asistió aquella noche a la iglesia para complacer a su familia, en especial a Crudencia, su mujer. No puedo afirmar si Respetancia era realmente el apellido de Pantaleón, lo que viene a continuación aportará alguna luz a la duda. Sin perder un segundo, aprovechó aquel hombre los primeros momentos de la meditación, le solicitaba a Fortuna que al día siguiente, cuando Prío Diez tocara el fotuto[23] de las once, se verían en el montecito al pie de la palma descogotada. Después le mostró otras señas, había cambiado de parecer, no sería en esa, sino en otra palma más oculta, la que se rajó al medio cuando el último ciclón. Increíblemente, su

---

[22]Sobrenombre creado a partir de la deformación de la exigencia de un debido respeto hacia el personaje.

[23]Especie de trompeta elaborada con un caracol marino de buen tamaño (*Strombus gigas*) utilizado por los campesinos para convocarse en determinadas circunstancias.

lenguaje mímico era perfecto, lográbamos descifrarlo sin faltar detalle.

Entre otras cosas pícaras, Respetancia le pidió a Fortuna que fuera acompañada por Fortunito, deseaba cargarlo y disfrutar de sus travesuras. Por cierto, el pequeñín no tenía parecido alguno con los otros cuatro hijos de ella, pero el perfil, color de sus ojos, del pelo, el lunar del cuello, y el ombligo en forma de chapa de botella, eran idénticos a los de Crudencito, el hijo menor de Respetancia, quien, para colmo de casualidades, había nacido un día después. Ese hecho no trajo mayor controversia quizás porque Respetancia no gozaba fama de hacer maldades por los montes. Además, era bastante frecuente que los hijos de los vecinos se parecieran y tuvieran lunares y señas en las mismas partes del cuerpo: *"La gente de los barrios casi siempre se parecen"*. Así le oía decir a la difunta María, no lo hacía con el interés de desdorar a nadie, como María había pocas mujeres, y no es que lo diga yo, todos lo comentaban, desde el mismo día de su muerte se afirmaba que no tuvo tropiezo alguno hasta llegar directo al cielo.

Volviendo al asunto de «los dos arriesgados», diré que les iba a pedir de boca, tan entusiasmados en su idilio, no fueron capaces de advertir la apasionada oración de Perseverancia, que como cada miércoles concluía la meditación y ni por enterada se daba. Mientras, impaciente, detrás del púlpito, bajo el manto del silencio, contrariado el predicador por tamaña desvergüenza, sin ningún resultado, carraspeaba, tosía. Yayo y yo, veíamos y callábamos, hasta llegado el momento en que todas las miradas descansaron en el mismo lugar, excepto la de quien se tenía por padre de Fortunito, al que voy a nombrar Manuel, ateniéndome a la falta de pruebas por escrito de las cosas que se murmuraban y el respeto merecido tan buen hombre. Ante semejante suceso mostró la apariencia de tener los cinco sentidos puestos en la Biblia: *"El que da testimonio de estas cosas dice: Ciertamente vengo en breve, Amén. Sí, ven, Señor Jesús".* *Apocalipsis 22- 20.*

Desde el último asiento de las mujeres, una voz resonó en el templo.

«Respetancia, ¿qué ven mis ojos? ¡Desaparece inmediatamente, desaparece!

Era Crudencia, su mujer, directa y precisa. Inmediatamente toda la cría iba detrás de la recia campesina, quien visiblemente indignada se dirigía en busca de la puerta falsa de la iglesia. Y Tesoro, compadre de Fortuna, disimuladamente le hacía señas. *"Cuanto antes, con toda la prole debes ponerte en camino".* A partir de aquel momento, añadidas otras complicaciones que aparecieron después, Pantaleón se vio despojado de toda autoridad, a secas, le llamarían Pantaleón.

El reverendo quien se había visto obligado a hacer de tripas corazón para llevar a término el culto, visiblemente contrariado ante el proceder de Respetancia y Fortuna, quienes protagonizaron el más escandaloso episodio allí presenciado, no contó con fuerzas para reaccionar ante la nueva realidad, decidió ignorar el hecho, mantenerse dentro del templo en compañía de Lucecita dándole brillo a los muebles y colocando en orden cuanta cosa le parecía estar en lugar inadecuado.

Yayo y yo, los más curiosos, agachados aguzábamos los oídos y la vista, prestábamos atención a cuanto ocurría; nos vimos escasos de ojos, teníamos dos cada uno cuando realmente nos apremiaban cuatro para filmar con la mirada todo cuanto estaba por ver. Formábamos parte de quienes quedaban detrás, fuimos los últimos en salir, el complicado panorama que presenciábamos era digno de ser retratado, también merecía ser contado. Poco a poco la iglesia estuvo vacía, nos chorreábamos en grupitos camino al patio. Yo recogí del sombrerero, el de tres aguas que Pantaleón había olvidado en tan precipitada despedida.

Apolonia

Aquella noche, Apolinar Gato estaba en la iglesia. Había venido desde Río Feo en su caballo moro con los arneses enchapados y relumbrantes. Amarró su bestia en una encina cerca del templo, como lo hacían todos los jinetes que vivían lejos. La presencia de Apolinar en la iglesia era tan esporádica que frecuencia recibía advertencias del míster por su desenfadado actuar y, seguro de sus argumentos tremendamente convincentes, se limitaba a responder que era un cristiano de motor. Según decía, a los motores cada cierto tiempo se les daba su descanso.

Ya en la despedida, Gato enfureció al acercarse al lugar donde había dejado su bestia. Sintió en su corazón una fuerte punzada, su animal no se encontraba entre los que esperaban por sus dueños. Sin contemplación alguna, olvidando el terreno que pisaba, comenzó a bajar a todos los santos del cielo y a Dios por las cabronadas permitidas cuando él estaba allí encerrado en la iglesia dándole las gracias por el bien todavía esperado. Sacaba la tierra con sus botas grandes, una y otra vez llevaba el sombrero desde la cabeza a su mano izquierda, y de ahí a su derecha. Fastidiado como siempre y con el corazón apretado por las trastadas y atrocidades cometidas por su hermano loco, quien mantenía a toda la familia en vilo, Apolinar no podía admitir lo que estaba presenciando; había ido allí para refrescar su mente, no se resignaría a retirarse sin su único valor, el caballo moro. Simeón, uno de los mejores feligreses, visiblemente nervioso, hacía cuanto podía por disuadirlo, temía que llegara a avivarse otro desagradable incidente protagonizado por el Gato; sabía bien de cuánto era capaz aquel hombre rudo, huidizo, conversador consigo mismo y de colosal rebeldía. Cierta vez, falto de fuerzas para continuar cargando con su desdicha, se había aparecido en el cementerio y con gran furia desafió al sepulturero. Le exigía admitirlo en uno de los cajones donde hacían los enterramientos, no soportaba tan mezquina existencia. Alegaba el beneficio de quedar cuanto antes bajo tierra para descansar muerto sin que nadie le molestase. Ahora aprovechaba para sacarse todas las miserias y angustias llevadas dentro. Ninguna lasca de ventaja que no fuera el caballo y sus arreos le había sacado a la vida, atizaba a más no poder su propia hoguera, la de batallar sin recompensa alguna.

El curso que iban tomando los acontecimientos tenía su razón en que el aprovechado Pantaleón, ante tanta vergüenza y confusión, en la oscuridad de la noche sin luna, montó en la primera bestia que se atravesó en su camino. Un míster presenció el suceso; no se trataba de descuido o mal propósito, fue torpeza de Pantaleón ante tan difícil momento. Pero el míster no acertaba las palabras exactas para traducirlas con inmediatez al español y tranquilizar a Apolinar. En lugar de tierno le decía ternero, por animoso pronunciaba animal. Entonces, optó el americano por ponerle la mano en el hombro con el buen ánimo de hacerle un llamado a la prudencia. Cuando otro desliz apareció, usó el término Apolonia. Los presentes no aguantamos más, reventamos en risas alteradas que abrieron paso a incontrolables carcajadas a todo abrir de boca. Y se le colmó la copa al rabioso Gato, como tantas y variadas veces desenvainó su cuchillo buscando a quién agredir. Los coños y carajos salidos desde lo más profundo de su ser, livianos entraban y salían por las puertas y ventanas de la iglesia, el aire los enroscaba, trataba de desaparecerlos en el monte. Ya se mostraba agotado, cuando se sentó en uno de los escalones que daban acceso a la iglesia, no sin antes poner al desnudo un reto, su contundente advertencia: No me moveré de aquí hasta tanto aparezca mi animal.

Filomeno y Simeón ratificaron su disposición de acompañarlo todo el tiempo que fuese necesario. Y convencido el míster de que el caballo del Gato se encontraba en la casa de Pantaleón, me pidió le sirviera de lazarillo. Muy pronto orientamos nuestros pasos hacia allá, por trillos invisibles íbamos los dos a pie, yo llevaba el caballo agarrado por el freno, y sobre mi cabeza, el sombrero olvidado. Solo a intervalos el chillido de una lechuza interrumpía el silencio. Al llegar escuchamos ronquidos inventados, Pantaleón y su prole fingían un sueño profundo, disimulaban no estar al tanto de los relinchos de los dos caballos desde el primer momento en que se olieron nuestra presencia. Ladridos de perros, revoloteos de patos, gallinas y guineos: todas las aves en protesta por aquella visita a deshora también contribuyeron a tan dramática ocasión. Y la Crudencia de siempre, como si los animales le hubiesen hecho tragar la lengua, sin otro acompañamiento, realizó el canje.

Al vernos llegar con su moro, los ojos de Apolinar se avivaron cual los de niño ante nuevo juguete. Apenas la noche comenzaba a blanquear a cuentas de la luna, cabizbajo, levantó pobremente su mano derecha para despedirse. A la sazón, clavó sin ninguna compasión las espuelas en las ijadas de la bestia hasta tomar rumbo por una vereda custodiada por malezas. Mucho tiempo pasó para que se volviera a encender el motor religioso de Apolinar.

En el monte

Gustoso me fui el siguiente sábado a casa de Negrobueno. Me habían encargado una col de las que él vendía, grandes y a precio razonable. Desde muy temprano Simeón estaba allí con su yunta de bueyes para ayudarle a arar una parcela de tierra con el propósito de sembrar maíz. Concluida la faena experimentaba gran gozo, lo reflejaba en su manera de caminar, en la ligereza con que desplazaba su descarnado cuerpo pecoso y sencillo, en sus ojitos verdes, brillantes al sol del mediodía.

Para festejar el éxito, Filomeno se dispuso a destapar una botella de bebida casera. Nada mejor que compartir el especial momento con un amigo tan servicial. Se trataba de una bebida africana mezcla de vinagre, naranja agria y azúcar de caña y que había aprendido a preparar con su madre cuando aún era pequeño.

Sentados sobre las raíces de una gran encina, los dos hombres disfrutaban el frescor de la tarde. La fatiga de los años no figuraba en el anciano Negrobueno, aunque no podía distinguirse si estaba triste o alegre. Él, que siempre apretaba la lengua contra sus dientes como quien no quiere dejar salir las palabras, aquel día las hacía resbalar con cierta naturalidad desde el mismo momento en que comenzó el brindis en gastados y diminutos jarritos de peltre blanco ribeteados en azul. Yayo y yo nos encargábamos de sacar de las cenizas los boniatos asados y ponérselos en sus manos, tibios aún.

—Me gusta esta bebida, me recuerda mucho a mi madre, por eso no me falta. Ella se llamaba Petrona, una linda congolesa nacida en Loango. Un grupo de hombres blancos la atacaron cuando se bañaba en el río con su familia, trató de defenderse, pero la infeliz no pudo, la halaron por un brazo, la arrastraron hasta un barco negrero, y por el estirón, esa parte del cuerpo se le quedó floja, en los cambios de tiempo se quejaba del dolor. Muchas veces Petrona usaba un pañuelo grande como sostén de la extremidad y, trabajaba con una sola mano. Su hermana, que también venía en el viaje no llegó, anunció que iba a regresar a donde estaban sus nacionales, se tiró en medio del océano al darse cuenta que sería esclava. Como a los negros nos gusta tanto el punzó, en los barcos les ponían telas de ese color, ellos solitos caían en la trampa, iban hacia allí, les gustaba. Petrona murió hace mucho tiempo. No sé si ahora su espíritu esté en África o aquí. Ella sabía comunicarse con los de Allá a través de un güiro con una cruz marcada con yeso y plumas de gavilán. Al gavilán hay que respetarlo. También se comunicaba mediante una calabaza redonda y pequeña, pero eso fue cuando empezó a ponerse vieja, cuando la luna la secó. Desde su llegada a la Isla fue esclava de un hombre que se hacía llamar Laffite. No la llevó para el cafetal, sino que la dejó en su casa del pueblo, aunque a cada rato la cambiaba de sitio, le hacía hijos y los desaparecía, la leche de mujer tenía que ser para los hijos verdaderos. Nunca más supo de los suyos. Muchos mosquitos y moscas también tuvo que espantarle al amo a fuerza de balancear el espantamoscas mandado a hacer especialmente para él, sin detenerse un segundo debía hacerlo. Todo lo que le decía tenía que cumplirlo, también adivinarle el plato, ponerle delante la comida y, cuando se equivocaba, él mismo se encargaba de darle los castigos, después la ponía en un lugar donde nadie la viera. Según me comentó Petrona, cierta vez, don Laffite sacó un tabaco de su bolsillo, ella fue corriendo para buscar la braza de carbón, trató de llegar antes de que el amo mordiera el remate. Con temor y súplicas ya le acercaba la lumbre, pero él no quiso encenderlo. Muy cara tuvo que pagar aquella torpeza suya. Por eso, cuando le dieron la libertad se fue a vivir a un monte cerca del río, a diez leguas por lo menos vivía después. Deseaba alejarse de esa gente, no quiso saber más de ellos. Allí en el monte nací yo, hasta su muerte nunca se separó de mí.

El viejo Filomeno contaba aquella historia con lágrimas en los ojos.

—No recuerdo el lugar, no tengo idea dónde nací. Empecé a trabajar desde que cogí un tamañito, desde aquel entonces yo estoy trabajando, pero no me quejo, el trabajo es bueno, te quita los malos pensamientos y consigues algo para comer.

—Y Candita ¿dónde nació? —preguntó Simeón a Filomeno.

No respondió. No sabía, o no quiso.

—Candita no entiende lo que dicen en el culto, ella más bien va por dar el paseíto, para sacar a los muchachos a alguna parte. Por los cantos, eso sí, por los cantos también va. ¡Cómo le gustan los cantos a Candita! Pero la pobre, no sabe cantar, desentona, y la gente se da cuenta. Tampoco entiende de dioses africanos, cada vez que estamos solos en el monte le hago el cuento de Ochún[24] y Changó[25], pero ella no tiene maldad, ni siquiera sonríe. Es como si estuviera en

---

[24]*Orisha* de la religión afrocubana. Reina las aguas dulces del mundo, los arroyos, manantiales y ríos, personificando el amor y la fertilidad. Sincretiza con la Virgen de la Caridad del Cobre, patrona de Cuba.

[25]*Orisha* de la religión afrocubana. Considerado uno de los dioses tutelares de la santería cubana, deidad del fuego, del rayo, del trueno, de la guerra y del conjunto de tambores batá. Poderosa y temible divinidad que tiene como a uno de sus avatares a Santa Bárbara, con quien se sincretiza en la religión católica.

otro mundo, tal vez pensando en cosas tristes, pasó muy malos momentos; pero no habla, pone la vista lejos sin pronunciar palabra. A mí me gusta mucho eso que dicen de que Ochún quiere al monte, que canta y baila con los animales, parrandera, amansa las fieras, los alacranes no la pican. Me gusta Ochún, lo que se dice de ella es bonito.

Resulta que Ochún era pobre, su vestido estaba gastado de tanto lavarlo en el río, pero era rumbera, zalamera y divertida, a la muy maldita le gustaba sonsacar. Su color es el amarillo, así llevó su vestido y su collar a la fiesta del Santo. Y comenzó a tocar tambor y a tomar cerveza y ron. Y Changó no le ponía ningún asunto, hasta que con mucho arrumaco Ochún iba dejando un rastro mientras bailaba. Changó no pudo aguantarse, comenzó a tomar de su miel, le gustó, y le preguntó por qué sus jugos eran tan dulces y buenos. Ella no se lo dijo. Bailaron y romancearon hasta tarde ya cuando él le puso cuentas rojas en su collar amarillo.

Rara es Candita, yo le busco semillitas rojas y amarillas y no se hace ningún pulsito. Ochún me recuerda a mi madre, aunque no se parecían, mi madre era azul como yo, y Ochún mulata bonita, de pelo largo y ondeado.

La bebida le había desparramado los sentimientos a Filomeno. Por su parte Simeón, poco hablador, y nada entendido en dioses africanos, aprovechó el silencio momentáneo de su interlocutor para expresarle su gran satisfacción. Se sentía gozoso después de haber aceptado a Dios como su único Salvador, añadidos los beneficios recibidos, su familia se mantenía más unida. A esa hora, con la atención puesta en las cosas dichas por Filomeno y Simeón, Yayo y yo nos hartábamos con boniato.

—Me gusta la religión de los americanos —dijo Filomeno—, tengo que lidiar con un solo dios, y con el hijo... si quiero. Eso es bueno. Los dioses congos son fuertes y muchos, cada uno tiene su gobierno, pero Candita no los conoce bien ni tampoco sabe cómo pedirles, no tiene buen tino, casi siempre le pide a uno lo que no le puede dar, yo creo que por eso no hemos adelantado casi nada en la vida. Mi madre sí sabía pedir, ella los conocía a todos y a las yerbas también, a las que dan la vida y las que dan la muerte. En el monte está todo, por eso hay que tratarlo con respeto, mucho respeto. Hasta flores negras hay en el monte, al menos la gente lo dice. Ahora estoy mejor y más acompañado, tengo el monte y a la iglesia de los americanos. Los americanos son buenas personas y nos tratan bien, gracias a eso mis hijos están vestidos y calzados. Y con Claridad mi hija, qué decirte, mejor no pueden ser. Verdad que ella parece un palito barquillero, pero es un pan, por eso la consideran bastante.

Por encima del monte sobrevolaba una tiñosa[26], a cada rato aparecía y desaparecía.

—¿Ven la tiñosa cuando sale desprendida del monte y se asoma por ese claro? Es extraña y sabia la puñetera, cuando abre sus alas y se pone a volar de lado te anuncia que tienes un enemigo y quiere cobrarse alguna cuenta. Hay que prestarle asunto, nunca falla, es como si te estuviera protegiendo. A las mariposas también las respeto, mucho más a las amarillas que tienen ovalitos negros, cuando cierran sus alas y se están alimentando no me gusta mirarlas, traen cosas malas; los gavilanes escasean más,

---

[26]*Cathartes aura.* Ave carroñera de buen tamaño, plumaje oscuro con cabeza y cuello rojo por carecer de plumas, muy frecuente en el campo cubano.

pero son peores. Yo se lo digo a los muchachos y no me hacen caso, pero es la pura verdad.

Entre dioses y tragos despedíamos el día. Simeón reflejaba felicidad, aunque a medias, Filomeno aceptaba al mismo dios que él.

Cuca y yo regresábamos a casa por senderos escabrosos cuando todavía hacían ruido en mi cabeza tan tristes relatos En medio del monte Canalta, oscuro ya porque los árboles altos no le daban cabida a la agonizante luz del día, avistamos algo muy extraño ante nosotros, debía ser una aparición. Ni más ni menos, una aparición nos cortaba el paso. Yo quería huir, pero a Cuca le sucedió lo contrario, cuando se percató de la presencia de tan rara cosa, se paró en seco. Arrodillado, con las manos y la vista dirigidas al cielo, trepado en las nubes estaba aquello. Tosí dos veces, pero no se movió. A la tercera, volteó la cabeza y se quedó mirándonos fijo. Tardé en darme cuenta de la realidad, raro y todo me convencí se trataba de un hombre aparecido, ¡un hombre vivo! Me detuve, lo revisé de arriba abajo. No era un don nadie. De pelo y barba amarillos, sin apariencia de haber pasado por las siete candelas[27] como todos los que vivíamos por allí: vestía de blanco, con tenis corte bajo, pantalones a media canilla, y un reluciente reloj; por cierto, era flaco a partirse. Y yo, mientras palpaba mi col buena y grande, la que me habían encargado para la comida donde tantas bocas necesitadas estaban esperándome, pensé en las consecuencias si lograba salir del aprieto en que me encontraba.

---

[27]Expresión popular para referirse a alguien que ha tenido que pasar muchos trabajos en su vida.

Otra vez pinché a Cuca para emprender el vuelo. Eso quería, volar. Una vez más no me respondió, totalmente paralizada; si hubiese sabido hablar, también hubiese callado. Aquel rubio no despertaba del asombro hasta que despaciosamente comenzó a enderezarse y a hablar en lengua no conocida por mí. Finalmente comprendí sus fallidos intentos para decirme que lo sacara de aquel lugar y lo llevara adonde otros rubios. Me di cuenta, no éramos solamente Cuca y yo, quienes estábamos pasando un mal rato. Él no tenía la menor idea de la hora que era ni de cómo llegar al lugar de partida. Sin otra alternativa, monté la aparición en la zanca de la yegua y no paré hasta la casa de los americanos. John, muy preocupado ya por la tardanza del visitante fue quien nos recibió, su padre no estaba en casa, andaba evangelizando por Los Remates.

Este secreto lo tenía bien guardado, pero míster Tom, en la tierra o en el cielo, sabe que es pura verdad. Él había escogido aquel lugar para hacer su retiro espiritual, eso me lo dijo el larguirucho americanito agradecido, cuando se lo entregué sano y salvo con la noche cerrada. Nunca más utilicé chanzas con Antonio Cañón, a cualquiera se le aparece un espantapájaros.

Preparando una idea

"Buscad y hallaréis, pedid y se os dará". Tenía atravesado entre ceja y ceja ese versículo de la Biblia. Pedir siempre me fue de mal gusto, en lo de buscar era siempre de los primeros, quizás por eso confié en la buena estrella que me traería tan prometedor viaje. No me había dado por vencido, la lluvia de pesetas sería todo un acontecimiento, pero la idea de los tesoros escondidos me apasionaba. El hecho de estar incluido para cargar madera me hacía sentir gran felicidad, me serviría de pretexto, valdría la pena. Aquella madrugada no quedó nadie durmiendo en casa, con recordatorios, buenos augurios, y güiros[28] con café caliente, nos despedían.

"Si se ven perdidos recuerden que van rumbo oeste, siempre buscando la caída del sol. El lucero del amanecer, el Matagañán saldrá pronto por el sur, mírenlo en las noches para orientarse.

"Recuerden el descanso que merecen los animales", insistía el abuelo Rafael. Todas esas cosas nos decían a manera de hacer notar su presencia en cada detalle. León era el dueño de la carreta y dos yuntas de bueyes, la otra yunta pertenecía a Antonio Cañón. No me gustaba la idea de tener a León como jefe, me resultaba grotesco, abusador, exigía a sus hijos también cansados de trabajar en la tierra que le lavaran los pies cuando llegaban a casa; además, demasiado viejo para sus chistes, entre otras

---

[28]Vasija para beber, también conocidas en Cuba como *jícara*, elaborada a partir de la dura corteza del fruto del *Crescentiacujete*, árbol alto que crece en Cuba y Centro América.

cosas, hacía apuestas con su primo Paco para comprobar quién sacaba del vientre más vientos de aguacate, casi siempre ganaba, pero la risa que el hecho producía se extinguía enseguida, era de muy mal gusto. Para suerte suya, su condición de buen trabajador contribuía a no ser tan rechazado por la mayoría de los campesinos. Muchas veces peleó con mi abuelo para quitarle otro pedazo de tierra, además de la usurpada hacía ya tiempo. Quizás él tampoco se sentía a gusto con mi presencia; hubiese preferido llevar a sus hijos gemelos, pero no lo dijo.

A esa edad ya me creía conocedor de casi todas las plantas, de las flores y sus semillas, de los animales que caminan y se arrastran, de los que vuelan y sus cagadas. *"Sí, el pájaro y la gente se conocen por sus cagadas"*, decía Catulo, y yo lo tenía comprobado. Se puede saber si pones buen interés cuándo el totí[29] estuvo comiendo arroz o comió ateje[30]. Caminar por los alrededores de la casa de Cubano donde no había letrina, era suficiente para saber si el día anterior se alimentaron con harina de maíz y calabaza, o arroz y frijoles negros. Se sabe facilito, sin ninguna complicación, con estudiar un poco la naturaleza ella misma te proporciona el camino.

El sol, que antes nos calentaba con tibieza la espalda, ahora aparecía amenazante en medio del cielo. Los sombreros de yarey[31] hacían un nido de fuego húmedo en

---

[29]*Divesatroviolaceus*. Ave muy negra de aproximadamente 27 cm de largo que abunda en toda Cuba y en el habla popular es el culpable de todo aunque no lo haya cometido. En ocasiones es nombrada en inglés como Cuban Blackbird.

[30]*Cordiacoloccok*. Árbol silvestre que da unos racimos de pequeños frutos rojos que son muy consumidos por las aves.

[31]*Coperniciabaileyana*. Palmera típica de Cuba cuyas hojas se emplean para hacer abanicos, sombreros y otras artesanías.

nuestras cabezas y ponía a chorrear el sudor. Desde las elevadas montañas veíamos allá abajo, en lo profundo, pequeños y hermosos vallecitos donde el hombre plantaba su sembrado, y en humildes chozas echaba a andar una familia casi silvestre, pero con el mérito de la honradez que engendra la vida del campo.

Recordé a Margarita, mi Margarita en flor. La pensé allí unas horas después recostada a un pino, la brisa fuerte queriéndole arrebatar su larga cabellera, ella esforzándose para que su saya a cuadros rojos y azules no se elevara más de lo que la prudencia y el recato admiten. Tampoco le alcanzaba el tiempo para tejerse una trenza o simplemente hacerse una coleta. La veía corretear, tenderle su mirada negra y brillosa a los tomeguines del pinar, dejarse rodear de las mariposas porque les olía a néctar. Y yo la perseguía a todo correr. Nadie debió estar mirándonos, pronto la alcanzaría para juguetear juntos en la yerba fresca, los dos reíamos sin disimular la felicidad. De esa manera, cuando el viento atrevido le subió su saya hasta la cintura, reprendí a mis ojos por quererse llevar lo que no debían. Airado, lancé una ojeada a los carreteros, no dudé, ellos con su mirada la habían retratado.

Los bueyes echaban babaza por el cansancio, la sed y el calor. Ante tanta vegetación de pronto aparecida comenzamos a sentir una agradable humedad, para gran contento cuando rematamos una pendiente muy peligrosa, desde lo más profundo un arroyo nos sorprendió con abundante y fresca agua. Batallón y Forastero, la yunta de pie, fueron los primeros en entrar para tomar hasta saciarse de ella; les siguió la segunda, también llamada primer tercio; por último la de guía, siempre pegada a la carreta.

70

Adormecidos por la fatiga y el hambre llegamos a las seis de la tarde al robledal de Cuatro Caminos, hora en que ya los árboles proyectaban sus largas sombras. Fogatas enormes llenaban aquella soledad, hamacas colgadas, perros hambrientos tratando de robarnos. Hombres también acabados de llegar nos mostraban su afectuoso saludo como si siempre nos hubiesen conocido: los carreteros somos uno aunque nunca nos hayamos visto.

Anochecía cuando devoramos las yucas y el bacalao. Tenía aburrida la yuca, pero el bacalao lo disfruté muchísimo, me sirvieron unos trozos grandes y sin pellejos, era la gloria. En medio de cuentos y décimas a pecho, porque no había guitarra, cerramos la noche. Por nuestra parte era Tomás, el más ducho en hablar, sacó la cara por nosotros. Anacleto, improvisador de décimas, hombre bien plantado, con camisa y pantalón caqui, cinto ancho, y buen reloj pulsera, quien vino carreteando desde Peña Blanca y llevaba el mismo rumbo que nosotros, fue quien concluyó.

Convidé al perro Trabuco
A cazar una jutía[32],
Me dijo que no podía
Correr dentro de bejucos.
Yo le dije: yo te busco
Un monte claro y espeso,
Él me dijo: no es por eso,
Es porque luego, ya en casa,
Usted se come la masa
Y a mí, me deja los huesos

---

[32]*Capromyspiloridespilorides*. Mamífero roedor propio de Cuba que se alimenta de frutas, vegetales, cortezas de árboles y raíces. Suelen capturarse para comer.

Otra vez el Matagañán, el sonido de las campanillas colgadas del pescuezo de los bueyes y el rechinar de las carretas por la falta de sebo se perdían en el silencio de la madrugada, las voces de mando escaseaban, nadie hablaba. Un camino de sabana nos cedió el paso al amanecer.

El día apareció aplomado, el viaje lento, los silencios duraban horas. Por fin, el portón que daba entrada a un potrero, alguien con un tizón de carbón le había pintado un gato con un cascabel, así se llamaba el lugar, El Cascabel del Gato. Nos esperaban Tulio y su hijo Tulopío para darnos la bienvenida, desde muy lejos nos habían seguido con la mirada. Todos continuamos a pie hasta llegar a su casa.

Tulio presentó a su mujer como La Vieja, asimismo la seguimos llamando. Sus ojos pardos, achinados como los de ellos, me hicieron recordar a mi abuelo paterno: desdentada y seca, detenida en el tiempo, gastada por el sol y la mala vida; nos recibió con miel, frijoles, yuca y jutía asada.

Había oído decir que a la jutía, igual que a las mujeres, la luna les hace echar sangre entre las piernas, traté de olvidarlo mientras comía. Tulopío dijo que ellos también comían macao[33] y que la jutía en caldo era muy buena.

—No deben comer mucha porque ustedes lo hacen por primera vez y les puede dar la enfermedad de la jutía, aunque asada en carbón como ésta, no es dañina —se apresuró a decir La Vieja.

---

[33]*Paguroideamalacostraca*. Crustáceo que habita conchas ajenas y tiene una carne agradable aunque escasa.

—Nadie se ha muerto nunca por comerlas —aclaró Tulio—, eso sí, cuando es luna llena los perros que la comen se vuelven locos, les da por correr desesperados: Esa es la enfermedad de la jutía, así se llama. Una vez aquí hubo comelata de jutía, me parece que fue un diecisiete de diciembre para hacerle fiesta a San Lázaro. Un perro comió mucha, le hizo daño, el caso fue que cogió guano arriba en la casa de tabaco, y no paró hasta el caballete. Después cayó, soltó por lo menos un cubo de babaza y el pobrecito quedó sin vida. Los huesos son los dañinos, son los huesos, por eso nosotros los tiramos para el techo o los enterramos. Coman, coman sin miedo, nunca se ha visto a un cristiano fallecido por comer jutía, la gente inventa mucho.

Yo, que tenía el estómago revuelto, no comí más. De seguro La Vieja me encontró algo desfigurado, cetrino. Quiso contentarme y me brindó dulce de huevos de caguama. Agaché la cabeza cuanto pude, callé. Tomás me salvó del aprieto, según le habían contado era muy sabroso, deseaba le sirviera, gustaría probarlo.

Antes de concluir la sobremesa comenzaron a llegar los lugareños. Era costumbre por las noches narrar sucesos o cantar si la ocasión lo requería. Tulopío no se hizo esperar, sacó del cuarto varias botellas de bebida, dijo que la hacían con bejucos de garañón[34] hervidos y aguardiente de caña, nos sirvió a todos. Antonio Cañón y yo, no tomamos.

—Se llama Garañé —dijo Tulopío—un francés le puso el nombre, y ahora viene a cada rato y se la lleva por

---

[34]*Morinda royoc*. Especie herbácea, vivaz, a veces es trepadora sobre arbustos o árboles. Popularmente es utilizada en el tratamiento de la anorexia, el decaimiento y la disminución de la libido.

garrafones[35]. Es buena, tremenda para darles ganas a los hombres. Tulio y el carretero del reloj se intercambiaron sonrisas y señas maliciosas.

En un momento de la conversación, Tulopío pondría en claro que él era el mejor buscador de tesoros que había en el Cabo de San Antonio. He ahí el momento preciso, el tema deseado: los tesoros de Vigía Antigua, de Las Tetas de María la Gorda, o simplemente de María la Gorda; podía nombrársele a conveniencia. Para sentirse con la mayor amplitud posible Tulopío se puso de pie algo distante del taburete, buscaba espacio, necesitaba le prestaran atención y, de esa manera, hacer más creíble cuanto diría.

—Yo entro a la cueva con un mechón, encuero y con las alpargatas bien trincadas. El peje está en el agua, los santos no mienten, y que no les quepa duda, la Cruz de México está aquí enterrada, con el tiempo yo doy con ella.

Esta vez todos nos se miraron y se hicieron señas por debajo del sombrero, yo no.

León, con su mirada casi siempre gacha, dijo que eso está a cien varas de profundidad, una manera de restarle importancia, evitar el tema. No hacía tanto tiempo, Díaz, el boticario, estuvo varias noches haciendo huecos en su arboleda de mangos machos, buscaba dinero. Comentan que halló monedas y otras cosas, pero León nunca quería hablar de eso, no le convenía.

Era tarde y el Garañé no se acababa. Estábamos rendidos por tanto cansancio, cuando Talentino Toledano, quien se había mantenido callado, se destapó a hablar, fue quien concluyó. ¡Ese sí sabía! Estaba bien enterado de

---

[35]Vasija de cristal grueso con capacidad mayor de cinco litros y boca estrecha que permite taparlo con facilidad y seguridad.

todos los sucesos. Nadie nunca se atrevió a quitarle ni el canto de una uña a lo dicho por él. La recomendación nos vino por boca de Tulio.

—Valdemar, el dueño de unas tierras que hay por aquí cerca, no hace mucho tiempo construyó una casa en Playita Baja. A su hijo Publio, sin otra cosa que hacer que no fueran baños de mar y cazar animales por el gusto de verlos caer muertecitos, le dio por enamorarse de Anita, la hija del muerto Primitivo que, dicho sea de paso, apareció ahorcado hace tiempo ya.

Doña Leonor, madre al fin, siempre cómplice de Publio, guardaría el secreto el tiempo que fuera necesario, porque Valdemar, hombre resinoso siempre, se mantenía renuente a que ese compromiso se lograra. A no menos de treinta metros de la casa, alguien se la cobró al hijo, dicen que un alma maldita intervino, aunque a ciencia cierta no se sabe.

Al amanecer del miércoles de ceniza, dos tiros llegaron desde rumbo el mar, entraron en el pecho de Publio, y le salieron por la parte baja del costillar. Quienes lo vieron, comentan que cuando ya lo habían puesto boca arriba, tenía la cara y los brazos acribillados por espinas zarzas. Daba grima verlo.

Y Valdemar, quien hasta este momento no creía en muertos, todavía anda con el revolver bien puesto a la cintura, afirma que Primitivo, toda la vida haciendo de las suyas, tuvo que ver con el suceso de su hijo, de abajo de la tierra lo va a sacar, Primitivo tiene que asumir, le tendrá que responder.

Rumoran todas las lenguas que también Doña Leonor, por miedo, tiene la casa cerrada por los cuatro costados, y no asoma la cabeza ni para respirar, todo el tiempo con las lágrimas abocadas, metida en su cuarto; tampoco quiere enterarse del suceso que está por llegar. Tiburcio, el mozo de la casa, desde ese día fatal comenzó a sentir fuertes dolores de cabeza, llora al fallecido como hijo verdadero y no hay hierbas ni palo del monte que lo ponga en cura. La pobre Anita, por más consuelo que intentan darle, está renuente a ver el sol, es un manojo de sufrimiento, perdió al novio y tiene en peligro a su padre muerto. El desconcierto es muy grande, un infierno vivo. Tan grave es el caso, que ni los más guapos de por aquí, los que se dicen ser de pelo en pecho, no se disponen a asomarse por Playita Baja.

Aventuras y desventuras

La luna era un cristal, me recordó las de enero en La Esperanza, claras, brillantes. Pensé en Palomo, a esa hora debía estar ladrándole. Lo extrañaba, no era un perro más, se trataba de mi perro. Me fui a la hamaca con la cruz de México y los tiros rondando mi cabeza, como es de suponer, no dormí bien, tuve pesadillas con Margarita; me pareció que amanecía más tarde que nunca.

Aproveché la ocasión mientras tomábamos el primer café del día para pedirle a Tulopío que él y yo fuéramos caminando, arreando los bueyes. Necesitaba amansarlo, me permitiera quedarme unos días con él, pretendía cuevear y playar.

Así sucedió, todos hablábamos animadamente mientras hacíamos el recorrido. Por tramos el camino era pedregoso, las ruedas de la carreta sacaban chispas, el crujir por la falta de sebo nos ensordecía. Engordé mis planes, Tomás se encargaría de decirle a León que yo me quedaría hasta tanto ellos regresaran por la nueva carga.

Llenamos la carreta hasta el tope con guano y buena madera para reparar nuestras casas. Al siguiente día los despedí sin aflicción, aunque pensé que cuando mamá no me viera llegar se iba a extrañar, cierta vez le hablé acerca de la lluvia de pesetas, llegué a creer que no le pareció del todo bien, aunque vivía convencida de que Dios estaba en el cielo, y cualquier cosa que se desprendiera de arriba debía ser buena, sin contar los rayos y las centellas. A partir de ese momento, procuraba tenerme a la vista. No lo hacía por miedosa, a la hora de los mameyes no creía ni en la madre de los tomates, en Dios sí, iba a la iglesia, leía la

Biblia y oraba bonito, tenía fama de orar bonito, siempre la creí la más inteligente de todas las cristianas. Continuaba yo en mis fantasías, la imaginé por la tardecita vigilando a una pareja de zunzunes junto al jardín, iban para alimentarse y hacer su nidal en la mata de ítamo, la había sorprendido muchas veces alelada mirándolos quizás en aquel momento estaba allí, acordándose de mí, pensando no se sabe cuántas cosas me estaría esperando.

El mar en Las tetas de María la Gorda nos saludaba, desde la playa veía cómo las olas arremetían contra los farallones, mi vista se perdió en el horizonte donde un sol inmenso se hundía en las aguas azules con tonos perlados que pronto, rojizas y amarillentas se confundirían con el cielo. No podía hallarse tesoro mayor.

Las aventuras y desventuras con Tulopío comenzarían al siguiente día. Pasé la noche en combate con los jejenes, por más intentos, no me permitían concentrarme en cómo convencer al nuevo acompañante de que no entrara encuero a las cuevas y accediera a que yo no me viera precisado a desprenderme de mi vestimenta y también llevara un mechón grande.

Aún no habían aparecido los primeros claros del amanecer ya estábamos en el guanal de Vigía Antigua donde los corsarios o piratas, en tiempos de la colonia española, construyeron un farito para despistar los barcos y hacerlos entrar, era el lugar propicio para capturarlos y robarles la carga. Se cuidaban bien de dejar señales en las cuevas, en los árboles, también en las piedras, convencidos de que regresarían por el botín cuando fuese menor el peligro. Según Tulopío, por eso hay tanto dinero y tantos tesoros regados por toda Cuba.

—Mira, detrás de ese matojo está la cueva grande, todo el mundo lo dice, ahí se guardan unas cuantas riquezas. No vamos a entrar, nunca más entraré, lo que hay no es para mí. Una vez estuve a punto de coger el que está en la boca, al entrar. Todo lo tenía preparado, pero un hombre vino y se me adelantó, trajo buenos equipos, lo encontró muy fácil; lo dejó bien tapado y se fue corriendo a la parroquia del pueblo, Los Remates, para que el cura le diera la bendición y agua bendita, tenía miedo de hacer esas cosas sin conocimiento del Padre. ¡Pobre hombre! Nadie lo volvió a ver, al regreso murió en el monte, ni por las tiñosas lo encontraron. Era dinero en monedas, pero no lo tocó, lo había dejado intacto donde mismo estaba. A nadie más se le ha ocurrido llegarse al lugar, dicen que está embrujado. ¡Ahí tienes tú!, el monte mismo te quita lo que te proporciona, y cuando menos lo piensas te traga si te haces el bobo.

—Sí, unas veces clemente, otras vengativo. ¿No te parece que por hoy es suficiente? Vámonos.

Tulopío no dio muestras de haberme escuchado, y siguió adelante.

—Ven acá, acércate muchacho de la virgen, ¿estás viendo? —dijo después de mucho caminar.

—No se me escapa nada, estoy atento.

Se detuvo para hacerme un llamado a la reflexión mediante una de sus experiencias.

—Debes entrar aquí, esta es más chica, a lo mejor la suerte te acompaña, entra tú, yo te espero afuera. Hace algún tiempo fui hasta atrás, a lo profundo, y una bola de candela se desprendió de lo alto, venía quemándolo todo, me perseguía, ni la humedad la apagaba. Revolcándome, dando saltos como un chivo loco me pude salir de aquello, pasó mucho tiempo hasta curarme, todavía tengo las marcas de las quemaduras. Debes entender, son monedas lo que escondieron. Cuando el tesoro es en monedas tiene mucho que ver con los muertos, siempre se vuelven muy malos, mucho más que en vida, pero estoy seguro de que son para ti. Entra, no te quites la ropa, y si quieres, enciende un mechón, dale, camina sin miedo.

Tulopío no perdía oportunidad para reafirmar que era a mí a quien le iban a conceder el tesoro, sería yo el verdadero afortunado. No demostraba envidia ni me ponía condiciones, tampoco tenía idea de para qué podía servir tanta riqueza. ¿Su ambición?, dar con los tesoros, hacerle la contra a los muertos, ganarle la pelea.

Entré a la cueva, y no debo ocultar mi preocupación, me asediaba la posibilidad de verme envuelto en la bola de candela que puso en juego la vida de mi amigo. Busqué cuanto mejor pude sin dejar de pensar un minuto en el riesgo de ser atrapado por algún maleficio. De repente un brillo extraño se interpuso ante mis ojos, una frialdad muy fuerte comenzó a recorrerme desde la punta de los dedos gordos de los pies hasta llegar a las rodillas. No perdí tiempo, me despedí de allí como alma que lleva al diablo. Disimulé cuanto pude para no decírselo a Tulopío pero él, sin dejar de mostrarse atontado se dio cuenta, nada feliz me había sucedido

Ningún día se me parecía a otro. Por más que indagaba, solo vi una marca en una piedra, tenía el aspecto de ser real. Comencé a cuestionarme por qué los carboneros hacían un trabajo tan duro y no se dedicaban a lo que el monte escondía; todos no debían ser ignorantes. Dudaba. El camino elegido se me mostraba incierto, aunque él me había dicho una gran verdad: *"El peje está en el agua"*.

La comida escaseaba, los carboneros me invitaron a playar, eran días en que las tortugas entraban a desovar. Convenimos en ser puntuales a la hora y el lugar propuestos por Fausto, el pescador; sin falta estaríamos esperándolo. Noches de guardia, de vigilia e insoportable calor nos esperaban. No había luna, ni mis manos era capaz de ver, nos distribuíamos por tramos de cuarenta a cincuenta metros, casi nunca me ubicaron solo, aquella noche lo estaba.

Llueve poco en ese lugar, quienes frecuentemente visitan la zona son los ciclones tropicales buscando la salida al Golfo de México, tienen la ruta trazada. En eso pensaba, el contraste entre la lluvia con vientos y el calor que sentía; muy lejos de mi pensamiento la posibilidad de ver una tortuga. Algo más de una hora en paz, cuando vi una luz clara volando sobre el mar, venía hacia mí, me estremecía. No, por el momento no estaba tan cerca, era el miedo, un miedo frío estaba sintiendo. En ocasiones la luz entraba a tierra, otras salían, hacía giros hasta finalmente aparecer posada en un altísimo árbol a unos nueve o diez pies de distancia; por lo ya conocido —ni más ni menos— ella guiaba al muerto, el mismísimo muerto me circundaba, terror estaba sintiendo. Si a esa hora pasó alguna tortuga por mi lado, no la vi; mi interés lo ponía en la verdad presenciada y no en la por llegar. Ninguna figuración, desde hacía más de doscientos años, cada noche el pirata repetía la acción, castigo impuesto por no saber dónde estaba el tesoro cuando vinieron por él, le habían impuesto la tarea de custodiarlo y no fue capaz de dar alguna pista.

Bien cara pagaría la desobediencia, de aquel mar y aquellas tierras no podría escapar

A las tres de la mañana apareció el animal, había recibido instrucciones de hacerme el desentendido, le permitiríamos se internara para desovar. A su regreso todos estuvimos listos para atraparla, poco a poco la fuimos rodeando hasta caerle encima con nuestros mayores deseos. Nadie pudo explicar razones para dejarla escapar, el caso fue que lo hizo, tal vez nos sucedió por desesperados, mientras unos halaban para un lado, tratando de darle la voltereta hasta colocarla boca arriba, otros lo hacían por la parte contraria; en esa lucha nos quedamos con la pretensión en los dedos, dejó en mí gran desconsuelo, aquella fatalidad parecía no acabarse.

No tardó en llegar la brillante luna, nos posibilitó seguir el rastro dejado por el animal, sus marcas se podían ver en la arena, un gran hueco hizo para poner sus huevos, ciento diecisiete aparecieron; los cargamos y nos fuimos. Faustino dijo que si en verdad teníamos interés en agarrarla, el miércoles debíamos volver, ese día ella regresaría al mismo lugar, según él, cuando el número de huevos es impar significa que no ha concluido. Todo sucedió según lo previsto, a las once de la noche del siguiente miércoles, calmosamente entró: esa vez sí la capturamos en la retirada. Tuvimos comida buena y abundante por muchos días, nadie más debió enterarse, estaba prohibido apropiarse de ellas y sus huevos.

Tulopío y yo volvimos a las andanzas en busca de lo nuestro, como casi siempre era él quien iniciaba el diálogo.

—Todo tipo de barco andaba por aquí cerca, la mayoría quedó hundida en las profundidades, a lo mejor tú te pones de suerte y te dan ese o alguno de los tesoros escondidos, porque yo creo que eres el más nuevo que ha tomado interés en estas cosas. Los muertos son así, no piensan igual que los vivos. Hace tiempo vino un extranjero pícaro, era largo y flaco, no más que un cordel de ensartar tabaco, como chinatas acabaditas de comprar eran sus ojos verdes y brillosos. El muy vivo le dio cincuenta pesos americanos al negro Anselmo porque necesitaba saber el lugar donde está enterrada la fortuna que buscaba. Sabía que era cerca del mar, a unos pasos de la arena, debajo de una mata donde ninguna otra cosa la perturbaba. Anselmo le señaló un mangle grande y se fue corriendo, se metió en el monte huyéndole para no verlo y no perder sus cincuenta verdes. Ellos se creen cosas, nos tratan como si no valiéramos nada, como si fuéramos unos burros bobos.

—¿Anselmo quiere el dinero enterrado para él?

—¡No, ¡qué va! No se lo darán a él, ni a ninguno de su generación, él lo sabe. Esa gente no vale un kilo prieto, o mejor, mirándolo bien, valen, pero valen poco; aunque debes entender que lidiar con el monte y con los muertos no es fácil.

—Me doy cuenta.

—Ve, no tengas miedo, yo te espero aquí, cualquier cosa grita, yo te saco del aprieto estoy acostumbrado a estas lidias.

—No tengo miedo, si entré una vez, entro dos, pero algo me echa hacia atrás, hoy no lo haré.

—Avísame cuando quieras.

No le avisé.

El gallego se fue al revés

Aquella tarde me quedé a comer con los carboneros, ellos sustituían el arroz por semillas de ciertas palmitas casi enanas, según comentaban, resultaban de igual sabor, a mí no me gustó, apenas probé aquel cocido tremendamente áspero al tragar. El hambre me hizo tomarme un caldo de peje, como ellos llamaban al pescado y comerme unos boniatos asados.

Mientras tomábamos de un café frío y claro que Tobías tenía guardado no sé desde cuándo, le brindé cigarros. Yo tenía doce años, pero mi abuelo me había enseñado a fumar desde los siete. Según me dijo el carbonero, llevaba días rabiando por ellos; cuando no los tenía, mascaba tabaco en rama, pero no había ninguna de las dos cosas. Con la mirada perdida en el mar, sentado sobre sus propias piernas se acomodó Tobías, hombre viejo, aporreado hasta no más por la vida, de piel oscura y profundas huellas del tiempo. Era también de hablar pausado, similar a todos allí, trozaba las palabras, les daba un acento distinto al que yo estaba acostumbrado, ningún chiste le daba deseos de reír. Poco a poco fue desenvainando su lengua; según me hizo saber era buen leñador, toda su vida, desde niño, hachaba, hachaba mucho, ahora no podía, se quedaba plantando y quemando hornos.

—Estamos faltos de leñadores, —decía mientras se mantenía atento a mi mirada— he visto tu andar en estos días, eres ligero y sientes curiosidad, pareces bueno para el monte, quédate aquí con nosotros, algo haces, y cuando te empines un poco a lo mejor no sales mal.

—Todavía no. Tengo otras ideas, —le contesté mirando para el cielo— si no se me dan, buscaré la manera de hacérselo saber.

—Eso me gusta, que pienses bien las cosas, para luego cuando los años te caigan encima, no te arrepientas.

Comenzó a contagiarme el entusiasmo de aquel hombre, quien además de amable se mostraba bastante hablador, quizás mi presencia le sirvió para avivar recuerdos.

Un chinito castizo de verdad, según Tobías, varios años lo acompañó hasta que apareció un gallego con el cuento de que era técnico en hacer hornos y en eso nadie podía ganarle. El chino quiso probar suerte, trabajar con el recién llegado para mejorar su condición.

—Nos gustaba la compañía del gallego, hablaba de una manera bonita, ya nosotros estábamos cansados de oírnos lo mismo siempre. Desde el principio, las cosas empezaron a empeorar, no se ponían de acuerdo, el gallego de punta con el chino, decía que él tenía doble condición: gallego y español. Y el chino le respondía que entonces estaban parejos, él era chino y asiático: siempre andaban en controversia. El caso es que, en esas lidias, el chino era quien trabajaba y el gallego mandaba. No pasó mucho tiempo, tenían un grandísimo horno quemando, un humo azul claro salía suave, en señal de que todo iba bien, hasta que se asomó la desgracia. Desde la parte más alta hacía bocas que iban creciendo para abrirle paso a las bolas de candela que vendrían pronto, una de ellas creció mucho como señal de que por esa parte echaron poca tierra y pajón, era la más grande. Y el chinito, según me contó Tumualdo, arañaba la tierra con los dedos, decía cosas que no se entendían, supongo que hablaba en chino. Sí, sí, tenía que ser en chino, una vez le oí decir al francés que cuando uno se encabrona habla en la lengua madre, aunque tenga conocimiento de otras, y que cuando estás en aprieto o te vas a morir, también hablas en la primitiva.

El caso es que el chinito le decía—Gallego, vamos a tapar las piteras con tierra y pajón para que aguanten y no se nos vuele el horno.

—Chino, todavía no, yo sé cuándo hay que hacerlo.

—Gallego, la boca grande hay que taparla, el horno se va a volar.

—El técnico soy yo, tú no puedes saber más que un técnico.

Tan claro como el agua el chinito sabía del infortunio que se aproximaba, una gran llamarada salía del boquete más grande, otras más chiquitas iban apareciendo con prisa. Fue entonces que el gallego, con tremenda calma, decidió subir. Mientras, el chino le alcanzaba cubos con tierra y puñados de pajón. Sin otra cosa que hacer, se sentó el asiático a ver al español trabajar.

Yo venía llegando, comencé a gritarle al chino que auxiliara al gallego, poco le faltaba para achicharrarse. Y aquel hombrecito con las manos detrás del cuerpo y la cabeza en alto, y por demás, la apariencia de tener sus ojos cerrados; por no darse cuenta, porque le daba la real gana, o quién sabe si ya todo lo veía perdido, tan calmado que me daban deseos de apretarlo por el cuello, me decía:

—Tobías, él es técnico, el técnico sabe, el técnico sabe.

No pude hacer más que abanicar el sombrero en cualquier rumbo y dar gritos de desesperación, pero nada que valiera la pena por el pobre gallego. Lo primero en entrar por el boquete fue el cubo, después iban sus manos en un esfuerzo por rescatarlo, la cabeza le seguía. Y fueron sus pies los últimos en despedirse, aquellos pies envueltos en alpargatas con los cordones blancos acabaditos de estrenar. Ellas, las que sirvieron para apaciguar el olor a carne churruscada, mezclando con las suelas de goma, los trapos quemados parecían estarnos diciendo adiós. Sin más ni más se nos fue el técnico. Y lo más triste a la vista de nosotros era que el gallego se iba al revés cuando andaba camino al cielo.

El chinito tuvo su recompensa, bastante nuevo todavía el bonete negro que el técnico llevaba siempre en su cabeza, se lo dejó encargado cuando fue a subir en su último viaje, sin embargo, perdió el horno y el compañero en quien había puesto sus esperanzas; a lo mejor por eso no se cansaba de decir:

—Aquí hasta el que sabe se lo traga la tierra, se lo traga cuando menos lo piensa.

Es cierto que al técnico se lo tragó, completico se lo tragó, y debe estar acordándose que se murió por bobo. El chinito le advirtió a tiempo las cosas, y le debe estar pesando. A lo mejor no, tal vez está bien, descansando, aunque, quién sabe. Sí, porque según dicen, en el cielo todo es bueno, si el diablo te quita la oportunidad y antes no se encarga de ti. Yo le digo a la gente que el mismo día de darse por cumplidos los diez años de haberme muerto, entonces digan: *"Hoy comenzó Tobías a descansar"*. Ese es el tiempo que necesito para empezar el descanso por tanto que he trabajado.

Por ahí hay muchas cosas buenas, pero yo nunca he salido de aquí, no las he visto. Los que están en lo malo quieren probar lo bueno, y los que están en lo bueno quieren probar lo malo, el mundo no hay quien lo entienda. Tulopío lo sabe bien, el francés que viene a cada rato en busca de la bebida dice que yo soy doctor en hacer carbón, que esto es bonito y muy bueno. Se pone marchito el hombre detrás de las cotorras, los vena'os, las jutías y cuanto animal hay en el monte; y nosotros solamente los miramos cuando nos hacen falta para comer, entonces reparamos en ellos. No es que tenga interés en salir del monte, pero compadre, coño, se aburre uno de estar la vida entera conformándote con lo que él te pueda dar, en lo mismo siempre, y a veces algo peor, pues no falta quien se muera antes de tiempo por alguna bobería.

Sin palabras había quedado; escuchando tan grave desenlace debí extraer una gran lección, el aura del chino y el gallego por buen tiempo me acompañaría. Estaba frente a otra oportunidad tampoco despreciable, me haría valer de los deseos de hablar que tenía Tobías hasta averiguar cuánto pudiera conocer acerca de la Cruz de México o, El tesoro de la catedral de Mérida, como también la llamaban. A manera de animarlo, nuevamente lo puse a echar humo con el otro cigarro Calixto López que le regalé.

Me dijo Tobías que era cierto:

—El tesoro lo llevaban en un barco para La Habana y, después quién sabe para dónde, aunque se decía que desde allí salían todos juntos, en convoyes rumbo a España para evitar los asaltos de piratas encargados de darle otro destino cuando anduvieran por alta mar. Al de Mérida lo venían siguiendo, lo obligaron a entrar, en María la Gorda lo dejaron, pero nadie ha podido dar con el lugar del enterramiento. El tesoro completo consiste en seiscientas barras de oro, veinte múcuras[36] de barro también llenas de

---

[36]Vasija de barro de mediano tamaño, mayor que la botija (*pitcher*), redonda y de boca estrecha.

monedas de oro, muchos candelabros, la corona de la virgen toda en oro y piedras preciosas, la cruz también debe ser de oro, es lo más seguro. Cristianos de todo tipo se han interesado en ese asunto, lo que estos ojos han visto en el intento por encontrarlo es mucho, *pero nadie ha podido localizarlo*.

El carbonero puso fin al asunto con estas palabras:

—Y puedes dar por seguro, la gente de aquí abajo acorta y agranda, pero son pocos los habladores de mentiras, con eso no quiero decirte nada, muchacho.

Era muy tarde, debía ir a la hamaca; convencido de que me resultaba más fácil pensar en una lluvia de pesetas que en un tesoro en la tierra. Me vería obligado a revolcar palmo a palmo cientos de hectáreas de bosque, ciénaga, diente de perro[37]: lo creí imposible. Por buen tiempo me mantuve mirando la luna, en caso de encontrar en qué, me hubiese ido en cuanto amaneciera.

Convine en esperar que fueran por más guano para llevarme de regreso a casa. El mar, las cotorras anidando y las puestas de sol, dejaban de sorprenderme, sin embargo, seguí cueveando y playando hasta el último día.

Cuando ya en la despedida el sonido de las campañillas de los bueyes alegraba el campo, Tulopío nos seguía a pie, un buen trayecto se mantuvo detrás de nosotros para casi a gritos despedirme con estas palabras:

—Regresa, muchacho, regresa pronto, un ánima buena me dijo anoche que un gran tesoro hay para ti.

---

[37]Formación rocosa, típica de las costas del Caribe, originada por la erosión marina, las lluvias y el aire sobre las rocas que va formando agudas puntas rocosas; es conocida también como *karren*.

SEGUNDA PARTE

Bajo tensiones

Cuando tus ojos todavía vírgenes no se han empapado del brillo y el color de la tecnología no soñada en el mejor sueño que pudieras haber soñado, cuando tus oídos acostumbrados a responder el mensaje transmitido por el emisor en diálogo escaso y pocas veces novedoso, un buen día, cuando todavía vives en medio del bosque, alguien se te presenta con un radio que en letras grandes dice RCA Victor, sin darte cuenta, te ha llegado un tesoro. Noticias, noticias nuevas, sensacionales, desean los adultos y música, música alta, bien alta, los más jóvenes.

Corrían los tiempos en que un hombre gobernaba por segunda vez en Cuba, por medio de un golpe de estado había alcanzado el poder, el escenario era convulso, en extremo complicado. Las esperanzas estaban puestas ahora en un joven abogado, quien con tremendas garras demostraba jugarse el todo por el todo. Con ochenta y dos expedicionarios procedentes de México apareció en las costas cubanas; agotados por el retraso y las penurias del viaje, maltratados por las botas donde habían metido sus pies por primera vez, en calamitoso escenario los estaban esperando. No obstante, el descalabro, un reducido número de sobrevivientes ayudados por los campesinos del lugar, después de muchas peripecias logró encontrar protección en las montañas de la Sierra Maestra. El afamado periodista norteamericano Herbert Lionel Matthews fue al encuentro de los guerrilleros; su trabajo," *Rebelde cubano entrevistado en su escondite*", animó a los seguidores, hasta ese momento su líder, dado por muerto, aparecía retratado algo barbudo, con un tabaco en la boca.

Tulopío siempre tuvo razón: *"Los santos no mienten"*. Así, la radio y el periódico dieron la noticia, comenzaba a encenderse la hoguera.

La Prieta, quien había tomado con todas sus energías la lucha, se sintió más respaldada, y yo, casi sin darme cuenta, me fui involucrando, aprovechaba mis viajes de vendedor ambulante por el pueblo para hacerle algún encargo. Cada día eran más los que dejaban el clandestinaje, se marchaban a las montañas o cualquier otro lugar. Los amaneceres no tenían nada de apacibles, eran de acción, algo nuevo, la propaganda facilitaba el complot de los campesinos, o al menos, cumplían las orientaciones dadas, las ideas se esparcían cual humo hinchado por el aire. Casi todos sabían de dónde salían, no se atrevían a decirlo, les daba miedo, o lo hacían por complicidad.

El país hervía, las mujeres también participaban con entusiasmo y deseos de triunfo. Conocí a dos de ellas quienes, después de muchos tropiezos, encontraron buen refugio. Una nueva aventura representó para mí con el imprescindible acompañamiento de Cuca, quien se encargaría de la carga, la cautela y el sobresalto quedarían a mi favor

Cada día trasladaba a las mujeres para garantizarles resguardo en el monte de Canalta. En situaciones apremiantes podían disponer de una cueva natural que solo yo creía conocer, el peor peligro residía en el viaje, lugares no protegidos por árboles podían delatarnos, por eso lo hacíamos cuando aún no había amanecido. En los atardeceres regresábamos a pie, no tendría justificación andar a esa hora en la bestia, tampoco era costumbre, podía motivar sospechas. Sin previo conocimiento del dueño, llevaba a las muchachas a mal dormir a una casa de tabaco; él nunca se enteró, tuvimos siempre el buen cuidado de entrar último y salir primero que los chivos y la vaca con su ternero, sin dejar rastro.

Para mis parámetros de juventud en aquellos tiempos, las dos daban la apariencia de ser bastante mayores. En muy difícil situación se encontraba una de ellaspor su condición de estar doblemente perseguida, podía servir como anzuelo; una vez la tuvieran presa en mano, los captores se beneficiarían, el gran objetivo: ubicar a su novio Alberto, un jefe guerrillero que luchaba en las montañas.

Escasos días habían pasado cuando Alberto, sin ninguna protección, sorpresivamente llegó a la ciudad. Sucedían los días, no lograba contactar con el jefe clandestino, comprometer a alguien hubiese sido la última opción. En aquel medio hostil, rendido por la inseguridad y el cansancio, no pudo más disimular el hambre, se fue hasta una fonda de mala muerte casi en penumbras. Dos miembros de la inteligencia aparecieron en el lugar, uno de ellos alumbraba con la linterna el rostro de los comensales, mientras el otro los comparaba con una fotografía. Él se mantenía con la cabeza en dirección al plato, disimulaba tomando sorbos de agua para hacer bajar la comida, precisaba no mostrar apariencia de sentirse preocupado cuando en realidad suponía no tener escapatoria, en breve le llegaría su turno. Maldijo aquel momento, morir de manera inútil nunca lo imaginó, sería una infamia; sin embargo, no fue su peor noche.

Rechazaba la idea de ver a su amada, era extremo el riesgo...cuando necesitado hasta no más de tocar sus trenzas, recibir su aliento, el deseo lo venció, no vaciló. Ana María estaba sola, era tal la tensión en que vivía que el más mínimo ruido le causaba sobresalto. Un sonido intermitente le resultó extraño, algo así como piedrecitas llegadas desde el patio de su casa chocaban con una de las paredes de la cocina. Muy cautelosa abrió la puerta, desde el tronco de la mata de papaya no tardó en desprenderse el inconfundible chiflido. Era él, a todo riesgo había ido a su encuentro. La sorpresa no la detuvo, debía darse prisa, su hombre estaba débil. Fue por comida y agua para aplacarle el hambre y la sed, regresó presurosa por una taza de café y unos cuantos cigarros; no hubo tiempo, ¡rodeados estaban! Ana María amaneció debajo del fogón de carbón de una vecina, sin saber que Alberto había logrado escapar por los tejados.

Servir de custodia a las dos muchachas fue para mí una tarea más, la entrega de mensajes y el abastecimiento de algunos alimentos a los guerrilleros que se propusieron abrir un frente en el Guayabo, continuaría siendo mi plato fuerte, desde hacía algún tiempo me había iniciado en tan aventurada actividad. Al campamento, improvisado en un terreno repleto de aromas, se llegaba por un sendero cuyo ancho era no más que un hilo preñado de espinas a ambos lados. Muy pocas veces llegué a "Los altos", no debía complicarme más de lo que realmente estaba, y bien advertido me tenía la Prieta: *"No hables de ellos a las dos mujeres, menos aún, a las dos mujeres acerca de ellos"*. Y como es de suponer, los contactos eran muchos, por eso me atenía a que en boca cerrada no entran moscas, y no vayas adonde no te llamen.

Me gustaba lidiar con los hombres, cada día me despegaba más del cascarón, el trabajo era atractivo, interesante, me enseñaron mucho. Aprendí a disparar en aquellos montes. Cerca del río realicé mi primera práctica, mi primera bala. Un pájaro carpintero se entretenía haciendo un hueco en la parte alta de una palma real, quizás para que el carpintero hembra anidara. Cuando aquella miniatura cayó reventada por el plomazo, me creí buen tirador, listo para entrar en combate, aunque tremendamente culpable del destrozo que le causé, el pobre animalito perdió la vida en el cumplimiento de una noble tarea.

Solo la Prieta y yo éramos responsables de trasladar desde el pueblo lo más aventurado, lo más comprometedor. Cierto día logré sacar una caja llena de balas de una casa en la ciudad, eran imprescindibles para la lucha; sin otra alternativa, tendría que pasar frente a la cárcel donde eran muchos los jóvenes detenidos por rebeldía. Cuando creí haber salido limpio de polvo y paja, poco antes de llegar donde me esperaba Cuca, el cabo Bellón me detuvo para preguntarme qué llevaba en el saco. Ya había colocado la carga en el suelo cuando algo sosegado le contesté que eran mangos, pero estaban verdosos, me pesaban mucho, magullaban mi espalda, por eso los cargaba en una caja bien resguardada. Me sentí algo aliviado, la respuesta me pareció creíble, quizás porque en su rostro no se reflejó la duda. Para suerte mía, por vago, por no jorobarse, Bellón no la revisó. Quiso saber mi nombre y mi dirección, también se interesó por mis dos apellidos. Mientras yo hablaba, él tomaba nota. Llegué a una inmediata conclusión: había incurrido en la falta de haber declarado mis verdaderas señas, pudiera ser fatal, repercutir negativamente. Con toda su calma continuó estudiándome de arriba abajo para finalmente preguntarme si era familia de los vendedores de flores que vivían en igual sentido. Me sentí acosado, alargué la respuesta cuanto pude con el interés de desviar su atención:

—No, solo Adiós, y Adiós. Nosotros vendemos mangas blancas y amarillas, también guayabas cotorreras, ellos casi siempre traen flor de muerto y moco de guanajo. Una que otra vez aparecen con girasoles o rosas. Al pasar por el cementerio los veo cerca de la puerta, recostados al muro de los difuntos que en vida fueron ricos; debe ser huyéndole al sol, o la creencia de que es bueno arrimarse a los de alta categoría, aunque estén muertos; por el consuelo de que les traiga algún beneficio lo hacen. Cuando voy de regreso a casa, todavía están los floreros, la mayor de las veces, con las flores marchitas, pero sigo mi camino no tengo confianza con ninguno.

Los conocía tan bien como a mis zapatos, realmente, algún parentesco existía, pero no podía enredarme más. La caja seguía a mi lado, por el esfuerzo a realizar para cargarla podía darse cuenta del plomo que llevaba, por eso aparenté andar sin apuros. Es muy probable haya cambiado de color cuando me preguntó por Aurelio, una frialdad me cubrió el cuerpo al responderle que no, ese nombre no me sonaba. Se trataba del jefe de la guerrilla del Guayabo, muy reconocido por los campesinos. Puedo afirmar que la respuesta no le convenció, retomó el lápiz y los papeles, recostó los espejuelos lo más que pudo contra la nariz, y escribió algo, para con malísima cara decirme que desapareciera.

A unos pasos del lugar, un joven de buen aspecto tenía unas libretas acomodadas en un bolsillo del pantalón y su mano derecha metida en el otro, tomó una posición valiente, me tiró una risita al descuido cuando le pasé por el lado, disimulaba bien. Puedo asegurar se mantuvo atento al interrogatorio que me hizo el Cabo, y yo, el buen cuidado de ponerle el rabo del ojo durante un largo tramo, Adentrarme por callejas, caminitos apretados por donde apenas cabía, resultó mi única alternativa hasta que algo más aliviado entré al pinar espeso. Andaba huyendo, probablemente me persiguieran como vía de descubrir mi destino final.

Llegué sin vida al lugar acordado, los «güevos», como diría el viejo Arsenio, los tenía en el pescuezo, y de seguro, ellos me esperaban con los suyos debajo del sombrero. Opté por callar, no conté lo sucedido, preferí evitar la posibilidad de que me supieran fichado, sería mi último viaje en esas andanzas: había metido la pata y debía encontrar la manera de sacarla.

Las actividades y los viajes fueron sucediendo cada vez más. Apenas terminaba de resolver un inconveniente cuando de pie y cabeza tropezaba con otro peor. Apremiaba volar el puente del Guayabo para cortar las comunicaciones entre el pueblo grande y el otro chiquito. Era preciso dar a conocer la vitalidad de aquel foco guerrillero dispuesto a cumplir grandes tareas, ganar combates; asumían el criterio de que yo siempre les sacaba las castañas del fuego, era el idóneo.

Nadie debió sospechar que iba al encuentro de dos guerrilleros ansiosos por mi llegada. Me estarían esperando en una casa no lejos del cuartel del pueblo grande. Llegué sin ningún contratiempo a la dirección dada, ese lugar lo tenía rastreado pregonando mis mangos y piñas. Una mujer rubia con apariencia, según mis cálculos, de tener sesenta años, aunque conservaba buena figura y carnes duras, me recibió en la sala de su casa. Después de darme un vaso de agua fría y una taza de café que valía por cinco, me llevó a un cuarto donde me presentó a un muchachón de tripas estiradas y cara de campesino neto, por su aspecto pudiera ser que llevara más de una semana sin comer algo caliente. El otro hombre rubio no estaba trabajado por el sol, tenía la forma característica de hablar de los rubios que yo conocía. Al vuelo advertí tener ante mí a un americano, desde niño sabía distinguirlos a una legua de distancia, acabadito de estrenar parecía. Con ojos cariñosos me miraba, extrañado quizás al verme tan raquítico, en problemas de hombres. Hablaba poco, cuando lo hacía, dejaba notar mucha sabiduría. Tremendo deseo que me llevara con él sentí en aquel momento, probablemente me iría bastante mejor, terminaría más preparado. Quizá él hubiese preferido irse conmigo, acompañarme hasta el Guayabo donde estaban los míos, pero desde La Habana lo habían ubicado en otro Frente, un lugar más intrincado, superior en número de guerrilleros y objetivos a cumplir. El flaco fumador, quizás por miedo o, por costumbre para apaciguar el hambre, se mantuvo al tanto de cada detalle, conocía hasta la cresta de la loma donde yo vivía. Además, se refirió a una próxima visita, se mostró interesado en llegarse al Guayabo, no sin antes establecer contacto conmigo, se le antojaba debía servirle de práctico.

Conté lo del «americano» al jefe, no me pude aguantar, tenía miedo de haber caído en una redada, la cantidad de preguntas fue exagerada También comenté el interés de los dos hombres en obtener información acerca del destino de La Mora. Sabía que estaba presa, pero me hice el tonto, hablar mucho no es bueno, considerablemente peor cuando no conoces a las personas y andas con susto. Aurelio disimuló muy bien, o mejor, no me creyó. Para suerte mía, callé, me reservé mis intenciones, si la próxima vez me hacían algún amago, me iría con quienes estaban bien ubicados, mejorar aunque fuese en algo, estuvo en mi mirada desde todavía niño.

Creadas ya todas las condiciones para volar el puente me dominó la idea de presenciarlo, no quería perderme aquel episodio para el que tanto había trabajado. Las armas estaban engrasadas, listas para combatir, pero el jefe todo lo preveía, se percató de algo muy importante, las balas no eran suficientes, cuando la cosa se pusiera fea, los buscarían como agujas en un pajar. Por más camuflaje, la aviación les descubriría el campamento dentro del aromal, los cogerían como a pollitos mojados, sería muy penosa una muerte masiva por falta de previsión. No sabiendo ellos que yo estaba fichado, era la persona más indicada para cumplir la misión. Arriesgarme, mi opción; en definitiva, quien lo hace una, lo hace dos.

Esta vez me fui con la ropita de pasear, los zapatos corte bajo, bastante brillantina Palmolive en el pelo y la raya bien partida al lado. Tan pronto como los pasajeros de la guagua me vieron, formaron la chifladera del siglo. Para seguirles la rima les dije que iba a pedir una novia que vivía en Sampollo, por eso lo hacía temprano y sin mi medio de transporte. Cheo Totí desde el último asiento me gritó: *"¡Tú eres buen camaján[38]! Te haces el tonto, pero sabes más de cuatro cosas. El día que menos te imagines vas a amanecer con hormigas en la boca, te van a encender la leva"*. Le sonreí sin aparentar malicia, y no le contesté. Él, como siempre, con sus jodederas de viejo malicioso.

---

[38] Adjetivo de uso coloquial que alude a una persona que finge simplicidad para obtener beneficios

Las municiones estaban en la ferretería Los Criollitos, debía entregarle un papelito a un rubio grande, el dueño. Me encontré con dos rubios detrás del mostrador, los dos eran grandes, decidí por el mayor. Rápidamente me di cuenta, una vez más el guajirito fallaba. El mensaje decía: *"Mándame los fósforos pa´ atizar la candela".* Aquel hombre comenzó a temblar mientras leía el papel, ¡qué cobardón! La noche anterior había sido la gran noche. ¡Once bombas explotaron en distintos lugares del pueblo! Todos, aunque soñolientos, andaban sobresaltados. Tuve el atrevimiento de decirle al dueño, que el papelito se lo mandaba el panadero de la esquina. También la excusa resultó fallida, no me dio los fósforos.

El otro rubio, rojo ya como tomate maduro, me hizo una seña bien hecha, fue suficiente; me esperó en la próxima esquina con «los fósforos» que yo buscaba. Eran dos cajas, las llevaría tal como me las dio, ya lo tenía aprendido, lo más oculto, es lo primero en aparecer.

Calle arriba iba, cuando frente al vivac los agentes de la policía sacaban de un carro policíaco a las dos mujeres bajo mi protección hasta ese momento. Aceituna debió ser mi color, la brillantina chorreaba por mi cuello, para dicha mía nadie me tomó en cuenta, todos centraban su atención en ellas. Sentí gran angustia, nada pude hacer. En cuanto tuve la oportunidad desaparecí, como siempre, creyéndome perseguido. En medio del silencio del monte afianzaba el criterio de que me seguían los pasos. Llegar, llegar, me urgía encontrarme con los míos

El sentimiento de culpa, añadida la imposibilidad de hacer algo por las dos mujeres, me sacó de la memoria el lugar acordado para entregar las cajas, no paré hasta el mismo campamento rebelde. Debieron pensar que era un flojo, no me salían las palabras, permanecía sin hablar, pero no me preocupé, tendría tiempo por delante para demostrarles quién era.

Una avioneta no se cansaba de sobrevolar. Aurelio tenía razón, después de la voladura del puente fue las de San Quintín. Era necesario buscar nuevas estrategias, cuando comenzara el bombardeo y encendieran fuego a la redonda, de aquellos hombres cercados en el aromal dispuestos a la "muerte necesaria", no quedaría ni uno en pie. Sería criminal que tal cosa sucediera, no debía quedarme de brazos cruzados.

Tata formaba parte del cerco, se había metido a «casquito»[39], tenía mucha necesidad y el Ejército le pagaba. No tuve otra alternativa que hablar con abuelo, dueño de un buen caballo, no recuerdo con qué pretexto se lo pedí, en realidad, me proponía que la Guardia Rural se fijara en el caballo y no en mí. Había buen aire aquella tarde, hubiese preferido quedarme empinando chiringa en la Loma de Las Cañas con los demás chiquillos; no lo hice, triunfó el sentido del deber, como casi siempre cabalgué al pelo, no había montura.

Iba al encuentro con Tata, le pediría ayuda. Aquellos jóvenes con un valor extraordinario no habían pensado en las consecuencias, resistirían dispuestos a morir quemados vivos como el indio Hatuey[40]. Muy fuerte era el deseo de triunfo, no obstante, todo apuntaba a que más temprano que tarde debían estar clamando a Dios por la boca de un güiro, sin manera alguna de organizar una retirada.

---

[39]Término usado por la población para referirse a los miembros del Ejército, a partir del continuo uso que hacían del casco militar.
[40]Líder de la primera rebelión indígena contra la colonización española; fue quemado vivo...

Tata no temió el riesgo porque yo, su primo, se lo pidió. Las cosas andaban muy malas, para gran suerte no habían suspendido el toque de Tambor Yuka, que como herencia de la cultura africana, cada noche de sábado ponía a bailar a blancos y negros. Esta vez sirvió para calmar las tensiones del tétrico ambiente. Sin perder un minuto ni faltar detalle, dije a Aurelio el lugar donde a Tata le correspondía cubrir el cerco. Tan pronto la luna se abrió paso, en fila india avanzaban los guerrilleros, sin rumbo fijo.

Continuábamos bajo grandes tensiones. Alberto repitió la acción, otra vez llegó a la ciudad para contactar con un combatiente de otro frente, esperaba con impaciencia. En un jeep, dentro del tanque metálico donde el dueño recogía la comida para los puercos desafiaba la muerte. Esta vez logró su objetivo, llegada la hora se retiró a su último escondite, una casita de madera techada con guano de palmas se convirtió en trinchera.

Como otras veces, aquel atardecer le había llevado comida y una carta familiar. Alberto no estaba, le dejé los encargos en el lugar y la forma convenidos. No me detuve, ligero me retiré, no regresé por el camino grande, lo hice atravesando arboledas y palmares. Dos hombres desconocidos se alejaban del crucero rumbo al arroyo, de su conversación solo pude escuchar: "... *se acabó la pesadilla, hasta hoy llegó*".

Mi paso se hacía lento cuando un triste presentimiento me fue envolviendo, carga muy pesada estaban soportando un cuerpo y una mente todavía frágiles. La imagen de Alberto tomaba fuerzas, se apoderaba de mí: buena estatura, piel blanca, pelo negro, su dentadura perfecta dejaba salir una risa siempre alegre, todas las muchachas querían conquistarlo, y a flor de labios no se hacía esperar el piropo para ellas. Sin embargo, lo veía debilitado, casi sin fuerzas ya. En cuanto llegué le hablé a mamá de mi pésimo estado de ánimo, le añadí que no iría más a aquel lugar. Debió contentarse por tal decisión, aunque no sabía de la quinta parte la mitad, insistió en quitarme los malos pensamientos de mi cabeza, buenos mangos y piñas maduras esperaban por mí para vender en el pueblo al día siguiente, debía salir en cuanto amaneciera. Por más intentos, no logré desprenderme de tan fatal idea.

Estaba por finalizar la primera semana del mes de diciembre, la noche algo fría, el cielo totalmente estrellado. Yo debía apresar unos cuantos cocuyos, los chicos del barrio haríamos una competencia para ver quién era el dueño del que tuviera su luz verde más grande y que, puesto boca arriba fuera capaz de saltar en su tentativa por virarse y continuar su vida libre; de lograrlo, durante una semana tendrían que nombrarme Campeón.

Eran aproximadamente las nueve cuando en la misma dirección por donde yo había andado, comenzó a escucharse el zumbido de las balas, se abría un tiroteo que iba en aumento, nadie quedó durmiendo. En medio de la oscuridad, voces desesperadas viajaban en la distancia, los campesinos necesitaban saber qué ocurría. Nosotros no dudábamos, no podía ser otra cosa. El momento se hacía terriblemente doloroso. Quedaba demostrada la gran resistencia que estaba ofreciendo aquel hombre, probablemente solo ante una balacera sin pausas.

Alberto no dejó de combatir hasta el último momento y, cuando se creyó perdido, ante la imposibilidad de salida, buscó protección detrás de la puerta de entrada, coger por el cuello a quien intentara penetrar, arrebatarle el arma para seguir combatiendo, debió ser su interés.

Convencidos del «éxito» en aquella batalla, el bando de todos contra uno se dispuso a sacar el cuerpo acribillado. La vasija que servía de orinal quedó agujereada, y el rosal del patio, colmado de ramilletes con flores blancas, se negó a continuar viviendo.

Raudos circulaban desde el amanecer los comentarios acerca de lo sucedido; el cabo Bellón participó en la operación, lo hizo porque en situaciones como esa se toma interés para que su amante lo viera fotografiado en la primera plana del periódico del pueblo.

La prensa presentó la noticia acompañada del rostro regocijado del cabo.

La Prieta tuvo que alejarse inmediatamente, algo debía hacer yo. Aquella mañana terminé la venta más temprano de lo acostumbrado, me fui a la cárcel a llevarles cigarros a las dos mujeres, no las encontré, nadie supo darme razones. Sospeché que las habían puesto en libertad. Y Bellón, quien desde hacía días había mandado a no perderme pie ni pisada cuando entrara al pueblo, reafirmó su criterio de que yo "andaba en malos pasos", me atrapó en el justo momento en que salía a la calle. A pesar de mis trece años, me sentí grande. Creyéndose desafiado, sin más ni más, me dejó encerrado. Allí me hablaron de una lista de los más complicados, también de la posibilidad de que estuviera entre ellos. Presumí que era el resultado de mi metedura de pata cuando en momentos de aprietos delaté mis señas. El día de los Santos Inocentes, después de muchas gestiones, un amigo de tío Pepe me salvó del supuesto calvario.

Precepto de Cátulo

Por el oeste, una ceiba anunciaba la entrada al pueblo, nos brindaba a los jinetes y sus bestias, brisa suave y abundante sombra para, después de un breve descanso, comenzar en marcha lenta la descarga de pregones en el deambular por las calles en busca de compradores de viandas y frutas frescas traídas desde muy lejos. Me había iniciado con bastante éxito en esos menesteres cuando todavía tenían que subirme sobre Cuca, alcanzarme el freno y acomodarme las alforjas, lo que supone la difícil situación en que me encontraba para vender. Me vi precisado a educar la voz, darle fuerzas a los pulmones y elaborar pregones atrayentes con el interés de que las caseras salieran a mi encuentro. Divertido era el diálogo con ellas, regateaban hasta lo último. Yo, con mi inocencia, al principio perdía, otras veces regresaba con la mercancía sobre el lomo de la yegua. Con el tiempo crecí algo, me defendía como gato boca arriba, lo hacía puerta a puerta, los precios los fijaba según la apariencia del comprador, casi siempre ellas, las caseras. Me gustaba el oficio, veía el resultado, llegaba con algún dinero y algo para comer en casa. Y lo más importante, aprendí, aprendí mucho, fue una gran escuela.

Aquel día no pintaba nada bien, la venta pobre, las alforjas maltratadas por el tiempo y la pesada carga comenzaban a contrariarme. Ya cansado y con hambre, decidí bajar hasta la Calle Real, me serviría de gran alivio. Ante tanta gente bien vestida, rostros alegres y buenos olores, pronto comencé a creerme chiquito y encorvado. Para más desdicha, el sombrero tampoco me hacía buena compañía. La escasa distancia recorrida me fue dejando desagradable resultado, aquel pedazo de pueblo no estaba hecho para vendedores como yo, nadie se interesaba en comprar los mangos que vendía, había tiendas elegantes, quincallas y vendutas de otro tipo, bien presentadas. Juzgaba que debía ser uno de aquellos hombres limpios, vestido de verde nuevo, paseándome por la calle: ni pensarlo, no tenía otra alternativa que conformarme con ir al pueblo y regresar con el cuento de lo allí visto. Con el peso sobre mis hombros y la frente un poco gacha, llegué al portal de la tienda La Colosal. Las alforjas y yo caímos de un tirón al piso, sin advertir que molestábamos el paso a quienes llegaban al estanquillo por revistas y periódicos, sería imperdonable que por mi imprudencia alguien tropezara. Decidí irme a un lugar donde pudiera ver el ir y venir de la gente.

Desde allí observé cómo "los verde olivo", apremiados por conquistar, ponían sus ojos desesperados en las mujeres, todas les parecían bonitas y a todas les decían algún piropo. Muchas de ellas, temprano en la mañana habían caminado grandes distancias para verlos y, de ser posible, darse por conquistadas. Era una fiebre.

Dos barbudos bajaron de un carro militar en busca de periódicos, quien se adelantó era el jefe de la provincia, el otro, quizás más viejo, de boina negra con una estrella en la frente, se detuvo ante mí, tenía cara de sueño, o así me pareció; algo distinto en su mirada me hizo reparar en él, también los bolsillos de su camisa llenos de papales y tabacos, no dudé, en un santiamén lo reconocí, no necesitaba otra identificación, era el Che. No había logrado incorporarme cuando una ráfaga de preguntas me puso en alerta. A cómo vendía los mangos, desde dónde los traía, cuánto dinero hacía. Me comentó que de la misma dirección donde le dije estaba mi casa, venía él desde Las Minas de Matahambre.

—Vives lejos de la ciudad, no debe alcanzarte el tiempo para ir a la escuela.

—¡Hace tiempo me fui, la dejé!

—¡La Revolución no se hizo para eso! Hay que estudiar, hay que aprender mucho —dijo mientras tomaba nota de los datos que me solicitó. Le brindé dos de los mejores mangos manzanas, me dio las gracias, pero no los aceptó.

—¡Véndelas, véndelas y gánate tu dinerito! —me despidió con dos golpecitos de afecto en la cabeza, y con premura, porque el pueblo comenzaba a congregase, se montó en el jeep y se fue, mientras saludaba a la gente.

Tardé en salir del asombro. Debí decirle quién era yo y cuánto había hecho para lograr el triunfo. Pensándolo bien, fue mejor así, pudiera interpretarlo como una presunción, un oportunismo sin venir al caso. Me habían educado en que las cosas se hacen cuando es necesario hacerlas, no por el interés de sacarle provecho.

Una semana después, firmado por el Ministro de Educación, recibí un documento acreditativo para cursar estudios en la capital. Ahí estaba la mano del Ché. Bienvenido tenía toda la razón, yo crecía en apuros y apurado, posiblemente por eso, con frecuencia me veía obligado a dar marcha atrás. A partir de ese momento las puertas del cielo quedaban abiertas para mí. En mi mente campesina, no tenía derecho a flaquear.

El día señalado, con las lágrimas a punto de chorrearse, partí rumbo a lo desconocido. Parecía no tener fin aquel viaje. Mi inseguridad se reforzaba por las múltiples paradas del novato chofer del ómnibus, necesitado de información para seguir camino. Entre otras cosas, ante la supuesta posibilidad de que el túnel de La Habana me viniera encima hice el ridículo de bajar la cabeza; esa, y otras aguajiradas, por pena pocas veces contadas, las pagaría bien caras más adelante.

Cada vez más La Habana se separaba de nuestras espaldas, viajábamos rumbo a las Playas del Este. Nuestro destino sería Tarará, una zona residencial veraniega con sus blancas y finísimas arenas, devenida en Ciudad Escolar.

Aquel frescor de mar del norte nada tenía que ver con el del sur en María la Gorda, donde por primera vez encontré la diferencia entre nadar en el agua dulce de los arroyos y la salada, donde te mueves como pez ligero. Este mar, a mi vista más apacible, con tonalidades más suaves, me embelesaba. Sentado bajo un pino contemplaba cuanto había a mi alrededor, lo espiaba todo. Mis ojos, no acostumbrados a lo que estaban mirando, inquietos y sobresaltados, viajaban queriendo captar el más pequeño detalle sin poder evitar el recuerdo de La Esperanza.

Muy afanado siempre por conocer, logré saber, según mi amigo Homero, que la hermosa casa donde me habían albergado, y que ya comenzaba a llamar mía, fue la primera en que vivió Ernesto Guevara en La Habana por espacio de dos meses y algo más. Según contaba, el Che llegó allí con el interés de hacer algún reposo, recuperarse de un enfisema pulmonar que lo afectaba, quizá producido por tanto tiempo en la guerra y el asma que apenas lo abandonaba.

Las habitaciones se me hacían de tamaño exagerado, me correspondió una grandísima en la planta alta, con un enorme baño enchapado en mármol. Pasado el tiempo me enteré que el cuarto pequeño que seguía al mío era un closet vestidor, había más, pero el mío, fue el mismo escogido por el Che. No sé cómo, pero Homero demostraba que de buena tinta había obtenido la información. Con el paso del tiempo me fui adaptando al lugar; dicen, y es verdad, a lo bueno se acostumbra cualquiera.

No tan lejos de mi casa-albergue se encontraba la que había sido residencia veraniega de Carlos Prío Socarrás, expresidente de la República de Cuba, ubicada también en un lugar alto, posiblemente más hermosa, de ella me enorgullecía. Carlos Prío perteneció a la misma provincia donde nací y, aunque nunca lo conocí, su nombre me resultaba familiar. Yo, un principiante de adolescente disfrutaba cada uno de esos pormenores y los incorporaba a mi patrimonio. Estaba viendo y viviendo cosas inimaginables, me sentía en el paraíso, el vuelco era a favor de las manecillas del reloj. La nostalgia no me impidió ir a la caza de nuevas alternativas y, como siempre, idealizaba el futuro, Tarará cambió mi vida.

No debo negar que subestimé a compañeros con vivencias parecidas a las mías, llegué con el ego muy alto, pretendía que mi historial y la carta de matrícula recomendada por el Che me favorecerían para vencer los contratiempos, me situaban en escala superior a los demás. Nada me inhibía, quería ascender desde allí.

Todo comenzó en el momento de la matrícula, cuando al preguntarme el nivel de escolaridad, sin pensarlo dos veces respondí: octavo. Había seguido el precepto de Cátulo cuando una vez me dijo: "No le tengas miedo a nada, cortando güevos se aprende a capar".

Suerte que Dios aprieta, pero no ahorca. En la misma habitación que me sirvió de dormitorio tuve a Homero por compañero, siempre con *La Odisea* bajo el sobaco, libro del que yo, y otros tantos como yo, ni siquiera sabíamos de su existencia. Por Homero el estudiante, supimos que el Homero, quien se dice ser autor de tan famoso libro, lo era también de *La Ilíada*, y que no debíamos envidiarle nada a los héroes griegos ni troyanos, a nosotros también nos roncaba el mango[41], cada uno tenía un poco de Aquiles y de Odiseo, con una marcada diferencia: todos éramos vulnerables, nuestras Penélopes no aguantarían tanto y nuestras historias pasarían al anonimato.

No me interesé en saber si ese era su verdadero nombre, pero en realidad Homero era admirable, fue mi profesor particular y sin tener que pagarle un solo centavo, podía responder cuantas preguntas le hiciera: ¿Por dónde le entra el agua al coco? ¿quién fue primero, el huevo o la gallina? ¿por qué el cangrejo camina para atrás y la jicotea nunca está apurada? Y para no dejar cosa por saber, sabía Homero hasta dónde el jején puso el huevo, todo lo sabía. Fue él quien me llevó del deficiente cuarto grado hasta alcanzar, no sin un aprieto tras otro, más allá del octavo declarado. Por supuesto, me esforzaba, también ponía de mi cosecha, me las ingeniaba creando situaciones divertidas para salir lo mejor parado posible en las respuestas dadas a los maestros, a quienes casi siempre me parecía estar escuchando en la lengua de los chinos. Pero no fui el único aprovechado de los conocimientos y la buena voluntad de Homero, había gallitos de pelea no fáciles de vencer; todos tendremos razones para agradecerle.

Tremenda discusión se formó cierta noche, sucedió que Homero solemnemente nos explicaba la

---

[41] Expresión coloquial para indicar que alguien es especial, excepcional.

razón que dio origen a la guerra entre griegos y troyanos:

—Helena, la mujer más bella de toda Grecia, esposa del rey Menelao se fue con París, hijo del rey de Troya, en un famoso rapto.

—¡No me jodas, entonces la guerra empezó por puterías! Bien lo dice mi padre, "la cosa viene de atrás, muy atrás"—intervino el desafiante Pedro.

Cada uno quería exponer su criterio y la algarabía era mayúscula. En nuestras mentes no cabía la idea de que en los libros se escribieran cosas que tuvieran que ver con tarros pegados. Los libros eran solo para cosas serias.

Por más que el buen condiscípulo intentaba poner seriedad en el asunto, la ignorancia le llevaba un gran trecho a la leyenda. No había manera de calmar tan encendidas opiniones, la discusión no cesaba. Fue la única vez que Homero optó por no concluir la charla.

Cada cual desde su litera soltaba algún "chiste pesado", a veces bien picante, relacionado con Elena y Paris. Yo no tenía sueño, recordaba a La Esperanza con todo lo que tenía adentro, también a mi Margarita, mi florecilla adorada, inteligente y buena; su simpleza no le admitía salir de la burbuja en que había crecido. ¡Cómo me hubiese gustado ver el mar y cuanta cosa buena presenciaba allí con ella a mi lado llenándome de preguntas, y yo haciéndole creer que todo lo sabía! Porque nadie me había hablado de Sócrates, ese nombre me resultaba completamente ajeno, sin embargo, fue el quien más tarde me puso al corriente de que empezaríamos a saber que no sabíamos nada cuando supiésemos algo. ¡Cuánto aprenderíamos juntos Margarita y yo! Sus cartas eran pobres de vocabulario, pero tiernas y con dibujos de florecitas silvestres que me llenaban de recuerdos y tremenda nostalgia.

Entonces, para echar en cara a los varones, que formábamos una especie de equipo a la hora de hacer las trastadas, y para convencerlos de mis dotes de conquistador, animé a mis compañeros a escuchar la lectura de las cartas de mi novia.

Dicho y hecho, les cautivó mi iniciativa a tal punto, que se fue haciendo costumbre, muy ansiosos aquellos pilluelos esperaban la llegada del cartero. ¡Qué interés ponían en mi lectura! Me creía un don Juan, y quizás por imitar al Homero del terruño, se las leía una y otra vez, más que leerlas, las dramatizaba. La última noche cuando mi inspiración se había elevado al grado más alto, advertíamos el murmullo de las olas como música de fondo, en profundo silencio estaban sumidos, incluyendo al ya conocido «preceptor». Boquiabiertos, babeados: todos enamorados de mi Margarita. ¡Coño!, nadie me diga que no lo vi en sus ojos. Falto de aire abrí la ventana, al punto de la asfixia, del ahogo, acorralado y sin ninguna salida, yo mismo me había llevado al matadero.

Pero como el diablo son las cosas y la vida que casi siempre te mantiene con la soga al cuello, a veces aprieta a veces afloja, un atardecer nos escapamos para Taramar, una cafetería situada en la avenida que, rumbo al oeste, conduce a la ciudad de La Habana. Nos proponíamos detenernos allí para "echarnos colirio en la vista".

Influido por París, el hijo de Príamo y hermano de Héctor, de quien Homero nos hablaba una y otra vez, caí en las redes del amor. Justifiqué su debilidad cuando encontré unos ojos negros que rompían cocos. Clarita se llamaba, la ataqué por los cuatro costados con toda la artillería que a fuerza de porrazos me había armado. No podía fallar. Le dije que era la más hermosa de las flores, la llevaría a pasear por el Capitolio, también el Morro y San Carlos de la Cabaña, todo lo recorreríamos por dentro y por fuera, nos pasearíamos de punta a cabo por el malecón habanero y, para rematar, le insistí en que "era la vaquera más hermosa de La Hinojosa". Cuando terminé sin aliento y casi desfallecido, me respondió la muy pícara que eso mismo o muy parecido le decían todos. Pensé morir, no sería capaz de repetir tantas frases hermosas, tampoco tenía ya de dónde sacar otras. Yo, que enlazaba a las guajiritas del primer lance, fracasado, con los labios apretados y el ceño fruncido a más no poder, dejé mis ojos clavados en sus torneadas piernas hasta encontrar la manera de despedirme, saldría de allí con toda urgencia.

A la misma hora del siguiente día Clarita estaba en Taramar, minutos antes había llegado yo. Después, no nos citábamos, tampoco faltábamos cada atardecer con rigurosa puntualidad. Hablábamos de todo, ella más que yo, me concentraba en el ataque: El rey no sufriría otra vez el jaque mate. Varios días después, decepcionado, agotado ante tan lejana posibilidad, buscaba paciencia, invocaba a Napoleón Bonaparte: una retirada a tiempo significaría una batalla ganada. Procuraba algún pretexto para otra vez desaparecer cuando me sorprendió con un insospechado acercamiento, pura miel.

Se convirtió Tarará en mi palacio celestial y yo en el arcángel San Rafael. Mi ego ahora se ensanchaba cada vez más, la había enlazado. No me bastaba su casi permanente compañía, todo lo hermoso deseaba regalárselo: el aire, el mar, los pedazos de cielo a mi alcance... Era un estado de éxtasis nunca experimentado, sobraban las motivaciones. Cada día aprendíamos, descubríamos algo nuevo, insuperable según mis aspiraciones.

Morales, el director de la ciudad escolar, persona de gran cultura y buen pedagogo, nos hablaba de una formación integral; además de adquirir conocimientos académicos, desarrollaríamos otras habilidades. Muy entusiasmado participaba en cuanto me era posible. El deporte fue mi mejor opción. Tenía buen bate y me habían aparecido muy buenas pelotas; me creía de las Grandes Ligas. Siempre fui pitcher, cuando no ganaba, al menos daba el empate. Y como es de pensar, me incorporaría también al taller más atractivo, de mayores perspectivas, pero la pintura se robó el show. El director promovió un concurso, todos los integrantes debíamos inscribirnos, el trabajo que resultase seleccionado en primer lugar se le entregaría a Fidel Castro, quien próximamente nos haría una visita: Más que suficiente la cuerda que nos movía.

Asumí la tarea con todas mis fuerzas, Clarita fue mi inspiración, haría un retrato suyo. Me enternecía tanto disfrutando su mirada y su sonrisa hasta llegar a la exageración de dejar de pintarla y verme involucrado en otras cosillas muy divertidas para cualquier mortal, disfruté momentos inolvidables cargados también de niñerías y ocurrencias juveniles.

Había pasado una semana cuando aquel rostro, hasta ese momento sin nada que ver con Clarita, fue tomando fuerzas, al punto de llegar a preocuparme: idéntico al de ella, un resumen de las trigueñas cubanas. El recuerdo de lo sucedido con las cartas de Margarita, el enamoramiento de mis compañeros comenzó a importunarme, me martillaba otra vez, me alejaba el apetito, el sueño.

Estaría solo en el taller, según mi parecer, todo marchaba de maravilla, me hicieron creer que era bueno pintando, y yo, optimista siempre lo di por cierto. ¿Alguien se atrevería a decirme que mi trabajo no estaba perfecto? Dedicaría toda la tarde a las últimas correcciones, aunque ya está dicho: un retrato impecable. Acababa de entrar cuando me sobresaltó su perspicaz mirada. Como salida del lienzo, Clarita me estaba transmitiendo un mensaje, sus ojos grandes, azabache puro, me increpaban. De un soplo lo comprendí, un mal me amenazaba. Con mis dos manos airadas, un tirón bastó para retirar el lienzo del caballete, en cuanto me fue posible lo escondí donde

118

nadie pudiese encontrarlo, no me permitiría el lujo de chocar dos veces con la misma piedra; si me hacía el tonto, Fidel se enamoraría de aquella mirada, entonces la pelea sería "de león pa' mono", una vez más, el guajirito quedaría al campo.

Nadie dio crédito a mi justificación ante la pérdida del cuadro, solo Clarita ateniéndose a que "amor cuerdo no es amor", me justificó en el propósito de pintar algo distinto, preferimos uno de los hermosos paisajes del Guayabo. Se me antojaba totalmente cierto el conocimiento de Fidel acerca del frente guerrillero que allí se abrió cuando la etapa de lucha donde aporté mi granito de arena. Convencido de obtener el primer lugar, ante tal expectativa, valdría la oportunidad para ponerlo al tanto de la urgente necesidad de reconstruir el puente derribado, los campesinos aún transitaban por un desvío en pésimas condiciones, el camión devenido en guagua por la familia Bobadilla no podía entrar hasta El Fangal y, como resultado, caminaban mucho a pie. Me sentía cómplice de su voladura, admitía que siempre la soga se quiebra por la parte más floja, ellos no merecían semejante castigo. Asimismo, di por hecho que tal panorama lo introduciría en el recuerdo de la Sierra Maestra. Además, como pensar no me costaba nada, llegué a imaginarlo muy complacido con tan especial regalo.

Más calmado, fue eso lo que pinté, un paisaje campestre. El lienzo tuvo por fondo un cerro grande —el de La Chiva—, que con su forma de pirámide egipcia asomaba grisáceo en el veguerío. El río, la palma real cargada de racimos de palmiche[42] verdes y maduros, y una penca de guano con la yagua todavía colgando, estaban en el lateral derecho. El campesino pasándole el arado con los bueyes a los surcos donde había plantado el tabaco, gracias a las acertadas críticas de Clarita quedó muy bien; increíblemente, la vejez del sombrero del hombre se podía distinguir en aquel cuadro.

El director Morales a cada rato nos visitaba, se detenía ante el trabajo de cada uno, admiraba nuestro entusiasmo, no debíamos carecer de ningún recurso. Yo no le pedía nada, me proponía la mayor naturalidad que pueda mostrar un mortal, necesitaba lograr un gran efecto.

El concurso fue creciendo en importancia ante nosotros, todos esperábamos el momento de la premiación. Por mi parte, programaba baños en la playa y largas caminatas para disimular tanto entusiasmo. Al Capitolio Nacional nos llegamos un domingo Clarita y yo, recorrimos muchas de sus hermosas salas, vimos el diamante original de 25 quilates que perteneció al zar Nicolás II de Rusia, y marca el punto 0 de la red de carreteras cubanas.

Indescriptible resultó el día de la premiación. Di en el clavo, me alcé con el primer lugar, pintar

---

[42]Los pequeños y redondos frutos que la palma real produce agrupados en racimos en su parte más alta y son muy utilizados por los campesinos como alimento para los cerdos.

comenzaba a convertirse en mi obsesión. Según mi abuela, los caminos de la vida suelen torcerse más que las sogas cuando se mojan; por eso, mis pies debían estar muy bien puestos en la tierra, sin pensarlo dos veces me fui. Me beneficié con el traslado para otro centro de estudios. No pude saber el destino del primer paisaje que tomó forma desde mi pincel y que tanta alegría me dio.

La campana

Algo nuevo traía cada día. Muy pronto todos los estudiantes de mi grado viajamos en un tren cañero rumbo al oriente cubano, participaríamos en la recolección del café.

Apenas comenzaba a clarear el día, con el morral a la cintura nos adentrábamos en la Sierra Maestra para acopiar lo que se convertiría en el delicioso néctar negro de los dioses blancos. Nos considerábamos afortunados, estábamos en el poblado El Hombrito, ávidos por conocer acerca de la presencia del Che en aquel lugar, un casquillo del fusil ametralladora Browning allí estrenado hubiese sido un gran trofeo, aparecían de otras armas, pero de esa no.

Iniciada ya la Crisis de los Misiles, aún nos mantenían en nuestros puestos. Un fuerte resfriado se afanó con todas sus fuerzas en liquidarme. Fue cuando decidieron enviarme a casa. Atravesé el país en alarma de combate máxima, irreconocible llegué por lo enfermo, larguirucho y voz de gallo cantón.

La Esperanza era no más que armamentos y hombres verde olivo confundidos con la naturaleza en aquel octubre lluvioso. Sin susto, pero a la expectativa, encontré a mi familia, quizá no lo suficientemente consciente de que en cualquier momento podíamos desaparecer como Matías Pérez[43].Pasé a ser uno más en aquel enjambre humano cobijado por matorrales espesos, humedecidos por la

---

[43]Personaje histórico cubano que desapareció a bordo de un globo aerostático en el siglo XIX.

lluvia, posiblemente fue la ignorancia responsable de posibilitarnos disfrutar confiados tanta movilización.

En un constante suceder de cosas, el robo de la campana de la iglesia de los americanos es el recuerdo conservado con mayor nitidez, quizás porque trascendía como un enigma. También había desaparecido René, un barbero con escasa capacidad de adaptación, peor en situaciones extremas y, por más razones, poco diestro en el uso de las armas. Según se decía, no podía concebirse tales cosas en personas dispuestas a dar su vida por la patria y el socialismo, todos dudaban de su comportamiento en el preciso momento en que la muerte rozara nuestras narices.

Allí, en la cocina central para los movilizados, muy próxima a la puerta de entrada a la iglesia estuvo Che Guevara un día después de haberse levantado la polvareda para localizar el valioso instrumento robado. Pero todos callaron ante el Jefe de Occidente que sí era consciente de la gravedad del momento que vivía el mundo. Según trascendió, el motivo de su visita fue comprobar los abastecimientos y pasar revista a la disposición combativa. «Los superiores» tuvieron buen cuidado de no ponerlo al tanto de la intriga que rondaba.

La tarea de investigación recayó en el sargento Marín. Uno a uno entrevistaba a los movilizados que hubiesen tenido alguna relación con el mencionado acontecimiento. En los interrogatorios la balanza se inclinaba hacia René como posible ejecutor del hecho.

—Juan, ¿quién cree usted fue el autor del robo de la campana?

—Sargento, yo no puedo meter las manos en la candela por nadie, participaba en las conversaciones acerca de ella, pero de hablar a coger lo que no es de uno, va un trecho largo. A decir verdad, no tengo ninguna idea, robar es una cosa asquerosa.

—¿Puede referir qué cosas decía René?

—Decía René que la campana de aquí no era tan grande como otras que él había visto, casi todas las que hay en Cuba las han traído de otros países y, según le habían dicho, cuando sintiéramos esta sonar era que ya los bombazos estaban cayendo de una punta a otra de la Isla, yo creo entonces que iba a ser la señal de que seremos difuntos, que estamos acorrala'os. Pero sépalo bien, compañero, eso no quiere decir que me alegró su pérdida, no me alegró. Entre uste' y yo, sargento, en ese momento, el preciso de morir, no quisiera oírla, aunque vuelvo y le repito, yo estoy seguro de que eso no es tan así, no puede ser tan fácil como él decía. Se imagina tanta gente muerta sin apenas saber por qué. Nosotros estamos prepara'os y vamos a vencer. En estos días, cuando Fidel habla, se le oye más encabrona'o que nunca. Y él no se va a tragar esa píldora que le quieren meter por los ojos y por el c... ¿No se ha fija'o que lo mismo le tira a los americanos que a los rusos? Anda como potro desboca'o reclamando los Cinco Puntos que él exige. Yo no sé quién va a ser, pero le van a tener que coger las campanillas y también los timbales para que entregue a Cuba.

—Y el Che no habla, pero no se crea, según dicen, y me pareció pura verdá, muerde calla'o, ¿no lo vio cuando estuvo aquí?, no le enseñó los dientes a nadie ni para encender el tabaco con el tizón, que tampoco quiso se lo alcanzaran, y ni café tomó. A mí me dio la idea de que él no creyó ni la mita' de lo que le dijeron, o estaba pensando en otra cosa. Menos le gustó el correcorre que formaron para verlo, se mantuvo serio de verdad, encachorra 'o. Yo no, yo había ido a recoger una pila grandísima de cáscaras de yuca para que Rupertino las botara en la basura porque los puercos no pueden comer eso, la cáscara de yuca los envenena, los revienta por dentro. Y hablando de lo mismo en lo que estamos, a decir verdá, me quedé pasma'o con el Che, me dio el pálpito que él se las lleva al vuelo. Todo el mundo enderezaba el trillo cuando los miraba de frente, pero sin ningún ringo rango se mantuvo todo el tiempo. Ya tengo algo pa' contar en mi vida seca de historias. ¡Qué hombre, sargento, qué hombre!

—Sí, compañero, estoy al tanto de todo. Por favor, concrétese a la pregunta que le hice, sea más breve. ¿Qué decía René cuando se refería a la campana?

—Jefe, todas las mañanas René traía una historia distinta, lo que soñaba por la noche —a mi parecer, inventos de él acerca de la dichosa campana—, era la ensaladilla del día. Me da la corazonada que es un mentiroso, cobardón, flojito, pa' qué decirle. Eso no es gente, nunca se sabía si lo que hablaba era verdad o mentira. A Rungo, el viejo que anda casi arrastrándose, porque el pobre no puede más, y también carga de la cocina un poquito de sancocho pa'sus cochinitos, una mañana le oí decir que es verdad que la campana sonaba lindísima, que había una sola persona que la hacía retumbar bien, el encarga'o de ella. Pero según habló Rungo, ese hombre también se perdió de aquí con los americanos, cuando vio que esto era parejo pa' to' el mundo, adiós Lolita de mi vida. Eso es lo que sé.

—Sargento, hágame caso, no se caliente la cabeza, la gente pa' no pensar en lo que nos viene arriba, les da por hablar boberías, hacer maldades. No siga con la matraca de la campana porque cuando la cosa dura llegue, lo va a coger con la cabeza floja, sin saber qué está haciendo.

—Gracias por la información, y no se preocupe, estoy acostumbrado a grandes tensiones. Puede retirarse, por favor, dígale al compañero Ruperto se presente de inmediato.

—Ruperto, ¿conoce acerca de la gravedad del caso que nos ocupa?

—Aguante ahí, sargento, según lo dicho por mi padre, en papeles soy Ruperto, pero yo respondo por Rupertino, tampoco tengo conocimiento de alguna gravedad de enfermo.

—Cálmese Ruperto, tómese su tiempo: escuche, piense y responda. ¿Qué sabe acerca de la campana perdida?

—¡Ah!, ahora sí que me habló claro, pero de eso yo no puedo sacar nada en limpio. Pensándolo bien, aquí el que más o el que menos hablaba de ella. No lo engaño, a mí me hacía cosquillas no poder oírla, porque en San Simón de las Cuchillas donde vivo, ni pensar en eso, el fotuto y vamos bien. Pero fíjese en una cosa, ahora resulta que los jefes andan sigilia'os, no se puede hablar alto, no se puede hacer bullicio; para colmo, tenían por capricho no tocarla hasta que las bombas estuvieran arriba de las cabezas de nosotros, ¿habrase visto cosa igual? Según oídas usted vino de Oriente, a lo mejor sí sabe de campanas, sabe cómo suenan. Yo no, compañero, ni un campanazo, donde yo vivo no hay de esas cosas. Mi padre habla de las campanillas colgando del pescuezo de los bueyes cuando salen a carretear, pero ni eso he visto en mis treinta y tres años, donde yo vivo no llega na'. Sería bonito que en aquel lomerío una campana le avisara a Pipe, a Tote, a Coto... a todos los de aquellos alrededores, que suelten la guataca y vayan a sus casas pa' echarse algo caliente en el estómago a la hora de almorzar; sería bonito, muy bonito y bueno.

—Pasemos a otro tema, Ruperto.

—¡No me vaya a pasar para otro cuartón! Déjeme aquí senta'o, pregúnteme lo que usté' quiera aquí donde estamos.

—No comprendió bien, pero no importa, ¿qué otra cosa de interés usted puede decir?

—Oiga, desde el mismo momento en que entré por la puerta que está allá abajo, lo mío es botar la basura en el carro de caballo, a eso sí que le sé, a los caballos y los bueyes les sé bastante, por resabiosos que sean los hago entrar por camino. Además, sépalo bien, conmigo hay que contar, yo cumplo con lo de andar con el rifle y los ramajes arriba, que resulta, ahora a eso le dicen camuflaje, sí, a los ramajes le dicen camuflaje. ¿Quiere que le diga una cosa, sargento?, este problema ya me tiene acoquina'o, y de mala manera. Estoy al perderme monte adentro, a lo mejor lo que le pasó a René fue eso, el capricho de no poder tocar la campana, él sí las conoce bien.

—Hemos terminado, puede retirarse, cualquier duda, lo vuelvo a llamar.

—Óigalo bien, sargento Marín, ya me picó el día, si me vuelve a llamar tengo bien pensa'o lo que voy a hacer: me pierdo como hizo René, con la diferencia de que a mí me van a encontrar por la peste o el embullo de las tiñosas.

—No diga esas cosas, compañero. Retírese, y por favor, comuníquele a Pedro que lo estoy esperando.

—Usted, Pedro, ¿qué me dice de la campana de la iglesia?, para ser más exacto, la campana que ha sido robada.

—Jefe, yo sí que no ando con cortas ni largas, fue René, el mismito René, ¿no se da cuenta que por eso desapareció? Todos los días traía un lequeleque distinto con las dichosas campanas. Él, además de ladrón, aparenta tener su problemita. Si uste' se fijó bien, el que dice ser peluquero también tiene su complicación, por na' del mundo me pelaría con él, no se sabe de qué la'o está, ¡qué raro antes de traerlos para acá, no les echaron el guante y los pusieron donde les toca!, estoy seguro que en el camión que salió aquella madrugá en complicidad con el chofer, René se llevó la campana, lo menos que estaba pensando él es en lo que nos viene arriba, aunque déjeme decirle, mugrienta y to', cuando se limpie debe ser un sol. Yo le raspé un cantico con el cuchillo, y relumbraba. Pero fíjese, según decía René, en el pueblo las campanas están en el copito de las iglesias, y resulta que a estos americanos se les ocurrió ponerla casi a la altura de un chivo grande; puedo confirmarle, además, que a más de cien metros de la iglesia, ¿no comprende que a cualquiera le da envidia, tentación?

—Gracias, buen Pedro.

—José, necesito su ayuda, sea preciso, contundente. Tengo que encontrar al autor del robo, estamos en alerta máxima, la situación es muy difícil, y para colmo, mi jefe es muy exigente. Por favor, dígame algo acerca del chofer del camión que salió esa madrugada.

—Oiga, en lo de preciso, tengo una idea lejana, pero en lo otro que dijo no puedo arriesgarme. Para no enredarme, le voy a hablar a mi manera: necesito salir pronto de esto que ya me tiene la cabeza caliente. Ni averigüe, yo estaba de guardia esa noche, y aquí ni entró ni salió ningún carro ni ser vivo hasta que amaneció. No se podía fumar, ni encender luces, ni hacer bullicio, nada se podía, nada; una paja no se movió en toda la noche, se lo juro por este santico que mamaíta me dio el día que fueron a recogerme. Esa noche el sobresalto no me faltó desde que oscureció hasta el amanecer, no tiré ni un pestañazo, por eso lo recuerdo y es todo cuanto puedo hablar.

—Perdone, José, lo sé, con tantas preocupaciones le di crédito a esa posibilidad. Gracias por la aclaración.

Ninguno de los interrogados aportó alguna pista que condujera a la realidad, *«el muerto seguiría pidiendo sangre»*.

Llegado el momento, el sargento se vio en la necesidad de presentarle el informe al capitán. Todas las evidencias apuntaban a René como posible autor de tan vergonzoso hecho. El capitán, veterano de la guerra en la Sierra Maestra, no se iba a embarrar por un ladronzuelo descarado, ordenó como tiempo máximo veinticuatro horas para localizar la campana y a quienes participaron en tan grave delito. Reafirmó el criterio de que además de raterismo, el hecho constituía un acto de contrarrevolución.

Estaba René en su casa, acostado, tapado de pies a cabeza, durante todo el día no había escuchado ni un campanazo, debía ser por lo mismo, la muerte encima. Llovía muy fuerte, no tuvo tiempo para reaccionar cuando dos militares habían penetrado en su habitación, de un tirón le retiraron la manta y lo condujeron hasta un carro de guerra que tomó rumbo al lugar desde donde se había escapado. Los captores no hablaban. Retortijones sin pausa le anudaban las tripas, escalofríos comenzó a sentir; debía ser el horror a lo que estaba por llegar, la muerte estúpida. Le sucedería lo peor por haber salido sin permiso, lo enjuiciarían por desertor, y su familia toda en los Estados Unidos nunca conocería la verdad de tal absurdo; bien ganada se la tenía por no querer exiliarse con ellos, había sido un tremendísimo comemierda, siempre tijera en mano o la nariz metida en los libros averiguando sobre las campanas, no más que un tonto se creyó. Si escapaba con vida no se iba del país, no abandonaría las campanas, tampoco quería saber de uniformes verde olivo delante de él, en definitiva, no sabía tirar, nunca había tirado un tiro ni le interesaba el Gobierno.

Entrar a la pequeña sala de interrogatorios aterró a René. Un teniente, el sargento Marín, y un miliciano participarían en la entrevista. Asustado, pidió permiso para limpiarse el sudor. Cuando lo creían listo para hablar, se mantuvo en silencio, todo apuntaba a que no hablaría. Se tomó con glotonería el agua que en una vasija grande habían puesto en sus manos. Advertido de que lo harían por última vez, le repitieron las dos preguntas y, creyéndolas el único camino para continuar con vida, comenzó a hablar.

Se había ido porque no tenía acceso a los baños y en el monte, por más intentos y esfuerzos, no pudo hacer sus necesidades en tantos días. Probó distintas maneras, hasta sentándose en un tronco jorobado de una mata de mangos como lo hacía el peluquero, amigo suyo, quien estaba en igual situación, tampoco logró que se le abocara ni una pequeña bolita, a punto de reventar andaba. No más que abrir la puerta de su casa, no le dio tiempo a quitarse los pantalones, mucho menos llegar a la taza del baño para hacer lo que ellos debían suponer.

Y acerca de lo sucedido con la campana, le resultaba insólito, detestable, imperdonable, las campanas eran tan sagradas como las madres, la de los americanos estaba donde le correspondía, aunque hacía tiempo no se asomara un feligrés por todo aquello. No concebía iglesia sin campana y ni pensar que a alguien se le pudiera ocurrir el semejante sacrilegio de robarla, como gran admirador de ellas hasta la fascinación, disfrutaba su sonar. Siempre había vivido muy cerca de la catedral, de allí no se iría, no imaginaba vivir donde no pudiera escuchar desde la cama a tan admirable repicar matutino, embriagador hasta lo más profundo del corazón.

Los entrevistadores se miraron unos a otros como queriendo decirse algo, las últimas frases les habían sonado extrañísimas. Ningún otro elemento aportó. No había tiempo que perder, hasta tanto se tomara otra determinación, René permanecería encerrado.

Bajo una llovizna pertinaz, al siguiente día, muy preocupado, llegó renqueando el ya viejo Rungo, necesitaba presentarse ante el sargento Marín. Oculto en un matorral, cerca del basurero, mientras él se proponía cambiar de sitio a su puerca, escuchó un sonido que le pareció conocido, pudiera ser el de la campana de la iglesia, mejor dicho, tenía que ser ella. No se atrevió a acercarse, tuvo un presentimiento, los enemigos la utilizarían para conspirar.

Enterado Rupertino de la denuncia hecha por Rungo, decidió presentarse, necesitaba confesar toda la verdad. Era lo suficiente perspicaz como para darse cuenta de que lo encontrarían donde quiera que se metiera, a René lo cogieron mansito, y él no tendría mejor suerte; además, se estaba corriendo una bola: en tiempo de guerra el suceso de la campana se pagaba con la vida del pecador. Era preferible tener cristiana sepultura que darles la alegría de un buen atracón a las auras tiñosas, por eso no lo pensó dos veces, a lo hecho, pecho. Apareció ante el sargento Marín a decir la verdad clarita y sin tapujos.

Las cosas escuchadas acerca de aquel instrumento lo llenaron de gran entusiasmo. René tenía razón, debía ser lindísimo oírla sonar. De ninguna manera un fotuto, o la güira que se toca uniendo fuerte las dos manos para que el aire pase por el apretado orificio que queda libre, podía ser igual a una campana grande, oyéndose bonita y bien alto; por eso decidió llevársela, ocultarla cerca del basurero, así, entre viaje y viaje se entretendría dándole sonaditas. Y quién sabe, si los americanos no se tiraban y él salía de aquel trance limpio de polvo y paja, llevarla para San Simón de las Cuchillas era su interés, tremenda alegría pensaba darle a quienes se quedaron allá ¿qué pintaba la campana en una iglesia abandonada?

Sin otra alternativa sacaron a René del cautiverio y Ruperto se vio encerrado. Escasos días habían transcurrido cuando el prisionero escuchó algo hermoso, era la campana, sonaba sin miedo, no cesaba de sonar alegre, alto y bonito, bonito a decir no más. Algarabía y gritos de hombres se juntaban con ella. El anuncio contentó a todos, Rupertino también se alegró, ya la Isla no estaba en pie de guerra. Se comentaba que Kruschev le habló a Kennedy, entre otras cosas, de "su fabriquita de hacer salchichas". El caso es que dieron por concluida la crisis de los misiles, otras medidas no tan severas le aplicaron a Ruperto. Y yo, Rafael, que como buen conocedor del asunto lo cuento porque de buena tinta tuve la información, y por demás, sobrino de Rupertino, regresé al Hombrito para concluir la recogida de café, nadie dude, pasé las de Caín, pero no me detuve hasta ser médico.

TERCERA PARTE

La Lemieux

La libido del Dr. Cuní lo tenía atascado en un prolongado letargo, pensaba en su mujer, calculaba la distancia que los separaba. Y mientras en esas elucubraciones idealizaba un encuentro cada vez más deseado, aprovechaba una climatización que en su país no tenía, para recordar momentos de su infancia cuando estaba él, Emiliano Alfonso Cuní, durmiendo en pelotas y disfrutando el calor de una buena frazada. Tal desnudez hubiese escandalizado a Ana, la única en su vida, quien casi nunca se convenció de dormir en cueros. La formación religiosa recibida les impuso tal recato que, a los 60 años todavía lo atormentaba. En otros tiempos se avergonzaría de las experiencias sexuales que estaba necesitando.

Era Cuní el más viejo de los médicos cubanos en el archipiélago de Las Seychelles y no creía tener a mano opciones de vivir un romance, aunque fuese efímero. Además, le daba horror cualquier desliz que pudiese desatarse como un mal ejemplo y mancillar su imagen de hombre serio y respetable.

A tan solo dos meses de su llegada a Victoria, el doctor Rafael, bastante más joven que el doctor Cuní, tenía a veces la impresión de estar donde el diablo dio siete voces y nadie lo oyó. Con una agenda bien cargada, ponía gran pasión a todos sus desempeños. Lo cierto es que en Victoria escalaba peldaños de manera muy apresurada, llegaría a moverse como pez en el agua, la falta de conocimientos acerca de un tema dado la suplía con ingenio y extraordinaria audacia ante las situaciones más difíciles, en eso ni el mismísimo Panza lo aventajaba. Vivía convencido de que las oportunidades nunca deben despreciarse y más vale pájaro en mano que cientos volando. No se detenía, su presencia era grata; además, jaranero, jodedor, impredecible y bastante simpático. Sin proponérselo se iba asemejando a los seychellenses, aunque siempre con pretensiones de saber por qué las cosas son como son y no como deben ser.

Pronto comenzó el médico un intento apresurado por encontrarse una buena hembra para aliviar "el gorrión" por su país y todos los afectos quedados atrás.

A Elizabeth Lemieux —apellido de soltera— de origen francés, la conoció en una tienda de modas en Victoria una tarde que salió con un amigo a darle brillo a los ojos. La joven, de movimientos graciosos y dulce voz, llevaba con elegancia un vestido verde algo más oscuro que sus ojos, ajustado al torso por una pieza de seda negra para hacer la combinación perfecta con sus zapatos, y mostrar todas las curvas de tan delicada figura. Al galeno no pudo resultarle más dichoso aquel encuentro donde se comunicaron muy bien en español, razón suficiente para que los médicos extendieran la visita un buen tiempo.

Ya fuera del local, los amigos comentaron acerca de la belleza de aquella mujer quien bien podía ser la hija del dueño del establecimiento, no se trataba de una simple empleada, mientras con detenimiento les mostró el catálogo con los precios, se valía de la oportunidad para hacer alusión a su gusto por el mar y otras maravillas casi únicas, fue una deferencia para con ellos. Además, advirtieron cierta atracción, el rubor en su rostro y la manera en que hizo notar su condición, la delataban. Coincidieron en regresar más tarde para comprobar si todavía estaba allí, pensándolo mejor, Rafael desistió de hacer más comentarios, ante la posibilidad de un

138

acercamiento, no debía errar el tiro, mucho menos desperdiciarlo. Muy a gusto se quedaría a vivir en aquella mirada. A partir de ese momento se propuso buscar información, mantenerse al tanto acerca de la joven, conocer los lugares donde frecuentaba y probables horarios en que lo hacía. Cuanto guardara relación con ella sería beneficioso, podía favorecerle, tendría también buen cuidado de propiciar encuentros en apariencia fortuitos, aunque estuviesen muy bien concebidos.

Con la expectativa de lograr su propósito, no cejaba en examinar fórmulas, verla se le iba convirtiendo en una necesidad. Cada vez más se convencía de que una buena compañía en aquellas circunstancias resultaría algo inmejorable. Estar con una mujer culta y, probablemente dueña de negocios, le pareció muy ventajoso para andar a sus anchas, disfrutar pleno todo lo hermoso de aquel lugar que ya empezaba a conocer.

La playa lo animaba, ansiaba saber cuál pudiera ser la preferida de la joven, en Mahé hay 60 de ellas. El próximo fin de semana se fue a Anse Forbans, otro, se llegó a Anse Royale sin ningún resultado: no se detenía. Era sábado, un sol soportable y agradable brisa le animaron, decidió pasear por el Jardín Botánico, uno de los principales atractivos de Victoria, la ciudad capital de Las Islas. Fascinante vegetación, presencia de tortugas gigantes, variedad de palmeras, allí, al pie de la montaña en aquel ambiente magnífico, cuando ya atardecía, tendría la oportunidad deseada.

No era la primera vez, conocía el lugar. Solo, cansado ya, falto de ánimo, se recostó al tronco de un árbol, pretendía encender un cigarrillo antes de dar por finalizada la visita. Recordó que no era permitido fumar, el deseo lo torturaba, se propondría disimularlo, intentó entonces recoger una hoja amarilla con cierto parecido a las del mamey, acabada de desprenderse de un árbol, la contemplaría hasta tanto decidiera la vía más fácil para salir del Jardín Botánico. Entonces, inexplicablemente, una carcajada fina y alegre se lo impidió, dos siluetas femeninas se acercaban. La que tanto ansiaba, con cierta gracia se ha quitado el sombrerito hasta dejar bien acomodados sus cabellos, venía acompañada por una amiga que resultó llamarse Laura. No disimuló, volvió su rostro sobre el hombro izquierdo y se detuvo ante Rafael. Muy atractiva sonreía la dueña de la mirada verde que desde el primer día deseó conquistar. Rafael nunca tuvo mejor expresión, su ambición se convertía en realidad. Totalmente desinhibidos, dilataron por buen tiempo una amena charla, nada les impidió descorrer la cortina para hacer valer cualquier oportunidad, nuevos encuentros.

Esa noche el médico llegó algo retrasado a la cena, se sentó frente a Cuní quien, a punto de concluir, optó por acompañarlo. Ambos colegas acostumbraban a compartir extendidas pláticas, les complacía estar en compañía, quizás por la afinidad entre los orientales y los más occidentales de la isla de Cuba. No perdió tiempo Rafael en hacerlo partícipe de una posible aventura, una estrella desprendida del cielo era tan resuelta mujer, la había conocido en días recientes en una tienda y acababa de alimentar un acercamiento en apariencias favorable, muy fructífero, pero no las creía tener todas a su favor.

—Te lo he dicho, tú bien sabes que estamos en un país con costumbres diferentes a las nuestras, debes ser prudente en todo tipo de relación que establezcas, no te apresures, si comienzas corriendo puede ser, termines caminando.

—Tendré en cuenta el consejo, pero no olvides, vale más paloma en mano que cientos volando, y lo cierto, ardo en deseos de disfrutar la vida, es una tremendísima oportunidad.

Apenas prestó atención a la comida, por cierto, exquisita; ateniéndose a la severa disciplina impuesta se esforzaba para no dar riendas sueltas a sus pretensiones, mas no pudo evitar compartir con su acompañante tanta felicidad al saberse invitado para un baile que ofrecería la dama el próximo fin de semana, asistiría la élite de aquellas islas con el interés de festejar el cumpleaños de tan atractiva mujer, estaba decidido a no desaprovechar semejante posibilidad, pero la idea de hacer el ridículo en la fiesta le martillaba sin poder evadirla, deseaba bailar con sabrosura como siempre se esperaba de los cubanos, sentirse vivo.

—No hay tiempo que perder, cuenta conmigo, podemos practicar algunos ritmos y formas de bailar de nosotros, en eso también somos buenos, no lo dudes.

—¡Gracias! y no te preocupes, te haré quedar bien.

—Estoy convencido.

—¿Cuándo empezamos los ensayos? la ansiedad me mata.

—Mañana mismo.

—Siempre te lo agradeceré.

Magistrales fueron las clases de baile que recibió del amigo quien no lo abandonó en tal empeño. Aquel hombre alto, de modales refinados, se transformaba cuando daba las instrucciones, hacía demostraciones, creaba pasillos, pero no gustaba hacerlo en público ¡lástima que fuera en exceso introvertido!

Todo debía salir a pedir de boca. Puntual y con la mejor apariencia posible llegó Rafael al gran salón para fiestas. Digna de ser contada sería aquella celebración donde anhelaba vivir momentos tan increíbles que bien pudieran rozar con las nubes, sabía de amores, sus heridas, ahora era otra cosa, un baile a lo grande, una bella mujer.

Tomada de la mano de su nada simpático esposo Frederick Shaw, recibió a sus invitados Elizabeth Lemieux. Verla acompañada por aquel hombre alto, pelirrojo, de barba no exagerada y elegancia imposible de superar en el recinto le estrujó el corazón, un cubo de agua fría le cayó encima.

Insoportable le sería mantenerse allí, perplejo quedó, tal cosa no hubiese imaginado; desde su conversación con el doctor Cuní sobre lo sucedido en el Jardín Botánico había presumido pasar una noche fantástica, retirarse hubiese sido una solución viable, poco digna quizás, apostó entonces por mantenerse sereno. Pronto encontró dónde situarse, una gran ventana le sirvió de escapada a su mirada; el mar, en la negrura de la noche iluminada por amarillentas farolas, traía el rumor de las olas que llegaban al encuentro con la playa, por lo pronto, intentaría distraer la mente con lejanos recuerdos.

No tardó en cambiar de opinión, un impulso lo domina, un deseo de venganza juvenil lo ha colmado, no se permitió sentirse despreciado un minuto más, se propuso demostrarle a Elizabeth el tipo de hombre que se perdería. Bailaría hasta convertirse en un punto focal ante tantas personas distinguidas, llamaría la atención de la festejada, la haría rabiar por el supuesto de que hubiese pretendido ponerlo en ridículo, no aceptaría equívocos. A toda prisa echó una ojeada, se detuvo en la dama que le acompañaría. Si lograse que se dejara conducir mientras bailaran, daría la imprescindible estocada. Precisaba tomar en cuenta las recientes instrucciones de su amigo, tendría presente hasta el más mínimo detalle, no tenía de otras, hacerse notar con gran sentido del ritmo, a lo caribeño, lo cubano.

Rafael y su pareja fueron ganando espacio, se aproximaron cada vez más al lugar donde se encontraban Elizabeth y Frederick. Disimulaba ella mientras bailaba, quizás comenzaba a sentirse provocada, incitada a bailar con él. No sería mala la idea ¡qué gran gusto se darían! No hubo esa noche otros que lo hicieran mejor; pensándolo bien, no haría el intento, tampoco él lo aceptaría, de hecho, era un perdedor. Cuando ya en la cúspide de su gloria levantó la mirada, se tropezó con la de Elizabeth, entonces desapareció por el tragante toda su seguridad. Sin despedirse ni recoger las señas de su compañera de baile, se marchó lleno de zozobra y desorientación, la fiesta quedó arruinada.

Una semana pasó buscando razones. ¿Cómo aceptar tal cosa? la que tantas esperanzas le despertó desde el primer día estaba casada, para peor desdicha se mostró totalmente indiferente. Una rabia interior lo devoraba, sintió deseos de llevarla al más oscuro y apartado lugar que alguien hubiese visto, decirle de su ridículo comportamiento, insultarla hasta no más, obligarla a escucharle cuanta barbaridad se le ocurriera. Lamentablemente, las cosas no cambiarían el curso de los acontecimientos, el mal no tenía cura. Prefirió no verla. Optó por no pasar por la plaza con la famosa Torre del Reloj, réplica del Big Ben de Londres, muy próximo, ella tenía allí uno de sus comercios.

En las noches Rafael se acercaba a los lugares donde la gente humilde hablaba de las muchas posibilidades que ofrecían aquellas islas para enriquecerse con la búsqueda de oro, perlas y tesoros escondidos, no faltaba quien tuviera sus esperanzas puestas en el caritativo gesto de algún antepasado o bien, desde el Continente le llegara la notificación de una fortuna por herencia: una forma de olvidar la dura faena que les deparaba el nuevo día.

Ahora Rafael callaba, desde apenas niño le asaltó la duda de que tan trillados caminos «condujeran a Roma». Sin embargo, no podía evitar el sonrojo cuando de herencias se trataba. El insistente recordatorio de Nene, quien no perdía oportunidad para solicitarle en sus cartas se tomara interés en ese tema, por más intentos para evadirlo, lo ponía en jaque. Daba ella, por cierto, según visto y comprobado por la prima Cosita, en Londres aparecía el apellido de la familia en un listado, reafirmaba lo ya conocido, se proponía localizar el libro azul con letras doradas que el abuelo recibió de manos del cura cuando regresó de una visita a Valladolid. ¡Era el momento! Más convencida que nunca de la proximidad de convertir el anhelo en realidad si Dios hacía su parte y él ponía pie en tierra.

Pero Rafael escuchaba historias similares de aquella gente que también tenía derecho a soñar. Ciertamente, muy escasa o ninguna era la diferencia, hasta en eso se juntan los hombres por más que enormes distancias los separen, en los sueños unos y otros... sueñan. Allí esperaba que el cansancio lo rindiera para retirarse, caer como plomo sobre la cama, aliviar tantas ilusiones fallidas y espantar un poco las ganas de aquella mujer a quien desde el primer momento intentó conquistar.

144

Se animaba Elizabeth con la idea de encontrar a Rafael, ni en su adolescencia se afanó tanto por un chico, se trataba ahora de algo muy fuerte: atrevimiento, rudeza sin disimulo, gran simpatía brotaba de aquel hombre distinto a lo que estaba acostumbrada. La determinación de mostrarle que era una mujer casada, porque le pareció poco práctico decírselo, la había tomado desde el día en que se encontraron en el Jardín Botánico, donde se mostró con suficiente coquetería como para dejarle bien clara la idea de que le interesaba, su marido había llegado de Australia con motivo de su cumpleaños, aprovecharía la oportunidad para poner las cartas sobre la mesa. Frustrada hasta el desconcierto cuando recibió a Rafael, maldijo la manía que tenemos algunas personas al asumir que los demás piensan como una. Debió admitir la fallida intención de hacerle ver que su matrimonio era puramente formal, nunca funcionó. En la fiesta lo buscaba con la mirada, le fue imposible hacer más.

No desistiría, esforzarse para no perder lo que floreció con apariencia de un romántico idilio continuaría siendo su propósito. Flamante idea se le ocurrió: con el pretexto de un fuerte dolor en el pecho provocado por una pelea con Charlie, su chihuahua, el próximo día Laura debía asistir a la clínica donde el médico cubano daba consultas, solicitaría su servicio, le serviría de vocera.

Convencido Rafael del error cometido al aceptar la invitación a la fiesta, no le fue sugerente la presencia de Laura, al principio no parecía dispuesto al diálogo, disimulaba como si necesitara tiempo para pensar lo que estaba escuchando; la compleja psicología de la distinguida dama requería el más alto sentido de discreción. Era tal la fuerza con que Laura transmitía el sentir de Elizabeth con el interés de justificar los supuestos en aquella desatinada noche de cumpleaños que no admitía duda, no mentía; con un tono algo más afable del que pudo suponer, sin dejar de ser cortés, el doctor dio por concluida la consulta.

Revivieron las expectativas, todo apuntaba a las circunstancias como principales responsables de lo sucedido. Pero ¡qué carajo! ¡qué mierda se creía ella! No debía callar ante tan gran ofensa, aceptarle su cháchara a Laura…Ahora sería él quien necesitaba tomarse un tiempo, no era prudente forzar un encuentro, procuraría no verla.

Con la seguridad de quien se sabe deseado, tardaría en reanudar las visitas a lugares donde «casualmente» coincidirían. Sabía Dios, o el Diablo, con qué cuento de chino manila se le aparecería otra vez. No se mostraría débil, no daría escape a la posibilidad de otro difícil momento. En aquella ciudad pequeña todo estaba en flor, cualquier acontecimiento tardaba en saberse lo mismo que duraba sin comerse un merengue en la puerta de un colegio. El tiempo se encargaba de continuar su indetenible marea, un deseo desmedido le impedía escapar de la realidad que evitaba.

Encuentros cada vez más prometedores fueron apareciendo antes de aquel arrebato de pasión el último día de diciembre en la playa de Grand. A cuántas pruebas tendría que someterse una relación que ya se anunciaba difícil. Pero lo cierto es que él necesitaba su carne, deseaba su compañía. Aquella mujer que nunca se refería al futuro, disfrutaba el presente como si fuese el primer o el último día.

A fuerza de aprietos y sobresaltos se fue consolidando una dependencia con advertencias de imprescindible, jugar al amor se fue convirtiendo en serio, mientras una telaraña a su alrededor se fue tejiendo a toda prisa con hilos de verdades y falacias. Frecuente en sus conversaciones Europa y sus maravillas. París, el lugar donde Beth siempre regresaría, no dejaba de estar en la mira de Rafael y fue despertando en él una gran sed por lo que dio en llamar "El viaje a le belle París". Cocinó la idea a puro fuego hasta darle acabada forma unos meses antes de la llegada de sus vacaciones en Cuba, decididamente tenía avidez por recorrerla, admirarla. No se resistía al deseo de andar por las calles de la ciudad a la que aspiran llegar los amantes de la cultura y el buen arte.

Conocía las reglas del juego, sus vacaciones estrictamente obligatorias debían cumplirse en su país, nunca lograría su propósito si no apostaba por el éxito, las cosas alcanzadas en su vida habían sido así, dando saltos sin saber el lugar donde podía caer, ahora no se detendría, la opción era saltar. Excelente idea para darle un poco de glamur a su vida, ir a la capital del mundo de la mano de tan increíble romance valía cualquier riesgo.

Todo debió preverlo, no resultaría conveniente poner a la vista evidencias que pudieran despertar sospechas, mucho menos errar el tiro. El itinerario del avión con destino a París donde debió hacer escala para continuar viaje a España. Beth tomaría el mismo vuelo en Djibutí, donde estaría desde unos días antes en gestiones de mercadería, y se llegaría a Francia con el pretexto de visitar a una tía abuela.

Señales

Después de varias horas de añoranzas, calenturas y desvelos, un insistente timbrar del teléfono devolvió al doctor Cuní a una realidad que tanto esfuerzo le costaba evitar. Tendría que desprenderse de la manta que lo envolvía, levantarse, vestirse, y pasar del calor al frío apabullante en que regulaba el termostato. Masticar todo eso era demasiado, lo conseguiría, pero a dieciocho grados, desnudo, viejo y pellejudo, le resultaban momentos insuperables.

Recordó el infarto que le provocó el menor de sus hijos hacía dos años ya, cuando por una bronca que buscó en una borrachera le rajó la cabeza a un trompetista de la comparsa Los Hoyos el último día de carnaval en su natal Santiago de Cuba. Y le tocó a él, padre al fin, valerse de favores que le debían personas con ciertas influencias. La gratitud era una moneda a la que el doctor apelaba en última instancia, esa vez puso cuerpo y alma para que no le llevaran su vástago a la cárcel. Aquella vivencia la experimentó un 27 de julio a las cuatro de la mañana cuando una inesperada llamada desde el hospital donde trabajaba lo puso el tanto del comportamiento de uno de sus hijos y el estado de salud del agredido. Razones suficientes para que Cuní detestara escuchar el teléfono, y si sonaba a altas horas de la noche, no podía evitarlo, los pelos se le ponían de punta, ahora sentía apretazón en el pecho. Acosado por un nefasto presentimiento, auguraba una inevitable caída precedida por un mareo en el momento de levantarse, vivo o muerto allí permanecería hasta que alguien lo descubriera al amanecer. Todos en la casa permanecían en prolongado silencio, sabía que sus compañeros no podían estar dormidos con aquel timbrar impertinente en plena madrugada, se proponían ignorar el evento. Sin otra alternativa, su mano sobresaltada buscó el auricular.

—Buenas noches. ¡Dígame! —dejó escuchar su voz.

—Buenas noches, necesito hablar con el doctor Rafael, soy su hermano.

—Hace dos semanas Rafael salió de vacaciones para Cuba.

Pausa al otro lado de la línea hasta arremeter con todas sus fuerzas.

—¿Cómo puede decirme tal cosa tan fríamente? ¡Qué cabrón! ¡Qué hijoepuuta nos ha salido!, desde el día 29 estamos esperándolo. ¡Sabrá Dios por dónde anda ese...!

Después de oír un torrente inacabable de insultos dirigidos a él y a su amigo, el doctor Cuní se vio obligado a colgar, mientras dejaba a su interlocutor cocinándose en su fuego. La experiencia había sido lo suficiente molesta como para consentir que un desconocido continuara martirizándolo más de lo permisible.

Acomodado nuevamente en la cama, procuró calmarse, alineó los brazos junto a su cuerpo, tomaba aire, respiraba lento y profundo, hacía cuanto ejercicio de relajación recordaba en un intento por recobrar la calma. Ciertamente le disgustó lo ocurrido, tardaría en llegar a la conclusión, le era imprescindible concebir una idea lo más racional posible: ataría cabos.

Presumió que el doctor Rafael se había quedado en España, basaba tal suposición en el hecho de que cierta vez le escuchó hablar de su interés en visitar Barcelona y el País Vasco. Consideró un deber suyo comunicar cuanto antes el incidente al consulado cubano, casi convencido de que ellos estaban informados del asunto y callaban con algún propósito ignorado por él.

Lo sucedido pudiera tener un rostro no tan sombrío, pero el olfato del doctor le daba señales, algo presumiblemente grave vendría detrás. Temprano en la mañana cumpliría la parte que le correspondía para quedar lo más limpio posible de polvo y paja; ya le estaba oliendo a atolladero. Quizás nunca sabría la verdad, eran tiempos muy complicados y Rafael, un tipo que ni las medía ni las pesaba. Si se había llevado el gato al agua, de seguro andaba más fresco que una lechuga haciendo de las suyas quién sabe por dónde.

El doctor Cuní se creyó dueño único de la noticia, la primicia del suceso estaba en poder suyo, mantendría silencio, nada lo obligaba a divulgarlo. Tampoco haría conjeturas acerca de alguien a quien consideraba tan confiable. Los colegas que compartían la vivienda sentirían vergüenza de preguntar por el asunto de tan inoportuna llamada en plena madrugada, podía implicarlos. Las averiguaciones acerca de lo ocurrido caerían sobre él, dada su responsabilidad como jefe de grupo.

A decir verdad, Cuní no podía aportar la más mínima pista. ¡Otro dolor de cabeza! lo acusarían de no ejercer una influencia política funcional e incapacidad para controlar a sus subordinados; también cabía la posibilidad de culpabilidad por complicidad, teniendo en cuenta la buena relación que mantenían, y el acuñado adagio de que tanta culpa tiene quien mata la vaca como el que le sujeta la pata.

Sobre su lecho, necesitado de conciliar el sueño, le parecía interminable el tiempo en su tentativa por olvidar el incidente, cuando desde la calle llegaban voces que mal entonaban en francés una canción de la época de Edith

Piaf, debía tratarse de turistas que regresaban del cabaret Pirate Arms, el más glamoroso de Victoria.

Esa noche el doctor Cuní no pudo dormir. No amanecía aún y ya anhelaba la llegada del atardecer. Como muchas veces, el paraíso tropical lo distraería con sus incalculables rarezas. Los tres primeros días de la semana en la isla Praslin realizaba consultas médicas. Gustaba andar en solitario por tan hermosas playas, contemplar aquellos cocoteros de frutos tan especiales, ni siquiera los de Baracoa le atraían tanto. Allá, en la finca de sus abuelos maternos, saboreó mucho el agua y su masa dulzona. Ahora en los de Praslin encontraba algo considerablemente diferente, un extraño hábito lo llevaba allí y siempre repetía la misma acción, recorría los mismos senderos hasta descubrir desde la distancia los cocos colgados de la madre que los parió. Cuando ya los veía próximos, fijaba su mirada en los frutos más grandes que yacían tendidos en el suelo, tomaba un coco hembra en sus manos, impulsivamente lo devolvía a su lugar, ansioso por presenciar el momento en que los nativos cambiaban su configuración, a fuerza de golpes o con sus propios dientes, y salía ante sus ojos deslumbrados la imagen de dos blanquísimas nalgas: dos nalgas de mujer era el coco hembra pelado.

Sin darse cuenta de que el tiempo pasaba mientras maliciosas miradas se detenían en el respetable doctor, siempre continuaba sorprendiéndose como el primer día. Y cuando de mala gana Cuní emprendía la retirada, tampoco podía desentenderse de los cocoteros machos, crecían próximos a las matas de coco hembra, sus grandísimas vainas, cual amenazantes e imponentes falos no se dejan comer. Cuní persistía, algo de misterio había en aquel

151

ritual. Y se negaba a regresar hasta ver apagada la luz del día, un fuerte deseo alteraba a aquel varón con apariencia de todavía dar muchas satisfacciones a una mujer.

Ciudad Luz

Desde la perspectiva del avión vía París, Rafael disfrutaba ver la tierra, el mar. Recordaba cómo, en viajes de trabajo, desde el helicóptero hacia las islas del archipiélago, siempre le quedaba el deseo de la próxima ocasión. A partir de ahora una discreta mueca de contrariedad le aparecería a cada rato. Disimuló cuando Elizabeth subió por la escalerilla del avión y se acomodó algo distante de él. Ella también advirtió su presencia y, sin comprender las razones de tanto sigilo, compartió la discreción pactada.

Complacido al ver como se cumplían sus pretensiones, después de dos escalas, de noche ya, le aguardaba la "Ciudad Luz", como suelen llamarla, resplandecía cual si todas las estrellas se hubiesen confabulado para aparecer frecuentemente en forma de as. En otras condiciones se hubiese sentido eufórico, sin embargo, el momento le fue poco propicio para demostrar alegría por la acción tan notable que realizaría.

Abandonaron el aeropuerto con la mayor prisa posible: la llovizna, el aire frío de aquel recién estrenado otoño y la tensión por la decisión tomada, fueron cómplices. Disimulaba un dolor seco que por primera vez sentía y comenzaba a apretarle la garganta, andaba sobrecogido, apenas lograba hablar. A la media noche llegaron al hotel Sena, ya en la habitación se sintió más seguro, la emoción abrió sus puertas, estaba en París, no desperdiciaría ni un segundo, esa victoria comenzaba a formar parte del triunfo total ansiado.

Aquella mujer encantadora que desde el principio le demostró un amor nada estúpido, muy pronto cayó rendida en la cama, vencida por el cansancio. Él, de buena gana deseaba imitarla, mas no lo intentó, detuvo su mirada en su cuerpo iluminado por una tenue luz posada sobre la bata transparente que la cubría, y sin apenas rozarla, con una manta la protegió del frío. Ante el deseo y la indecisión, optó por no despertarla, no era el momento. Mucho menos hacerse cuestionamientos sin nada que ver con lo inmediato, disfrutar París.

Acomodado en un butacón, hojeó unos mapas de destino, le apremiaba planificar rutas para toda la temporada, hacer cálculos. Evaluó detalles de los lugares que pudieran resultarle más interesantes, no se había formado una idea de por dónde comenzar a recorrer la gran ciudad. Así lo encontró, todavía con olor a islas, aquel amanecer que le regaló fina llovizna y una fresca mañana.

Ici repose un soldat français mort pour la patrie 1914--1918. Al llegar al Arco de Triunfo, los ojos de Rafael permanecían clavados en aquella inscripción. Atinada idea de los ingleses, la tumba al soldado desconocido tiene un carácter simbólico de mucha fuerza, porque son los sin nombre quienes dejan sus vidas donde menos lo imaginan, salvan la patria o la hunden pero de todas formas, a ellos va el gran mérito.

¡Cuántas historias podían estar resumidas allí! ¡Cuántos soldados X de la Gran Guerra! La obsesión lo hostiga, procuraba llegar a la raíz de las cosas, encauzar hacia un solo punto la fuerza de un abrumador sentimiento, le aturdía la idea de hilvanar aquel evocador escrito.

Beth se mantuvo en silencio, se limitó a observar, no lo hizo por desinterés, al contrario, supo de antemano que el lugar seleccionado para iniciar la visita había sido

154

cuidadosamente planificado. Siempre advirtió en Rafael una fascinación hacia lo heroico, el mérito, algo que para ella no significaba tanto. En su infancia, tras la muerte de su madre, el padre le había inculcado una profunda aversión por la política y la beligerancia. No tenía una idea precisa de porqué le agradaba verlo participar en aquel momento, sabría Dios qué recuerdos le traía. Mientras, él pensaba en las palabras que Napoleón dijera a sus hombres: "*Volveréis a casa bajo arcos de triunfo*".

Bordeando el monumento, deteniéndose ante las estatuas de cada uno de los cuatro pilares (Le Triomphe, La Résistance, La Paix y La Marseillaise), ninguna le pareció tan viva como la última, la contempló con detenimiento, recordó de su infancia el placer de hacer objetos con barro, y los juzgaba perfectos. Siempre le impresionaban las figuras volumétricas, la escultura era un monstruo por el que sentía profundo respeto, una envidia sana por los grandes escultores. Había visto en libros y catálogos, obras de Rodin y muchos otros, más nunca olvidaría el Laocoonte y sus hijos. Le estremecía la capacidad de quienes trascienden y se acercan a lo divino, a lo que el propio hombre no se considera capaz hasta llegar a la meta y, cuando lo hace, ofrece su legado a los demás. El ingenio nunca es común, en ese caso dejaría de serlo: he ahí la grandeza, la obra que tenía ahora frente a él consagró a François Rude para todos los tiempos.

Agotados ya, dando por finalizada la visita con el recorrido al museo que explica la historia y construcción del Arco de Triunfo se dieron cuenta de lo interesante que sería subir al mirador donde los deslumbrados visitantes admiraban tanta beldad aparecida ante sus ojos.

155

Estaban en la cima, cada uno concluía su cigarrillo, Beth buscaba con la mirada dónde botar la colilla mientras él, con su mano izquierda le acariciaba el cabello. Entonces, un ruido disonante los enfrentó a una realidad opuesta. Voces de asombro y espanto se mezclaban con el estruendo de un avión cada vez más amenazante, su sonido violento y peligroso aturdía, iba directamente hacia ellos, el tiempo se hacía más finito, se les paralizó el cuerpo, se encresparon sus sentidos... Ella no hubiese sido capaz de discernir si él la apretaba fuertemente o era ella quien lo hacía, temblaba, en un abrazo se fundieron. ¡A esperar lo peor! ¡Cobardes quienes mienten cuando dicen nunca haber sentido miedo! Un piloto atrevido acababa de colar la avioneta por el Arc de Triomphe.

Rafael hizo un esfuerzo para sacarse del bolsillo la cajetilla de cigarros, se llevó uno a la boca, le ofreció otro a Beth.

—Fuma, esta vez te hará bien, te relajará.

—Después lo haré, por el momento no me sueltes de tu mano, apriétame, necesito tu calor, tomar aire.

—Fue un mal momento. Anímate, estamos bien, todo pasó, formará parte de nuestra historia, será irrepetible. Llamaré un taxi, pronto vendrá por nosotros.

Aquella aterradora vivencia cara a cara con la muerte les hizo sentir la necesidad de una pausa, renovar energías, descansar. El interés de Beth de pasar revista a las tiendas de modas en París para, salvando la distancia, hacer una comparación con su oferta en las Islas, no precisaba de una atención inmediata, decidieron dedicar una semana en actividades más divertidas en la Riviera Francesa, dar reposo a lo ya experimentado.

En la Costa Azul disfrutaron del paraíso donde la naturaleza y la mano del hombre se funden para aparecer ante el espectador el gran prodigio del Mediterráneo, un nuevo pretexto para ellos, dar riendas a la imaginación, largas sesiones de amor. Otra vez Rafael concibió haber roto la burbuja del localismo rural provinciano, gozaba a plenitud, toda una aventura en aquel admirable pedazo de nuestro planeta rojo. Beth, cual si la felicidad llevara consigo espinas pugnantes necesitadas de avivarse, cuando ya faltaban dos días para regresar a París, no pudo evitar hacerse conjeturas, decirle adiós al mar la acercaba al recuerdo de Anse Forbans, extrañaba sus gatos y, lo peor, la posibilidad de que su marido hubiese llegado anticipadamente de Australia. No sería la primera vez, en varias oportunidades Frederick interrumpió con algún pretexto el programa de investigación que tanto lo atraía; esta vez, otro podía estar en juego, utilizar el hecho como una evasiva para llegarse a Victoria, desde hacía algún tiempo iba a verla con frecuencia no acostumbrada, avizoraba quizá una realidad difícil de aceptar, preferiría dejar tapada la caja de Pandora, sentía miedo del fuego, pudiera serle terrible, no sabría levantarse desde las cenizas. Por lo pronto, optaría por desconfiar. No saber exactamente qué sucedía, arriesgarse pudiera significar un error irreparable, no tendría argumentos para defenderse, actuaría como lo que era, un flemático nato. Tan pronto ella regresara a París se comunicaría por teléfono con su amiga Laura, necesitaba ponerse al tanto, el reloj que marcaba las cuentas pendientes comenzaba a funcionar.

De nuevo el hotel Senales fue como estar en casa, tampoco tardaron en aceptar el ritmo de vida que reclamaba aquella urbe. No habían soltado la pereza cuando el Quartier Latin los acogió. Rafael se había conformado una imagen muy distinta a lo allí encontrado. Beth no soportaba verlo ausente de tan particular momento, exageradamente lacónico en las respuestas le hizo pensar que la Sorbona le resultaba tan común como la Universidad donde estudió en Cuba, o sencillamente no le interesaba: se mostraba totalmente desconocido, quizás por eso lo atrajo hacia ella. Además, consintió celos de aquel hormigueo juvenil, alegrador del tenue sol mañanero donde chicas sonrientes de rostros y atuendos diversos pudieran robarle la atención. No estaba totalmente equivocada, aunque se trataba simplemente de una parte del todo. Rafael intentaba también ir hacia atrás en el tiempo, apenas quedaban chinos en el Barrio Chino de La Habana, pero la corneta china seguía tocando. Y allí, muy lejos ya de la Edad Media cuando en aquel barrio estudiantil se comunicaban en latín, la lengua académica de antaño, ahora andaban presurosos otros a quienes se les podía hacer tarde su llegada a las aulas.

Se encaminaron por el Boulevard Saint-Michel, atravesaron el paseo por la rue Bievre. Callejuelas vecinas abrían paso al Sena, la catedral de Notre Dame les daría la bienvenida. Su andar nada tenía que ver con el paso presuroso de los parisinos, conscientes de que la llovizna recién comenzada era el preludio de una fuerte lluvia. Eran ellos una pareja más de jóvenes divertidos entre tantos franceses y turistas protegidos por un mar de sombrillas y capas oscuras. Su propósito por ningún motivo se desvanecería: extasiarse con los atractivos de la capital más bella de Europa.

El tiempo no se proponía jugarles una mala pasada, lo cierto es que los días se sucedían veloces mientras ellos disfrutaban cada instante. Caminaban por una amplia avenida matizada por los anuncios de las tiendas, profusión de ropa chic. Beth no estaba ajena a la modernidad, comenzaba a tomar auge la prenda interior visible, lo último en la moda para la mujer, le interesaba promocionarla. Entraban, observaban etiquetas, precios, hacían comparaciones con otros mercados. Cierto orgullo sintió, complacencia, porque su negocio marchaba por buen rumbo, la moda se toma su tiempo en esparcirse por el mundo y en sus tiendas también se vendían vestuarios que todavía se comercializaban en París. Rafael no se limitaba, participaba de manera activa, convencido de que lo novedoso atrae, pero el buen vestir distingue. Lo había aprendido a golpe de vista, sabía sin equívocos la diferencia. Y como hacer compras no estaba entre sus objetivos, se dieron por satisfechos, decidieron no malgastar el tiempo en cosas intrascendentes.

Atravesaban la plaza de La Concordia cuando ella se adelantó a Rafael, con el dedo índice le señala el punto más alto del obelisco de Luxor, donde la realidad y la leyenda se entretejen sin nada que ver con la historia del lugar donde se encuentra. Le invitó a detenerse y contemplar el monolito realizado en granito rosa de Asuán, procedente del templo que le da nombre en Egipto. Los contratiempos no pudieron impedirlo, después de casi un año, victorioso remontó el Sena hasta llegar a donde está. No es el único caso de obeliscos egipcios llevados para otras ciudades de Europa y América, al igual que otras reliquias históricas, por el supuesto de que es allí donde realmente merecen estar. La casualidad quiso que aquel día, temprano en la mañana, fuera noticia que el presidente François

Miterrand «devolviera» oficialmente a Egipto otro monolito también de Luxor.

—Es saludable saber que algunas reliquias atesoradas por los pueblos regresan a su término, cuánta sangre y sudor esclavo quedaron fundidos para que un buen día, un don Juan se considere dueño y disponga de ellos. Los dioses no pueden quedarse inconmovibles ante esas cabronadas, no es justo.

Estamos en una plaza desdichadamente memorable, la desenfrenada masacre desatada en este lugar durante la Revolución me hace cuestionar sus objetivos. A pesar de ser cristianos devotos en su mayoría, entre las cosas buscadas estaba la venganza, y la cobraron con ensañamiento, se convirtió en una feria, el pueblo veía caer las cabezas de quienes poco antes hubiesen querido besar los pies.

Tristemente la lucha se dio entre los propios franceses, muchos de ellos ya cansados de tanta injusticia. Algo terrible también sucedió en las islas caribeñas, los colonialistas comenzaron por exterminar a los nativos, pocos quedan con sangre indígena, sin contar las pérdidas ocurridas durante tantos años de guerras, tampoco escaparon de la temida guillotina, la llevaron a las Guadalupes, entre otras islas, pero no parece haber hecho mucho más que dar el viaje. En Cuba, el fusilamiento, la horca, el garrote vil, «instrumentos de justicia» también cobraron muchas vidas.

Guillotín, un hombre al que solo cabe achacar el uso emblemático de la máquina, que igual hubiese sido otra, aunque no tan temerosa, debió morir víctima de su propia herramienta.

Según afirman algunos historiadores, no es cierto que la muerte fuese de esa manera, una confusión con otro de igual apellido, y el hecho ocurrió en tu querido Lyon. ¿Imaginas el horror que esos seres habrán experimentado al mirar la cesta donde iban a caer sus cabezas?

Bet hechó hacia atrás sus cabellos que le ocultaban parte de la cara, mientras lo miraba con suspicacia y gestos de repulsión. Él se dio cuenta, el supuesto chiste no había funcionado como fue su propósito.

Ahora caminaban con cierto desgano, rememorar aquellos hechos quizás contribuyó a que el cansancio se anunciara con intensidad. Esa noche tenían previsto cenar en el Café de Flore para luego pasear por el Jardín de Luxemburgo, sin embargo, necesitaban algo más íntimo.

La rue de la Huchette regalaba un agradable ambiente, decidieron cenar en el Caveau de la Huchette. Allí Rafael encontró un lugar especial para dar alas a sus recuerdos, deseaba se dilatara el tiempo, callar lo que estaba sintiendo. Inesperadamente, Beth le importunó:

—¿De no ser médico que preferirías ser?

—Pintor.

—¿Me pintarás algún día?

—Probablemente no lo lograría, no sería capaz de captar tus encantos, los que te hacen realmente mi mujer deseada.

—¿Y después de París?

—Siempre París.

Quiso regresar a sus recuerdos, mas no admitió tan alargado silencio. Necesitaba romperlo, sacarse de adentro una parte importante de su mundo interior. Le habló a Beth de su familia, su infancia, el contraste entre lo vivido y aquel manto develado ante sus ojos pardos, en tanto a ella se le antojaban negros, achinados. Su voz salía suave, con cadenciosa intimidad; ninguna nostalgia aparentaba en sus palabras a veces pueriles, aunque cargadas de sinceridad. En su remembranza afloraba una mezcla de orgullo, agradecimiento a la vida. Como perlas desgranadas desde un collar recién roto, en febril carrera por un piso pulido, sacaba afuera el tiempo que evocaba. Sus primeros años, un preciado tesoro, una suerte de amuleto, los compartía con ella en un momento tan singular, pero no lo hacía por mero desahogo. En cada frase, cada palabra, encontraba ella razón suficiente para sentir una admiración extraordinaria por aquel hombre que, salvando más de un siglo de diferencia, le pareció un Rastignac de nuevo tipo recorriendo las calles de París, sin dejar de detenerse en su pasado. No quiso distraerlo con preguntas que pudieran apartarlo de su intimidad ni indagar las circunstancias que lo llevaron a hacerse médico; lo cierto, de su transparencia emocional emergía una enorme fortaleza espiritual.

La persona con quien compartía extraordinarios momentos era capaz de conmoverse con las maravillas creadas por el hombre y saborearlas como pocos tienen la capacidad de hacerlo. Era el resultado de aquel ambiente bucólico acabado de dibujar con elocuentes palabras. Se había forjado como el acero, le demostraba no estar participando en una travesura ingenua, su disposición irrenunciable a seguir con firmeza el camino de la vida.

Todavía bajo los efectos de tan sugestiva confesión, decidieron regresar al hotel más temprano de lo deseado, en las primeras horas de la mañana debían estar listos para viajar a Lyon donde la tía abuela de Beth los esperaba.

La leva azul rey

Desde la salida del aeropuerto de Lyon rumbo a la residencia de la señora Durand, muy próxima a "la colina que reza", se advertía en Beth un gran orgullo por aquel pedazo de Francia —antigua capital de la Galia durante el imperio romano—, distinguida por el desarrollo de las industrias textiles y farmacéuticas; su rostro enrojecía al referir episodios y recuerdos de largas temporadas acompañada por su familia.

Divisaron la casona en desafío con los árboles que la rodeaban en un intento por mostrarse a la vista del viajero. Rafael sintió una invitación a pasear, maravillarse con el revuelo de las hojas que ya tejían una alfombra amarillenta. Sería hermoso ver los copos de nieve atados a las ramas cuando estuviesen completamente desprovistas de todo resguardo, su curiosidad aumentaba ante el deseo de encontrarse en una auténtica residencia francesa. Ya en el umbral, intentaba conformarse una idea de las generaciones de la familia Durand establecidas *allí* desde mediados del siglo diecinueve, no obstante, se esforzó por vivir el presente, su mayor interés debía concentrarlo en la casa, sabía que parte importante de la historia del hombre puede contarse por sus casas.

Detenidos ante la puerta de entrada, la espera y el cansancio del viaje comenzaban a irritarles. Rafael no creía estar asistiendo a una visita anunciada. Job se hubiese exasperado en situación semejante, no encontraba manera de acopiar paciencia. Beth disimulaba contándole anécdotas similares a lo que estaban viviendo, pues cierto día de cumpleaños, la tía mantuvo por más de dos horas a toda su familia en aquel mismo lugar con el pretexto de no haber concluido algunos detalles de su aspecto personal, era de las personas que nunca tienen prisa, aprovechan el tiempo en cosas quizás triviales para otros.

Pretendió Rafael lanzar un vistazo a través de los cristales, la humedad se lo impedía, apenas dejaba ver figuras estáticas, borrosas. Era tarde, persuadía a Beth, la animaba para desistir de la espera, regresar a la ciudad, hospedarse en un hotel, y muy temprano en la mañana del siguiente día, regresar al lugar. Cuando creyó tenerla a su favor, abrió la puerta la tía Durand ataviada con un elegante vestido gris rematado al cuello por una bufanda negra; su cabellera blanca, perfectamente recortada, enmarcaba un rostro alumbrado por ojos redondos, exageradamente azules. No se excusó, los recibió como si los estuviese esperando, la octogenaria mujer se mantenía aferrada a sus hábitos de vida.

Madame Durand los condujo amablemente por un extenso pasillo con friso de madera a la altura de la cintura. De las paredes colgaban pequeñas y difusas fotografías en blanco y negro, a juzgar por la apariencia debían ser bastante viejas. Una puerta dejaba ver un pasadizo que llevaba a dos habitaciones, seguido por una escalera que comunicaba la parte alta de la vivienda. Al final, la sala de recepción donde pasarían la mayor parte de aquella tarde, un cuadro grande la presidía, mostraba la figura de un hombre bien adulto, debía tener algo más de siete décadas; la penetrante mirada gris, el abundante bigote blanco y el frac color azul rey atraían su atención. Debajo, donde se sentaron ellas, lo escoltaban dos butacones forrados en damasco de tono castaño y dos cojines de seda verde enfrentados al antiguo diván que le correspondió a Rafael.

El joven sufrió algo más de una hora de conversación monótona con cierta dosis de intriga acerca de asuntos de familia sin que nada pudiese aportar, se sentía extraño en aquella casa sombría, carente de vida. Él, chispeante siempre, comenzaba a ser la viva estampa del desgano. Beth apenas se atrevía a tenerlo en cuenta, ni siquiera intentaba interrumpir, no era aconsejable tal indiscreción, la tía abuela se esmeraba en agradarla a pesar del inconveniente de algunas digresiones y el tiempo que le llevaba sacar a flote cada idea. De pronto, Rafael se levantó, ya tenía aprendido cada detalle de la alfombra; la carpintería de la casa le resultaba muy atrayente, aunque a decir verdad, lo más valioso de todo era su mobiliario. En los cuadros que uno a uno repasó, apreció simplemente un valor sentimental. Otra vez se detuvo en el más grande, el que presidía la conversación de las dos mujeres sentadas en los butacones: debía ser el difunto esposo, porque le impresionó desde el mismo momento en que entró a la sala, su mirada lo atraía o lo repelía, no sabría explicarlo.

Tía y sobrina no se tomaban un respiro. Beth buscaba cada oportunidad para un acercamiento en su interés de comprobar las condiciones de vida y salud de la anciana que en apariencia tanta soledad la consumía. Esquivaba el presente empecinada en reforzar el pasado. Rafael se sintió al límite, había transcurrido tiempo suficiente para reparar en aquella anciana esbelta, de hablar pausado y delicadísima gestualidad. Se sintió inconforme, comenzaba a dudar de alguien con quien apenas había intercambiado el saludo y tanto respeto merecía. Debía encontrar manera de hacer algo, aprovechar el ocio en alguna actividad útil. Tuvo necesidad de caminar, mirar los árboles, respirar aire puro… No se arriesgó. Sin otra forma de distraerse, continuaría mirando al hombre del cuadro.

Se detuvo en el apellido Durand, debió ser el esposo. Miró nuevamente el cuadro y se representó el panorama vivido en Lyon en los días de la Comuna, el primer eco de las provincias había sido allí y tuvo la repercusión necesaria. Según se ha dicho, el pueblo centraba su atención en los boletines redactados por el mismo señor Thiers, después quedaron privados también de los periódicos de París, finalmente prevaleció el instinto, no se quedaron con los brazos cruzados, la multitud llenó las calles mientras gritaba vivas a la Comuna: Lyon se había convertido en un baluarte.

Creyó estar en lo cierto, Durand debía guardar alguna relación con la madame sentada todavía frente a él, tuvo la intención de interrumpirlas para aclarar aquella intriga que comenzaba a molestarle, pero no, no se lanzó. Apeló a la paciencia, la espera del momento propicio, la oportunidad deseada. Poseído por una mezcla de cansancio y aburrimiento insoportables, sin otra cosa que hacer, continuó con sus elucubraciones.

Efectivamente, un tal Durand, junto con Crestin, Bouvatier, Peret y Velay, habían formado parte de los cinco nombrados como consejeros comunales cuando se disolvió la comisión municipal. Hubiese sido interesante promover un diálogo acerca de ese tema aunque, en realidad, su mayor interés se encontraba en escuchar algún comentario relacionado con el hombre que hizo reaparecer la bandera roja en el gran balcón del palacio del Ayuntamiento de Lyon.

Convencido de que madame Durand era un gran reservorio de aquella historia y, pensándolo mejor, toda

Lyon estaba cargada de nombres y apellidos sumamente interesantes, sería inadmisible perder tan preciado momento. Necesitaba que las mujeres desistieran de tanta conversación, pero valía actuar con la mayor prudencia, no se atrevía a sacarlas del placer que disfrutaban, las unían fuertes lazos e incontables recuerdos.

Segundos hacía que diera por finalizado aquel repaso a los sucesos en Lyon cuando ellas se dispusieron a dedicarle todo su tiempo; Madame Durand se dirigió a Rafael, se tomó interés en él.

—Usted no guarda la apariencia de estar adiestrado en el uso de las armas, mi esposo sí. Era buen tirador, un francés distinguido, admirable.

—Conocerlo hubiese sido un gran honor para mí, lamento su pérdida, el orgullo que siente por él la engrandece a usted, la felicito.

—Gracias, gracias.

—Realmente no soy entendido en el uso de las armas. Me gusta pintar, también cazar, es divertido. Ser médico, recuperar la salud a los enfermos es mi función, me siento complacido con la práctica de esa tarea.

La Durand disimuló, su orgullo no le admitía halagar tal condición, eligió restarle importancia a lo que acababa de escuchar, sin embargo, a partir de ese momento se interesó muchísimo en él, más de lo habitual para quien se ve por primera vez y de quien apenas se tienen referencias. Posiblemente la impulsaba la añoranza atenuada al hablar con Beth, lo más querido de una familia deteriorada y poco funcional. Pensándolo mejor, la favorecería el hecho de que su nuevo huésped fuese médico, no debía dejar escapar la oportunidad, le pondría sobre el tapete algunas de sus dolencias.

Rafael se sintió feliz, había llegado el gran momento, le tomaría la delantera: el potro, por las riendas. Con toda la sutileza que requería el caso dirigió la conversación hacia la indagación sobre lo que tanto tiempo lo mantuvo ocupado mientras ellas conversaban, el hombre de la leva azul rey dejó de ser una elemental suposición, y ella, todo un misterio. Complacidos, los tres disfrutaron de un paseo por el jardín, se tomaron un descanso en un banco bajo un manzano que a esa hora ya tendía las sombras largas del atardecer.

Después de una cena frugal y sin excesos en el tiempo de la sobremesa, estuvieron de acuerdo en jugar cartas antes de retirarse a dormir. Rafael hizo trampas pícaras no aplaudidas al principio por la anciana, pues no esperaba tal cosa del doctor, no obstante, desde el mismo momento en que descubrió la intención le resultaron simpáticas, comprendió que su propósito era divertir a las damas.

Decididos a retirarse para dormir, la anfitriona estimó conveniente no acomodarlos juntos. La sobrina había tenido la precaución de no hacer referencia a la relación que mantenía con su acompañante. En la segunda planta lo ubicarían a él en un lugar amplio, ventilado, con evidente apariencia de haber sido la suite nupcial.

Mientras madame Durand pasaba revista para no dejar escapar ningún detalle que impidiera el descanso y bienestar del visitante, desde una ventana Rafael y Elizabeth se distraían mirando la luna salir entre las casi detenidas nubes en los últimos días de la creciente, no prestaban atención a la anciana, tardaron en dar un giro hasta colocarse frente a ella, quien sumida en sus recuerdos había dejado una idea inconclusa. Sintió temor Beth, lo presentía, le apenaría escucharla al hacer referencia a la trágica muerte del viejo Durand donde toda la familia se vio involucrada, especialmente su único hermano.

—Tía, la vida no es igual después de algo así, pero usted es lo suficiente fuerte, abandone el hecho, déjelo en el pasado.

—El pobre, todo horrible, tan inexplicable... lo de tu madre había sido una imprudencia de Bennett, proponerse viajar con una nevada tan densa, muerto y todo, no lo perdono. A tu hermano, por lo que hizo después, menos todavía.

—¿Dónde voy a dormir?

—En la planta baja, en la habitación donde dormías conmigo cuando aún eras un bebé.

No sacudió el polvo la sobrina, acaso su tía abuela estaba sufriendo demencia senil, en ocasiones la confundía con su madre, le hablaba del viejo Durand, las visitas que le hacía.

—Usted no se preocupe, doctor, no son ciertos los comentarios acerca de esta habitación, es la mejor por su ubicación y confort, como se dará cuenta, se extiende a lo largo de la fachada, por eso hay tantas ventanas. Fue el lugar preferido por mi esposo, lo más natural es que usted duerma aquí, se lo brindo con mucho gusto. Su presencia es un honor, le deseo una feliz noche.

—Merci, madame, Merci.

Aquella casa desconocida desde la llegada le había parecido lúgubre, poco acogedora, sin tener una idea clara de las razones, lo impresionaba; peor suerte, dormiría solo, más que las palabras, las ideas inacabadas de la dama lo habían puesto en alerta, rendido por la fatiga del día procuraría el merecido descanso.

El silencio comenzó a molestarle. Se levantaba, encendía la luz, paseaba por aquella extraña habitación con apariencia de ser exageradamente grande. Para no mostrarse repetitivo, unas veces lo hacía en forma de círculos concéntricos, otras en paralelogramos, el cansancio debía llevarlo al sueño. No lograba desprenderse del cuadro del recibidor, se le había quedado grabado como una idea fija y tomaba vida en su intermitente somnolencia. La solución debía estar en mantenerse levantado quizás unos minutos, media hora. Fue por los cigarros a la mesa de noche, necesitaba fumar, encendió uno, soltó una gran bocanada para entretenerse mirando el humo sin ninguna prisa irse por una ventana negada a cederle paso, el aire adormecido se lo impedía. En el mismo lugar encontró un libro encuadernado con una oscura y vieja piel, lo tomó en sus manos, lo hojeó, era de Historia.

Había logrado conciliar el sueño cuando lo sorprendió el timbre del teléfono, quizás era Beth que tampoco podía dormir y se proponía venir a su encuentro, pero no, no era ella. Contestaba, nadie respondía del otro lado, varias veces se repitió la llamada. Esforzándose por ignorar lo sucedido, sus ojos cual dos faroles de guardavía, otra vez se clavaban en el techo.

Tuvo tiempo suficiente para pensar en sus más caros deseos, también en otros sin ninguna gracia a su memoria. Comenzó a preocuparse, si Víctor Hugo había hablado en Guernesey con el fantasma de Leopoldina, Marco Polo admitía que ciertas aves volaran llevando elefantes entre las garras, Lutero vio frente a él al demonio a cuya cabeza arrojó un tintero; si Cirilo, Rungo, Rufino, todos los que iban a su casa en las noches, hablaban de luces y visiones —

aunque en ocasiones algunos se confundieran: el cocuyo grande, buen volador, era la luz verde del muerto buscando algo; otros lo habían visto envuelto en una sábana, recostado a una palma próxima al pedregalito para custodiarlo— entonces, poco tendría que ver que el hombre de la levita azul rey apareciera cuando menos lo imaginara en reclamo de razones por las que alguien, llegado de Remanganagua[44], estuviera frescamente acostado en su cama, disfrutando del fruto ajeno.

Despierto o no, el caso es que los muertos y las luces de su infancia llegaban a borbotones cual si los estuviese viendo por primera vez. Como al soldado que está de guardia el pánico le hace ver a un enemigo, no tiene tiempo, no puede evitarlo. Con los pelos de punta todavía, iría a la caza de nuevas alternativas, con un puñado de buena suerte encontraría alguna manera de salir de aquel lance antes de las primeras luces del amanecer.

Se dedicó a revisar lo que pudiera ocultar un armario ubicado a la derecha del butacón. Sintió olor a vejez en los trajes y disfraces que a toda prisa separaba, podían servirle de mucho en su nuevo propósito. Lo más asombroso, después de tanto revolcar y poner en completo desorden cuanta cosa encontró, seleccionó algo adecuado para aparecerse en la habitación de Beth, deseaba concluir la noche entre risas y bromas.

Sin calcular los perennes desvelos del diablo, tomó el frac azul rey que lucía el hombre del cuadro colgado en la pared y escogió el mejor entre varios bastones. De inmediato su abuelo paterno, que hacía más de dos décadas pertenecía al mundo de los muertos, llegó en son

---

[44]Coloquialismo para indicar un lugar muy remoto y apartado.

de reprimenda. Malhumorado, ofendido hasta no más, amenazante lanzaba la fusta con gran saña, la restallaba en el aire; irritado aún porque estaba jugando con cosas de muertos lo vio alejarse con su bastón hecho de una rama cualquiera, el mismo que usó en este mundo cuando recorría el potrero y los sembrados. Rafael reflexionó: también Hemingway en sus últimos años de vida caminaba con lentitud por toda la finca Vigía y las calles de San Francisco de Paula en La Habana, apoyándose en un bastón hecho de madera de güira sin pulir y con nudillos a ojos vista; sin embargo, él había seleccionado el más lujoso de cuantos vio, demasiado elegante para la ocasión, era de ébano con el cabo y la punta de filigrana.

Muy cauteloso, en calcetines, a hurtadillas para llegar sin ser visto hasta encontrarse acurrucado junto a Beth, se dirigió a la habitación donde presumió encontrarla, de seguro lamentaba su ausencia. Le resultó fantástico descubrir la puerta medio abierta, una luz tenue iluminaba la alcoba donde pudiera estar. Miró hacia adentro, advirtió que alguien estuvo acostado en la cama, pero no había nadie, a su izquierda, sentada en un butacón de mimbre, la presencia nublada de madame Durand lo sorprendió.

Como si se tratara de una visita acostumbrada, ella miró su reloj, exactamente las dos de la madrugada. ¿Acaso se había adelantado? Además de más joven y robusto, inexplicablemente, se le presentó con bigote oscuro, no creía después de tantos años tales cosas sucedieran, menos aún, de quien la noche anterior ningún comentario promovió, se veía muy bien, aunque continuara sin aceptar tan repentina idea de quitarse el bigote, hubiese preferido seguirlo viendo como siempre. De súbito, se levantó del asiento para con premura desaparecer por una puerta que debió ser la entrada a un baño.

Ante la tardanza, el señor aparecido, hasta ahora detenido en el umbral de la habitación, consideró conveniente esperarla sentado. Cierta intriga había descubierto en el rostro de la anciana, acaso debió ser la leva azul rey. El tiempo no se detenía, continuaría especulando acerca de qué pudiera estar haciendo la anciana y las razones que lo promovieron.

No debía preocuparse sobremanera por la tardanza, desde su llegada advirtió en ella un comportamiento poco habitual, regresaría con alguna justificación. Ciertamente, estaría obligado a ir por ella si dilataba el tiempo en llegar, algo grave podía haberle sucedido.

Exasperado ya, sin haber escuchado sus pasos, la Durand lo sorprendió, se ha cambiado de ropa de dormir, un perfume con olor a rosas llenó la habitación, venía hacia él sin mostrar la menor expresión de sobresalto o preocupación, cuando un gesto apareció en su rostro como si pretendiera agradar hasta tanto atrapara la presa. Atrevidamente se dispuso a reclinarle la cabeza hacia atrás, cumpliría su objetivo de manera efectiva y cómoda. Todo listo, lentamente sacaba con su mano derecha la navaja que traía en uno de los bolsillos de la bata de franela. El nuevo Durand tuvo su límite, se puso de pie, con aparente calma le retiró el objeto de sus manos hasta dejarla acomodada en el mismo butacón recién ocupado por él. Ella se lamentaba: pretendía eliminarle el bigote, así no le gustaba. Rafael no se dio por enterado, con los nervios crispados, sobresaltado por el incidente, dando zancadas desapareció. Las armas usadas por el francés durante toda su vida colgaban a ambos lados de las paredes del pasillo por donde se deslizaba, pero no tenía tiempo que perder, por más interesante que le resultasen, no debía detenerse.

A toda prisa el Durand improvisado procuraba encontrar la escalera cuando, impedido de continuar, se vio enfrentado al Durand verdadero. Forcejean, el muerto insiste, ninguna técnica resultaba, pero iba logrando ventaja porque el vivo se había dado cuenta: era el hombre del retrato, un muerto grande. Seguían batallando, a punto de desvanecerse el de corazón latente, no se encontraba nada bien, por mucho menos cualquiera cae infartado. El francés tiró de nuevo, arremetió hasta arrebatarle al vivo la navaja de las manos, poco más haría, no contaba con fuerzas para desprenderle su casaca, además, se le había hecho tarde para cumplir el ritual con su implacable mujer.

Como es de suponer, el vivo se creyó muerto y el muerto se creyó vivo. Con el corazón agitado entró el vivo a «su habitación», bien merecido le pareció un descanso. Sentado ya en el butacón, encendió un cigarro, procuraría relajarse hasta recobrar la calma. Algo aliviado fue hasta la ventana desde donde había admirado la luna junto a Beth, ya no estaba y la noche era negra.

Beth tampoco durmió, le provocó ansiedad que la hubiesen privado de hacerle compañía a Rafael. Conocía al detalle la casa, los desagradables recuerdos de aquel «recomendado» aposento donde lo había dejado. Como apaleados por una u otra razón amanecieron todos.

Se acercaba la hora del desayuno, Rafael algo animado recordaba la cena de la noche anterior, le había resultado agradable el comedor y, como no guardaba relación con ninguna otra parte de la casa, sería una buena oportunidad para atenuar las tensiones de aquel nocturno padecer. Sentada ya, la viuda esperaba la llegada de sus invitados y, según Beth, no precisamente en el lugar acostumbrado. Los comentarios de la anfitriona centraban la atención en su interés por el disfrute del desayuno preparado especialmente para ellos. Muy segura de sí, todo el tiempo se mantuvo sin mostrar evidencias de haber participado en algún hecho desagradable durante la noche, por el contrario, hablaba de su gusto por las frutas tropicales, su dulzor, exquisito sabor: nada que ver con lo sucedido. Y por más esfuerzo, ellos no pudieron desentenderse, sus miradas quedaron aprehendidas. Rafael reconoció la daga colocada sobre la servilleta de madame Durand, quien daba la apariencia de no haberla notado. Beth perdió el apetito, sintió náuseas, horribles recuerdos la asediaron, los que la dueña de la casa estuvo a punto de sacarse de adentro mientras acomodaba la habitación. Y qué decir de él, no había tenido otra alternativa: batirse de tú a tú. Reafirmó la hasta ahora supuesta relación de la viva que tenía enfrente con el muerto que la seguía necesitando. Dio por suficiente el tiempo dedicado a la visita, nada le estimularía a continuar allí, la despedida sería un gran placer. Regresarían a París en un vuelo de la tarde. Beth no pasó por alto almorzar en un restaurant de la capital gastronómica de Francia y dar un breve recorrido por la ciudad antes de dirigirse al aeropuerto, esa noche tampoco durmieron.

175

Pueblo chiquito…

Esperaban a Laura acompañada de su esposo. Desde las Seychelles harían una escala de dos días para continuar viaje a Escocia. No lo decía, era el caso que Rafael ardía en deseos de disfrutar tan agradable visita y, de ser posible, enterarse si ya en Mahé se hacía algún comentario sobre su destino.

Laura fue puntual, llegó sola, se excusó por la ausencia de Inukai quien, apremiado, debió viajar a Japón para resolver problemas de familia. Tenía ella la apariencia de esas rubias que suelen verse en películas: hermosa y alegre como siempre, desde el primer momento los contagió con su desenfado y buen humor. Tampoco tardó en ponerlos al tanto de la última novedad: la apertura de playas nudistas en otras de las islas no habitadas, Anse Royale y Anse Etoile, como siempre, repletas de turistas, ni qué decir de Victoria con su magnífico ambiente, aunque prefería disfrutar la tranquilidad de Praslin. Apenas daba tiempo al intercambio, no se tomaba un respiro. Muy locuaz y divertida hablaba sin parar. Buena conversadora y por demás, admiradora de París desde sus años de estudiante, solamente cedía el turno para escuchar anécdotas simpáticas o espeluznantes vivencias.

La escocesa refirió muy a la ligera que el doctor Cuní especulaba era bastante grave el hecho de que Rafael no hubiese ido de vacaciones a Cuba, peor aún, que nada se supiese de su destino. Según dijo, no se aventuró a opinar, lo admitió como dificultad en la comunicación, habían hablado en inglés y cabía la posibilidad de que el doctor no se hiciera entender correctamente. Por su parte, no encontró censurable que cada cual decidiera dónde pasar sus vacaciones después de tanto tiempo de riguroso trabajo. La llamada de Beth le había resultado divertida y de muy buen gusto el hecho de que estuviesen en París, alejados de chismes e intrigas. Pronunció en perfecto español: "pueblo chiquito, infierno grande" escuchado en boca de Rafael cuando venía al caso

Comentó además cómo en Praslin, camino a la playa, disimuló hasta pasar inadvertida para el doctor Cuní. Bromeó cuando dijo estar informada, por intermedio de una de sus domésticas, del misterioso ritual del médico cubano y cómo las escurridizas nativas le seguían para observarlo al pie de los cocoteros y la manera en que el hecho contribuía a darle mayor popularidad, cada vez eran más las pacientes en sus consultas, comentaban sobre la posibilidad de algún misterio de los cocos, algo divino.

En privado la escocesa puso al tanto a su amiga de la repentina llegada de Frederick a las Islas. Lacónico casi siempre, esta vez la dejó intrigada, su comportamiento no fue el acostumbrado, le insistió en localizar a su mujer, muy extrañado por no saber dónde se encontraba y la zozobra que le provocaba la actitud asumida, prefería ella permanecer en Victoria, un lugar, según su parecer, simplemente fantástico para determinadas épocas del año. La hizo partícipe, además, de su disposición a esperarla, pretendía hacerle la propuesta de establecerse juntos en Sidney, había comprado una hermosa casa en Bondi, disfrutaría ella de tan magnífica playa. Él, sin preocupaciones, continuaría trabajando en tan maravilloso lugar donde habitan abundantes y diversas especies marinas. Hacer descubrimientos, según él, era la mayor atracción que ser humano pudiese experimentar. Su vida

177

carecería de sentido si no pudiera rastrear el mundo marino, tampoco deseaba perder a su mujer.

Habían reservado la cena de la última noche en el restaurant "La Candelaria" especializado en comidas mexicanas. Se decidieron por tacos y chile picante, Rafael añadió arroz blanco y huevos fritos. Los tres se mostraban estupendos, miraban a su alrededor con el prisma de la felicidad. La cena se extendió en el tiempo, no por copiosa sino por la constante necesidad de hablar. Aprovechaban cada oportunidad, disfrutarían la compañía de Laura solo por dos días. Si él hubiese ido solo a Francia sin alguien para compartir los encantos que el país le mostraba, todo hubiese sido fantástico, disfrutar aquellos días con Beth era incomparable y la presencia de Laura, ni qué decir.

Después de un tiempo distante del promedio que le toma a una persona cenar, dieron la cena por concluida, los platos que ordenaron habían perdido demasiado el gusto, la necesidad de prolongarla les era ajena. Se dirigieron a un bar contiguo, Rafael provocó risas en las dos mujeres cuando, sorprendido por el primer trago de ron añejo tomado con avidez, dejó escapar la cubanísima expresión ¡coñooó! Inolvidable debió parecerles el tiempo que pasaron allí. Era tarde, Laura desistió de acompañarlos al siguiente día en sus andanzas por París, necesitaba reposar antes de continuar viaje, ansiosos por su llegada, sus padres la esperaban en Escocia.

A ojo de buen cubero

La torre Eiffel fue el nuevo propósito de la pareja, mientras estaba por llegar el taxi solicitado, Rafael subió a la habitación con la disculpa de recoger sus documentos, por primera vez sintió cierta preocupación por su futuro inmediato, valió la oportunidad para tomarse un breve tiempo, hizo una llamada a un amigo en Londres, un escaso saludo, pudiera servirle de ayuda en los días que estaban por venir.

El tour sería por la ruta que se le antojase más conveniente al chofer, llegar a la Torre les entusiasmaba. Con leve sonrisa los recibió el hombre, echó el cuerpo hacia el respaldo del asiento, finalmente, bien acomodado, puso el pecho al timón. Durante todo el trayecto se esmeró en mostrarse amable, poner cara de buena gente, disminuyó la marcha al llegar al Sena, pasó frente a la catedral de Notre Dame, bordeó el río que, discreto, hacía correr sus aguas. Fijó con suficiente claridad el Louvre, casi se detuvo en la estación de ferrocarriles Orsay, recién empezada a transformarse en un museo. No podía evitar lanzarle vistazos a la pareja, desde la arrancada se había dado cuenta: mientras la muchacha de mirada hermosa hacía algunos comentarios en español, el hombre se limitaba a mostrar rostro de asombro. Se acercó al Palacio Bourbon, finalmente, hizo girar el auto en busca del Campo de Marte hasta dejar a los turistas frente a la Torre Eiffel.

Fuera del auto ya, Rafael parecía sin resuello por tanta felicidad, no necesitaba hablar, su expresión delataba su primera visita por aquellos parajes. Y con la manía de hacer mediciones a «ojo de buen cubero», heredada desde su infancia, reparó la torre de arriba abajo, de abajo arriba y… calculó cuántas palmas reales podían estar contenidas en esa altura. Las verdaderas dimensiones no consiguen ser bien apreciadas hasta tanto no estás ante ella. *"Es un titán de hierro fundido"*, comentó.

Boletos en mano, tenían garantizado llegarse al primer piso. Otra vez la sorpresa atrapó a Rafael. Supuso estar viendo en aquella galería circular —en pequeños grupos, o dispersos— a mil personas, y aún quedaba espacio para dos veces más. En retorcido francés, una pareja hablaba en tono alto y de manera bastante grosera; evidentemente no habían seleccionado el lugar adecuado: no se inmutó, estaba concentrado en pasar revista a los nombres de las principales personalidades del mundo científico inscritos allí. Beth aprovechaba el radiante día para observar la ciudad a través del telescopio. Después de un prudencial tiempo le invitó a llegarse hasta la segunda planta. No habría argumentos para evadir el hermoso cuadro de París, la ciudad tan soñada, sin embargo, le importunaba el recuerdo de su niñez en la inigualable vegetación tropical de La Esperanza, su inseparable amiga, desde donde soñó con una lluvia de monedas y luchó por una vida más decorosa. Salió de aquellas profundas meditaciones e intentó concentrarse en lo que quizás fuera su única posibilidad, cuando la suave mano de Beth le acarició la espalda, lo devolvió a la realidad para, juntos sumergirse en el panorama que la ciudad ofrecía. En un elevador conquistaron el tercer y último nivel, donde el museo Grevin muestra a Gustave Eiffel mientras recibe a Tomás Alva Edison, el hombre de más de mil inventos; desde allí, nuevamente, la ciudad de la luz lo sorprendió.

Lienzo inspirador

La pereza no fue obstáculo para iniciar el nuevo día con evidentes visos de ser especialmente intenso. Rafael se despegó de la manta que lo envolvía más deprisa de lo acostumbrado, necesitaba prolongar el tiempo, sería la última visita que realizarían juntos. Desde la primera noche de la llegada al hotel se había propuesto reservar las emociones que le sobrevendrían en el Louvre. Ese año habían comenzado la ampliación del palacio con el ala Richelieu, lo que no impidió mantenerlo abierto. Como todos, se extasiaba ante tan acogedor panorama. La mayor razón de aquel viaje, enfrentarse a la obra más famosa del mundo, con todas las suposiciones y misterios que la rodeaban. La avidez por llegar a la sala más deseada crecía en la misma medida en que aumentaba el número de las ya visitadas. Por fin, su mirada y su alma penetraron en la legendaria Mona Lisa. Aquella belleza no guardaba ninguna relación con las vivencias experimentadas. Con naturalidad no imaginada la observaba, le pareció un cuadro hermoso y una mujer bella. Imprevistos suelen suceder en las grandes ocasiones: olvidó lo que ya conocía, su expresión, su sonrisa. Un ligero movimiento lo llevó hacia la derecha, pretendió ponerse en mejor posición, deseaba apreciar la enigmática pintura, contemplarla en todos sus detalles.

Un interés desmedido por atrapar tan seductora imagen de súbito lo invade, se abstrae, concentrar en ella. Tenía ante sí un rostro de expresión cambiante, algo triste, y delicadísima sonrisa. Tan locuaz en situaciones semejantes, ningún comentario salía a la luz, había quedado sin palabras. En el punto máximo de su apetencia, una sombra delataba su intranquilidad, lo importunaba; venían con ella especulaciones, rostros amados, paisajes queridos, intentos abandonados, el cuadro simplemente imaginado que no pudo pintar por falta de tiempo, de recursos. Urgido por su interés de contemplación, regresó a la posición inicial, consciente de la oportunidad que tenía ante sí; las evocaciones no lo abandonaban, lo vencían. Como no imaginaba posible Vincent Van Gogh deslizar su pincel sin la presencia de un girasol, ni, según Goethe, Federico Schiller escribir sin sentir el olor a las manzanas podridas, presintió también que su pincel no correría sobre el lienzo si no lo hacía en su terruño, tampoco renunciaría a la medicina, no la veía como pura ciencia, creía en el arte de curar. Por el momento quedaba aún distante el hecho de tomar la pintura en serio. Su mayor felicidad en algún momento de la vida, ver sus cuadros colados en alguna importante galería. La Mona Lisa lo mantuvo atado a su imagen hasta la despedida, no sin antes haberle jurado a Dios, y a Da Vinci, que continuaría haciendo caminos al andar, más temprano que tarde pintaría.

Oscurecía París

Beth regresaría a las Islas en la próxima madrugada, domingo con pronóstico de mal tiempo, retrasar el viaje no debía ser la opción, le apremiaba estar en las Seychelles. Rafael hubiese deseado despertarla, no se atrevió a importunarle el descanso, necesitaba dormir. Aquella noche había sido estupenda saborearon a plenitud la desbordada pasión, el placer del sexo; la última, la que llegaría con la próxima noche debía ser la mejor.

Se sentó a su lado, no se decidía a llamarla, se les haría tarde. Con los párpados caídos y la boca algo abierta, apareció Beth al alba, sintió su calor, otra vez lo tenía cerca.

—Me voy acaso cuando más te necesito.

—Cuando más nos necesitamos.

—Hemos disfrutado de un admirable juego.

—Un juego donde los dos apostamos.

—Está por ver quién arriesgó más, andamos navegando, falta tiempo para llegar a la orilla, el río se me asoma turbulento, pero nos irá bien, somos decididos.

—¿Te preocupa quedarte solo?

—Me preocupas tú, dejarte ir. Ahora no pensemos en eso, ven, te ayudo a levantarte, debemos darnos prisa, el sol hace sus intentos. Un día magnífico nos espera, quizás el más interesante.

Apremiaba el adiós. Elizabeth suponía tener muy bien definida cuál iba a ser su reacción ante la propuesta que le haría su marido, totalmente decidida "cortar por lo sano", como diría Rafael. La felicidad desbordada durante aquellas vacaciones que ya tocaban fondo admitía haber vivido el reverso de una nueva etapa, posiblemente cargada de añoranzas y contratiempos.

Ahora ninguno de los dos hablaba. Rafael simulaba una ecuanimidad pocas veces conseguida, juzgaba exagerado aceptarle tal resolución, nada tenía para ofrecerle, ni siquiera la posibilidad de volver a verla estaba al doblar la esquina, las consecuencias de aquel viaje, por más disimuladas, no debían ser del todo ignoradas.

Gran tensión los penetraba, un presentimiento con ribetes de realidad los lastimaba, decidieron no salir de la habitación, sentirse solos. Sostenían un diálogo escaso que funcionaba no más con las miradas, sería la última noche juntos, los dos recordaban la anterior, la penúltima, pero no hablaron de ella, la buena debió ser esta, la última, no se atrevían a acostarse, encuentran pretextos: algo pendiente por acomodar en el bolso de mano, un breve recordatorio que llegaba mediante una palabra breve, una frase frívola.

Aceptar la realidad laceraba a Beth, aplazar el viaje por unos días no resolvería el problema, temía algún inconveniente, que las fuerzas le fallaran, que su flaqueza le hiciera perder para siempre la posibilidad de un después, debía ganar tiempo. Sería provechoso acostarse lo antes posible, descansar lo razonable, dentro de muy pocas horas se enfrentaría al difícil Frederick. Muy decidida se mostraba, con total apariencia de estar dispuesta a seguir adelante en el propósito de deshacer su matrimonio, pero no logró ser tan dueña de sí, desató una gran crisis de llanto hasta que la aurora les trajo la inevitable despedida.

CUARTA PARTE

Salto hacia atrás

París, la urbe que bien vale la pena contemplar cada segundo, la agitación en sus calles, su original gastronomía, el destino turístico más grande del mundo... Nada de eso parece robar la tranquilidad, no molesta a los parisinos. Sin embargo, en cuestión de días se ha transformado a la vista de Rafael, la ciudad no era la misma. Cada vez más abrumado: nostalgia por el sol, le dolía la soledad, el aire frío le penetraba. París oscurecía ante sus ojos.

Equipaje en mano llegó al aeropuerto Charles de Gaulle. Desde un punto, con la mirada puesta en ninguna parte, observaba el ir y venir de la masa humana que se trasladaba por pasillos y elegantes salones. Aquella gente daba la apariencia de andar en grupos, aunque no fuese exactamente así. Cabía la posibilidad de que muchos se sintieran tan solos y desorientados como él, sin embargo, disimulaban sin demostrar ningún síntoma de preocupación. Estaba precisado a imitarlos, a esforzarse: a mal tiempo, buena cara. No pudo evitar tomar asiento, ideas aciagas lo acosan, en una sala de emergencias del hospital Calixto García de La Habana, insistentemente reclamaban su presencia, debía llegar lo antes posible. Acaso sentimientos paternales lo llevaran a ese estado, hacía esfuerzos por recuperarse, le urgía encontrar una respuesta. Lo inmediato sería tomar con la mayor premura posible un avión de la compañía Air France, hacer escala en España y desde allí, en un Iberia llegar a Cuba. Infructuosas gestiones le abrían luz a la realidad que debió aceptar, no le era permitido obtener pasaje para ese, ni para otro lugar. Tardó en disimular la ansiedad hasta lograr alguna respuesta, en definitiva, ¿para dónde iba? simplemente necesitaba viajar.

Totalmente desconcertado regresó al hotel. Pasados dos días, hizo una llamada a su amigo en Londres, quien no se mostró tan afable como supuso, demasiado recta la bola para darle con un bate de madera sin que se quebrara en dos pedazos, le sugirió procurar apoyo en el consulado de su país en la ciudad donde se encontraba. Sin otra opción más favorable, no perdió tiempo, no se excedería en elucubraciones, tampoco admitiría el desgaste por ansiedad, el resultado sería el mismo, estaba obligado a tomar el toro por los cuernos.

Con la aparente naturalidad del más sereno de los mortales y mientras el diablo se entretenía quitándose un pelo de la barba, con un sol que rajaba las piedras y el mar completamente adormecido, hizo su entrada en la residencia de Elizabeth un domingo a las dos de la tarde.

Paralizada, de una sola pieza, con la cafetera en sus manos porque pretendía hacer una colada de café a lo cubano, quedó aquella mujer que se encontraba sola. Los dos tragaron en seco para recuperarse. Ninguno pudo resistir la mirada del otro por mucho tiempo, se merecían el reencuentro.

Todo funcionaba con aparente normalidad. Como si Beth sorteara espacios se dispuso a tomar la iniciativa, la llamada de su tía abuela madame Durand desde Lyon debía ser un buen tema para animarse los dos; según ella, la tía se mostró muy jovial durante toda la conversación, le dijo algo que, no por sabido dejaba de agradarle, la declararía heredera universal bajo testamento. Además, le imploró encarecidamente trasmitiera saludos y las gracias a Rafael por su visita y todo el bien que le propició. Había

188

mejorado de manera increíble y su estado de ánimo era muy bueno. Cada noche hacía rezos y promesas para verlo llegar, añoraba tenerlo en casa en el menor tiempo posible y, lo más inusual, le rogaba se tomara interés en deshacerse del bigote, preferiría verlo rasurado.

La sobrina la conocía lo suficientemente bien como para considerar irreflexivo el entusiasmo de su tía abuela, de tal manera que se abstuvo de referirle ciertas intimidades. Pensándolo mejor, se alegró de sus vejeces. Rafael también debía contentarse; cuando la tía conociera las verdaderas relaciones de ella con el médico, obtendría su aprobación sin ningún reparo. También se reafirmó el criterio de que la invitación confirmaba el hecho siempre sospechado, la anciana nunca tuvo a bien su matrimonio con el arrogante australiano.

Rafael disimuló, evidentemente la última parte del mensaje tenía un tono oscuro. Miró el mar a través de la ventana más próxima, se detuvo observando las olas colisionar bruscamente contra un barco que navegaba rumbo al puerto, pero no pudo evitar el recuerdo de lo sucedido aquella noche en Lyon. Por cierto, aún mantenía la duda sobre algún comentario con Beth, ahora la actitud de la Durand le causaba tanto risa como preocupación.

"Muy amable, muy amable, transmite las gracias a tu tía". Para suerte suya, Beth no escuchó las palabras expresadas fuera de tiempo y con cierta dosis de desdén.

La lectura del periódico perdió interés para Rafael. Se detuvo en el gato blanco de Beth que plácidamente dormía en la esquina del sofá donde él estaba sentado. Madame Durand también tenía un gato. No, no era un gato, se trataba de una gata, le habían dicho que los gatos machos no tienen más de dos colores y aquella era blanca, negra, y dorada. Además, ahora recordaba que su cara era pequeña y bonita. Le hubiese gustado ver sus ojos, pero durante toda la tarde al lado de su dueña se mantuvo durmiendo sobre la alfombra persa que cubría gran parte de la habitación. Sentía un afecto especial por los gatos, desde niño estuvo acompañado por ellos, casi todos barcinos, muy dinámicos, eventualmente permanecían dentro de la casa, andaban trepados donde nadie era capaz de imaginarlos. Perseguían ratones, lagartijas, robaban algo: casi siempre en vigilia. A su mente vino un reciente artículo periodístico donde se comentaba el premio Intra-Sciences concedido a Michel Jouvet por el estudio de las fases del sueño basándose en la observación de estos animales.

Sentada junto a él, Beth procuraba divertirlo con las ocurrencias de Laura para compensar las travesuras de sus dos pequeños hijos varones. Rafael no se animaba, ni siquiera sonreía, tampoco se esforzaba en disimularlo, hubiese preferido continuar especulando acerca de los dóciles animalitos. De pronto, su mirada se ha detenido asombrada en la mano derecha de Beth, llevaba la manilla que su esposo le regaló en la fiesta de cumpleaños: un cuajo se le hizo la mente. Era el caso que tampoco había hecho ningún comentario acerca de Fréderick. Extraña mujer, callaba su pasado, no le hablaba del presente y ni una pista de futuro sospechada. Sintió deseos de decirle que era una descarada, una cabrona, que desde ese mismo momento todo se iba para el carajo, que no lo buscara. ¿Qué mierda se creía ella? Le resultaba más fácil entenderse con las ardientes y explosivas latinas quienes en breve tiempo, cual sidra acabada de descorchar, se sacan todos los enconos que no desean guardar y al carajo todo, o empezar de nuevo, aquí no pasó nada. Harto estaba de tanto silencio, tanta estúpida mierda, no desaprovecharía la primera oportunidad para arremeter contra tales intrigas. Tardaría en animarse, se llegaría a la playa, no la invitó, necesitaba liberar energías.

Aquel mismo día visitaría a sus compañeros que han regresado de sus vacaciones para integrarse al trabajo. Comenzaba a percibir la vida de una manera distinta, pondría todo su esfuerzo en la tarea de prevenir y curar, se sentía cómodo en la realización de ello. Por el momento disimularía su deseo de que los días pasaran veloces dedicado a la lectura de los libros que había comprado en Paris.

Camaroncito duro

Sorprendido andaba Rafael por la cuarta isla más grande del mundo separada del continente africano hace ochenta millones de años. Un paisaje diverso muestra sus maravillas, con razón los ecologistas llaman a Madagascar el octavo continente.

Había llegado a Antananarivo a solicitud de Beth, con toda urgencia debía ponerle tratamiento a un hijo de Manhakanony, hombre de negocios y reconocida personalidad, quien lo estaría esperando en el aeropuerto, acompañado de Tante, su traductor. Tendrían que cubrir 571 kilómetros en auto hasta llegar a Mahajanga

Las palabras de bienvenida y presentación, aunque corteses, fueron parcas. Miradas incrédulas, ceños fruncidos, rostros oscurecidos. Así, tensos y desanimados, los Manhakanony recibieron al doctor, quien a priori no les pareció tan elegante como otros. La persona esperada no respondía a su ideal de médico. Aquel hombre blanco, de espeso bigote negro, con jean azul, camisa a cuadros rojos de mangas cortas y en zapatillas, exponía una increíble sencillez. No obstante, aunque con reticencias, su presencia les resultó esperanzadora, quizá porque se mostraba serio, de poco hablar y extremadamente atento a cuanto signo de interés pudieran revelarle acerca del enfermo.

No perdió oportunidad Manhakanony, refirió al médico el estado de gravedad de Mandrika, su hijo aquejado de fiebres, vómitos e incontenibles dolores de cabeza que lo llevaban al delirio. Eran esos los síntomas más persistentes del pequeño, debilitado en extremo. El resultado de las investigaciones hechas no coincidía con el examen físico, y su aspecto general era cada día más deplorable. No había un diagnóstico certero, era evidente que las fiebres no coincidían con las habituales en aquella región, la gran verdad radicaba en que la salud del niño reclamaba un tratamiento efectivo.

Malala, la esposa, no tardó en tenderle una mirada desesperada a Manhakanony, para con un gesto brusco, advertirle la necesidad de darse prisa. El médico y el traductor lo acompañaron hasta la habitación contigua donde se encontraba el niño. Malala, y Andrasamara, la hija mayor, también presenciarían tan difícil momento.

Muy pronto todas las miradas se enfocaron hacia el mismo punto; ansiosos, tensos atendían a los movimientos del doctor mientras manipulaba al enfermo de ojitos cerrados y cuerpo casi inerte. El tiempo pasaba sin encontrar respuesta al caso como sucedió a otros que le antecedieron por igual motivo para sacar al Mandrika de su estado grave. El galeno no tardó en comprender la imposibilidad de éxito; echó una ojeada a todos los presentes, no encontraba modo de decirles cuán grave era la situación. Ninguna respuesta tenía para salvarlo. Ya se disponía a clamar por Hipócrates, o por el camaroncito duro para que lo sacaran del apuro[45], cuando creyó ver a la tía Iluminada posada en forma de extraño insecto sobre una manga de su camisa, pero no fue ella, no; el muerto Gregorio llegaba en su auxilio.

Aparentemente relajado, el doctor se tomó su tiempo, con extrema suavidad pasó sus manos desde la cabeza hasta los pies, y desde los pies a la cabeza del enfermo. Tres veces repitió la acción. El silencio se hacía largo. A punto ya

---

[45]Referencia al cuento infantil "El camarón encantado" muy popular en Cuba porque José Martí incluyó su traducción en su revista *La Edad de Oro*.

de la desesperación, Malala, sin advertir la espiritualidad de aquel momento, y creyendo que el tiempo se escapaba mientras estaba en juego la vida de su hijo, con abruptos ademanes y tono muy agresivo, recriminó al médico por su pasividad ante tanta urgencia, su desinterés en el actuar los había decepcionado, sería para siempre culpable de una muerte, de la gran desgracia de ella y su familia.

Todavía resonaban las palabras de la madre cuando el niño hizo un pujo para abrir sus ojos, y al instante los volvió a cerrar. Según ella, era muy mala señal, el peor de los síntomas, estaba presenciando el momento más infeliz de su vida, sus ancestros se encargarían de pasarle la cuenta al indeseable doctor.

 El traductor se limitó a comunicarle las menos palabras posibles, pero él había captado todo el mensaje, y continuó sin inmutarse, pesadumbre ni desgano aparecían en él. Sacó algunos medicamentos de su cartera, se los aplicó al paciente e indicó el horario que dejaba establecido para repetir la dosis.

Malala abandonó la habitación, pero el desánimo se fue extinguiendo, en menos tiempo del que alguien pudiera imaginar, comenzó Mandrika a sentirse brioso y con apetito. Los asombrados rostros de los presentes demostraban no dar crédito a la realidad presenciada, se había logrado lo que pareció a todos un milagro. Rafael tomó el hecho con naturalidad salvar vidas era su quehacer. Con frecuencia experimentaba el agradecimiento que emanaba tras restablecer la salud a un ser querido, quizás por eso cambiaba de tema, disimulaba los inevitables halagos. Se trataba del único varón de los nueve hijos del matrimonio. No se hicieron esperar el brindis y la propuesta de un recorrido por la ciudad y otros lugares de reconocido atractivo.

Muy entusiasmados, al siguiente día iniciaron la jornada en un *pusse* (empuja) arrastrado por un hombre, quien muy pronto estuvo sudoroso, casi desfallecido comenzaba a sentirse por tanto esfuerzo, tanta energía desprendida desde muy temprano en la mañana.

Escaso tiempo llevaban de paseo cuando las miradas, sonrisas y poses de las jóvenes con la intención de provocar pensamientos licenciosos en los turistas no lo convencían, decepcionante y poco feliz aquel momento. Se dio cuenta de que les había tocado el triste papel de mostrar una de las caras feas de la pobreza, sintió pena por ellas.

Continuaron la marcha por estrechísimas y polvorientas callejuelas donde aparecían vendedores, tiendas con abundantes piezas de buena calidad, original artesanía. Le llamaron la atención los bordados a mano en paños y manteles, posiblemente por la similitud entre ellos y los confeccionados por las campesinas de su país, ¿era acaso pura casualidad o alguna influencia por él desconocida? No quiso hacer comentarios, su acompañante le pareció un tipo bastante pragmático.

Muy preocupado viajaba el médico, al conductor del *pusse* le amenazaba una inminente hipoglicemia, estaba vencido. Solicitó al traductor le comunicase al señor su preferencia por continuar el viaje a pie, como otra posible solución aconsejaba que cada uno arrastrase el carro durante un trayecto. Así las cosas, el debilitado ser tendría la posibilidad de recuperarse. Manhakanony no contestó al reclamo, no reaccionó, debió presumir se trataba de una traducción deficiente.

Continuaba el hombre en su intento por lograr un equilibrio en la carga, por el exceso de peso se veía impedido de hacer los giros sin que el coxis y otras partes del esqueleto de sus acompañantes sufrieran más de lo permisible.

La preocupación de Rafael aumentaba, sucedería lo peor, aquellas callejuelas contribuían a hacer más difícil el trabajo del hombre, su piel negra se veía amarillenta, se le pegaba a los huesos, andaba vencido. Y lo peor, era muy probable que otra vez Gregorio no estuviera dispuesto a sacarle las castañas del fuego, darle vida a quien bien podía contarse por finado le sería imposible. Sin otra cosa que hacer, como generalmente se comportaba en situaciones estresantes, con palabras incomprensibles para los majinganos, que incluían carajos y otras partes del cuerpo escasas veces mencionadas en público, el médico hizo que el cochero se detuviera. Sin titubeos, con gran esfuerzo logró un tono más mesurado para volver con la propuesta, Manhakanony recordó de inmediato que su pequeño Mandrika estaba vivito y coleando gracias a la manera extraña en que, casi muerto, lo salvó el hombre que tenía al lado, pensó que si aquel blanco venido de tan lejos lograba en minutos dar vida a un moribundo, en segundos podía liquidar a la más pinta de las palomas. Se dispuso entonces a entregar unos ariarys al cochero con la intención de despedirlo, pero este se negaba rotundamente a aceptarlos porque, desmayado y todo, necesitaba el pago completo, aunque llegara reventado a su casa. Tal era el estado mental del padre de Mandrika que pagó el doble del valor del viaje y se convirtió en el nuevo conductor del carruaje.

Nadie hablaba. Rafael refrescaba del insulto cuando ya las gotas de sudor chorreaban por el cuerpo del nuevo cochero. Nunca en Majinga, como llaman los nativos a aquella ciudad, habían visto juntarse tanta gente venida de no se sabe dónde en tan poco tiempo. Apostados a la orilla de los callejones se apretujaban para ver al rico y afamado comerciante haciendo uno de los trabajos más humillantes que pueda realizarse. Con extraordinario esfuerzo contenía la risa, el exagerado enjambre humano que se concentraba para disfrutar de tan atractivo episodio, hizo recordarle los primeros tiempos de la Revolución cubana, cuando las personas se hacían eco de la presencia de Fidel Castro, Che Guevara, o Camilo Cienfuegos.

Para gran sorpresa, lo que apuntaba como una afrenta, tuvo un final feliz. El nuevo cochero hasta ese momento concentrado en la tarea que realizaba decidió hacer una pausa para tomar aire. Y muy divertido porque creyó lo habían confundido con un turista surafricano cuyas pretensiones eran no más que congraciarse, Manhakanony dio por finalizado el paseo, invitó a los pasajeros a tomarse unos tragos antes de almorzar en un restaurante de comida típica.

La próxima jornada les depararía un matiz no por distinto menos interesante. Emprendieron un recorrido por la ciudad bordeada por el mar donde una especie de malecón cautiva al caminante con "El Jardín D´amour", repleto de flores de diversas formas, colores, fragancias. Allí los enamorados se detienen a contemplar el mar y el agradable aroma mientras otros toman asiento en rústicos bancos de cemento para declarar sus pretensiones. A pocos kilómetros también visitaron un lugar sagrado donde se guardan reliquias del rey Andriamandosoarivo y sus mujeres: Andrinamisara, Andrimasara…

197

El padre agradecido continuaba esmerándose ante la curiosa mirada de su compañero de viaje. Era una magnífica oportunidad, haría cuanto pudiera para agradecer la salud de su hijo, había comprobado en numerosas ocasiones las reacciones de las personas no habituadas a ella ante lo exótico de aquella isla.

Fuera ya de la ciudad, se detuvieron en la espesa selva, necesitaban refrescar a la sombra, cubrirse con ella. Extraña maravilla... en la rama de un árbol, un lémur se asomaba con cara asustadiza y apariencia de estar perseguido por algún intruso. Rafael pensó que se debía a la presencia de ellos, porque la jutía también queda paralizada cuando divisa a un cazador, escopeta en mano. Pero no, a un metro del lugar donde tenían plantados los pies, se encontraban dos fossas. Estos animales carnívoros, de color pardo-rojizo, miden alrededor de ochenta centímetros de largo, su cola puede alcanzar los noventa centímetros y seleccionan a los lémures como sus presas favoritas. Al advertir a los fossas, los hombres permanecían tan sorprendidos como lo estaba el lémur, bien podían cambiar de opinión y convertirlos en sus víctimas. Posiblemente la carne humana les resultara más apetecible, debían estar saciados de los ya conocidos lémures. Valía recordar la leyenda que cuenta cómo los fossas raptan a recién nacidos y los devoran, ¿quién sabe?, se ha escrito tanto del hombre exterminado por dragones y otros monstruos colosales que, en comparación al caso, nada de improbable tendría. Los dos pequeños depredadores bien podían hacer el intento de banquetearse con ellos. Además, llevaban mucho tiempo esperando para que el asustadizo decidiera bajarse. Filomeno lo sabía bien, en el monte está lo bueno y está lo malo.

Hubo tristeza en el corazón de Rafael, aparecieron agricultores quemando árboles. Con el implacable e inocente fuego les decían adiós a las maderas preciosas, desafiaban cuanto ser vivo encontraban a su paso; trataba de disimularlo, se mantuvo callado. Presenciaba la muerte de un gran tesoro acumulado por la naturaleza durante siglos. Manhakanony creyó que el doctor permanecía bajo la impresión del encuentro con los fossas, no fue capaz el africano de comprender que no hacía comentarios por las inevitables correcciones al traductor quien hablaba un español semejante al magalasy, le hacía perder la paciencia. Concentraba su atención pues, en admitir algo muy desagradable: los agricultores hacían lo que podían, incendiaban su gran fortuna para llevar algo a sus bocas. La victoria, en caso de lograrla, sería al estilo de la batalla de Heraclea—quizás conscientes pero atados de pies y manos. Comparó tal monstruosidad con haber quemado la biblioteca de Alejandría. Tenía sus ojos puestos en uno de los países con más biodiversidad del planeta, estaba presenciando algo inconcebible, los campesinos no eran culpables, la supervivencia estaba en juego.

Agotada la paciencia, volvió a la carga, así lo había hecho cuando paseaba en el coche arrastrado por el hombre, para con un tono más manso, interrumpir aquel silencio de bosque:

—¿Por qué los poderosos no se esfuerzan por mejorar las condiciones de vida de estos desgraciados, acaso es permitido destruir lo dado por la naturaleza?

La respuesta no se hizo esperar:

—Si nosotros repartimos lo que tenemos, nos convertimos en pobres igual que ellos.

No cabía duda, la traducción era correcta. Manhakanony pensaba tal cual se mostraba. Es de suponer que Rafael no hubiese deseado escuchar tales palabras, le resultó un comentario pérfido. Disimuladamente el señor miró a su invitado, se dio cuenta, lo creyó ofendido. Los dos recordaron lo sucedido durante el paseo por la ciudad, decidieron abstraerse en el paisaje y continuar la marcha.

Agradablemente sorprendido Rafael, reflejó la emoción en sus palabras de admiración ante un hermoso baobab a poca distancia del camino. Manhakanony no desperdició la oportunidad, encontró la manera de impresionarlo con creces. Decidió mostrarle la gran maravilla, lo llevaría al más grande y antiguo de la isla, un árbol con más de un milenio.

Tardaron en llegar; cuando a lo lejos, en solitario, el añoso baobab mostró su inmensidad, su opulencia, recordó las ceibas cubanas, le resultaba aproximadamente tres veces más robusto y frondoso que la mayor de ellas. Visiblemente impresionado, imaginó estar frente al perfeccionismo que modela el curso natural de las cosas, quizás Antoine de Saint Exupéry había estado allí o lo había visto desde su avión en vuelo. Muchas ofrendas lo rodeaban, es creencia local que alberga un espíritu que requiere avivarlo, alimentarlo; igual culto se le ofrece en Cuba a las ceibas, el árbol sagrado. Otra vez volvió a la idea de que el hombre es uno solo pese a la distancia, unidad superior a cuanto es capaz de concebir. Por eso un anillo, la preciada prenda que lo acompañaba, alimenta desde aquella tarde el espíritu del Gran Baobab.

Imprevisto

Negra tempestad anticipó la noche en Anse Forbans, vientos fuertes empujaban la lluvia, iluminaban el mar los rayos. Rafael tenía sed, no fue a la cocina por una cerveza, todo invitaba al recogimiento. Aún no había decidido por cuál página comenzaría a leer el periódico cuando un sostenido toque a la puerta principal lo sorprendió. No tardó en reaccionar, escasas veces las visitas llegaban sin anunciarse y el personal de servicio hacía su entrada por una puerta trasera, además, se había retirado a las cuatro de la tarde como era costumbre. Alguna urgencia debía motivar tal insistencia, no lo pensó más, fue a la puerta para atender el reclamo, permaneció parado sin que nadie apareciera. Escuchó otro toque fuerte desde la puerta del lateral, que daba al pasillo del jardín, con cierta preocupación, incómodo ya, no se movió del lugar, esperaría el tiempo que fuese necesario.

Ante él, dos hombres chorreaban agua por todo el cuerpo, evidentemente presurosos, con el pretexto de la lluvia y el mal tiempo anunciado. El desconocido, con sonrisa fingida y algo de ironía añadida a su engreída cortesía, extrajo del bolsillo de la camisa una credencial del consulado cubano. Venía acompañado por el doctor Cuní, quien, visiblemente nervioso, se mantuvo a cierta distancia hasta que se acercó tardíamente a extenderle la mano a su amigo. El antipático hombre procedió a ponerlo al tanto del motivo de su visita. Lo habían enviado con el interés de comunicarle «una propuesta»: cumplir funciones en la embajada de Cuba en Inglaterra. No dejaba tiempo el mensajero para alguna observación u objeción, todo expresado a tropel, estrictamente lo necesario. Vendría muy temprano para hacerle entrega del pasaje, en caso de arreciar el mal tiempo, estaría esperándolo en el aeropuerto, exactamente a las diez de la siguiente mañana, debía tomar el vuelo rumbo a Cuba.

El doctor Cuní se esforzaba en aparentar no estar al tanto del asunto, pero no podía evitar abrir sus ojos hasta el punto de querérseles salir de sus órbitas y hacer notar la mirada triste de carnero degollado. Ni una palabra, ninguna señal de asombro asomó en el rostro de Rafael, sin comentario alguno y con un apretón de manos despidió a los enviados.

Mientras, Beth permaneció en un butacón en la antesala, necesitada de tomarse un respiro se mantenía con los ojos cerrados acariciando a uno de sus gatos. Aquella tarde había demostrado ser una buena surfista, se sintió feliz ante una playa repleta de bañistas. Continuó acariciando su gato, prefirió mantener la apariencia de estar ajena a la conversación, no deseaba afectarlo.

Acaso solo en apariencia, Rafael no demostraba preocupación, poco crédito dio a las palabras recién escuchadas, sería conveniente no adelantarse a los acontecimientos. Por lo pronto, no asistiría a una partida de ajedrez concertada con un amigo croata, tampoco se despediría de otros allegados, todo llamaba al recogimiento.

Concluida la cena, necesitados de hablar y conscientes de que algo extraño sucedía, quedaron sentados a la mesa. Visiblemente contrariado, con la mirada detenida en el curioso bordado del mantel que le trajo como regalo de Madagascar, obtuvo de Beth una respuesta afirmativa ante la interrogante de si había prestado atención a las orientaciones del consulado. Aunque hubiese preferido disimular, le comentó su desinterés por la propuesta, no apreciaba la idea de ir a trabajar a Inglaterra, le sería de mucho gusto visitarla, conocer su milenaria cultura, su clima tan distinto al trópico, todo lo que representa en el contexto de Europa y el mundo, pero nada tenía que ver con su idiosincrasia, su carácter, se sentiría siempre incómodo, como metido en un traje apretado.

Con una sonrisa ladeada hacia la izquierda le dijo:"Aquí en Victoria ya vi el Big Ben. Me doy por satisfecho con haberlo presenciado en tu compañía, aunque se trate de una réplica".

Se esforzaba Beth en encontrar un tema de conversación agradable para compartir tan difícil momento, aborreció su turbación, la manera tan estúpida en que se comportaba. Recordó con cierta envidia a su amiga Laura quien hubiese salido airosa de tan difícil momento con su risa de chiquilla traviesa y su verbo fácil. Declinó hacer un breve comentario acerca de las recientes nupcias de la princesa Diana con el príncipe Carlos de Gales, no era ocasión propicia.

Por concluir la sobremesa, sin que ninguno de los dos hablara, permanecían como si tuviesen todo el tiempo del mundo por delante. Con su habilidad para darle las más inesperadas respuestas a las situaciones, Rafael se dispuso a contarle cada detalle de la primera gran fiesta a la que asistió, el matrimonio de su tía Iluminada.

Nupcias

Era tía Iluminada, alta, elegante y con renombre de ser una mujer hermosa, aunque de piernas más bien quijotescas que gruesas; también era afamada modista y buena bailadora. Cada domingo, temprano en la mañana, esperaba debajo del algarrobo la guagua de Benito Chinchilla que la llevaría hasta la iglesia del pueblo donde se había unido al grupo de las damas católicas. Gozaba tía de suficiente reputación para actuar como lo hacía, todos la solicitaban cuando el zapato les apretaba, sin aparentar preocupación por si caía en trance[46] o rezaba un rosario. Muy dueña de sí, se tomó el tiempo suficiente en buscar un novio, preferiblemente debía vivir bien lejos, y por supuesto, mejor «encabado» que sus colindantes enamorados, quienes conociendo de antemano cuál sería la respuesta, pocas veces llegaba a sus oídos el interés que se tomaban en el asunto.

Cuando ya todos la creían «quedada», en un baile de fin de año, a la puerta de entrada al salón improvisado en una casa de tabaco, apareció un hombre de buen porte y aspecto. Ella, tan pícara, no tenía comprometida ninguna de las piezas que tocaría la orquesta, no lo pensó dos veces cuando la invitó a bailar, estaba hecho a la medida de lo que buscaba: bien vestido, buen corte de pelo, ojos azules, alto y delgado.

Rompió la primera pieza en medio de la expectación, la pareja pronto captó la atención de la concurrencia. El sanjuanero, como llamamos después al tabaquero, demostraba cogerle muy bien el golpe a la música,

---

[46]Alusión a tener creencias espiritistas.

204

murmuraban que la llevaba en la sangre, ningún otro lo superaba bailando, lo hacía tan bien como cualquier negro, mientras ella con su cabello oscuro, ensortijado más allá de los hombros, cuando se supo halagada comenzó a alegrarse. Su vestido blanco floreado en rojo, con falda acampanada, hacía círculos cada vez más grandes. Casi todos se fueron juntando hasta llegar a rodearlos para admirarlos o envidiarlos porque bailaban con buen ritmo y donaire. Una noche entera de música y sacudidas acompasadas de sus cuerpos que se alejaban o se acercaban según dictaban los acordes del güiro[47], el tambor, las claves[48], el tres, y la guitarra, mantuvieron despierto a todo el vecindario. Mientras eso ocurría, mi abuela, quien se hacía acompañar por cinco de mis tías y algunos nietos, ateniéndose a que "muera Marta, muera harta", aprovechaba el tiempo comiendo pan con lechón asado y tomando jugo de piña, a costas del tabaquero. Así surgió la feliz idea: el pretendiente y su padre la visitarían el primer domingo del próximo mes para llevar a efecto la petición de mano.

Los chicuelos esperábamos tan ansiosos como tía que llegasen los domingos, desde las dos de la tarde y hasta las cuatro era la visita del hombre de guayabera blanca. Finalmente, en consideración a que venía de muy lejos y prometía ser buen partido para la hija, le concedieron media hora más, siempre vigilados por uno de los sobrinos.

---

[47]Instrumento de percusión de madera frotada. Sirve para marcar los compases del baile.

[48] Instrumento compuesto por dos pedazos de madera independientes, con forma de cilindros rectos, uno de ellos percute sobre el otro; propio de la música folklórico-popular cubana.

A veces, para que nos añadieran otro caramelo, alguien distraía a la abuela, y quien tenía el encargo de custodiar, fingía ir al montecito a orinar para que los enamorados permanecieran solos unos cuantos minutos. Seis años se mantuvo cortejándola el sanjuanero, pocos en comparación con los de tía Josefa y el cirquero de las laticas y sus dos perritos, que fueron quince porque el novio no tenía ni dónde caerse muerto.

Los preparativos para el casamiento parecían interminables. El bordado a mano era minucioso, las mujeres de la casa le dedicaban mucho tiempo a cada detalle. En todas las toallas, con letras bien grandes, tenía que aparecer "Él" o "Ella". En los pañitos de mano, el nombre del día de la semana y la actividad que correspondía realizar, el mantel con ramos de flores de Pascua todas rojas y sus tallos y hojas rellenos con hilo verde. A las sábanas y las fundas les añadieron incrustaciones y dobladillos de ojo. El punto atrás, el granito de arroz, la pata de gallina y la cadeneta, eran las puntadas menos complicadas. Intencionalmente, el ajuar de la novia quedó pendiente hasta el último momento, esperaban que a fuerza de agua con azúcar morena la casadera ganara unas libras más.

No había visto fiesta más grande y nada me atrajo tanto como estacionarme al lado del cake en la mesa larga ubicada en un comedor que iba desde el cuartico de los santos hasta la puerta de la cocina. Me situé allí con el pretexto de que espantaría cuanta mosca quisiera posar en él. Por algún viejo baúl deben estar las fotos "al momento" cuando todos fijaron su mirada en el artefacto que había colocado el fotógrafo sobre un trípode para meter su cabeza debajo del paño oscuro donde ocultó la cámara, cerró un ojo y, con el que dejó abierto miró por el agujero; finalmente, nos pidió una sonrisa. Yo me mantenía con la vista clavada no en la cámara, ni en la parejita de novios de yeso colocada encima del pastel para hacerlo lucir más bonito, sino en el merengue blanco y rosado que lo cubría todo.

Apenas comenzada la repartición del brindis, nubes plomizas se mostraron amenazadoras detrás del palmar, muy pronto rotas por zigzagueantes rayos que las hicieron desplomarse y caer con gran fuerza, todo espacio resultó pequeño para tanta gente que, con sus zapatos enlodados no tuvo otra alternativa que apretujarse y guarecerse bajo el mismo techo.

La hora de la partida había llegado sin ningún asomo de amainar la lluvia. Ella salió del cuarto con la vestimenta de tornabodas y todos los anexos necesarios para la ocasión. El sanjuanero también se había cambiado el opresivo traje negro por la guayabera que esa vez fue color "mierdaemono" para que hiciera combinación con los atuendos de su amada.

Clemente, que mucho tiempo atrás había pretendido sin éxito a mí tía, tenía un automóvil Ford de 1948 dispuesto para conducirlos al hotel Lincoln, el mejor de todos, situado en el centro del pueblo, con sus quince habitaciones, unas con vistas a la calle Máximo Gómez, otras apuntaban hacia Rosario. Allí pasarían los tres días reglamentados para la Luna de Miel.

La despedida era inminente. Muy atentos observábamos cuanta cosa sucedía, nadie se movía, nadie reía. Goterones de lágrimas y grandes sollozos fueron apareciendo cuando, uno a uno, ella besaba a todos los presentes. Después Tata me dijo que lloraban porque cambiaba de casa, se iba a vivir muy lejos, allá donde corría buena plata, en las tierras de la Cuban Land. No entendí nada de sus últimas palabras, pero no le pedí más explicaciones, por lo complicado del nombre debía ser muy buen lugar. A partir de ahora vendría solo de visita.

Seguía lloviendo, ante tanta turbación el paraguas negro de abuela no aparecía y ya se habían despedido. Clemente no se hizo esperar, agarró por el asa la maleta grande y carmelita con hebillas y cerrojos dorados en perfecta combinación con el neceser que ya cargaba Paco; y tapados con la misma yagua[49] de palma, no pararon hasta el maletero del carro donde pusieron el equipaje a buen resguardo. Sin otra alternativa el chofer decidió mojarse, fue hasta el asiento delantero izquierdo para colocarse en posición de arranque. Pepe se encargó de entregar la yagua al nuevo matrimonio, era obligación que los esposos viajaran en el asiento trasero, daba elegancia.

La tradición no se podía perder, a todo empuje los puñados de arroz criollo caían empapados y violentos sobre la yagua transformada en capa, ellos, en su nerviosismo, creyéndose azotados por una fuerte granizada comenzaron a dar brincos, a gritar; para buena suerte, se mezclaron los buenos augurios con la algarabía. Sin embargo, no logramos romper la tristeza en que estábamos sumidos: los perros aullaban desconsolados, las reses mugían, los chivos berreaban; quizás todos lo hacían por miedo a los truenos, por el desconocido ruido del Ford, o porque se iba lo mejor de aquella familia y nos quedábamos desamparados.

_____

[49]Pedúnculo fibroso muy ancho con el que la hoja de palma se agarra al tope de la palma real; al caer y ya seco recibe este nombre y tiene varios usos en la cotidianidad campesina cubana.

Una voz aguda que retumbaba en el monte comenzó a escucharse, gritaba por Clemente cuando ya arrancaba el Ford:

—¡Clemente, hala corneta!¡Hala corneta, Clemente!¡No dejes de pitar hasta llegar al pueblo!¡Yo pago, pago lo que sea!¡Hala corneta, Clemente!

Era tío Pepe, el único hermano varón de tía Iluminada, quien se había tomado algunos vasos más de ponche de lo debido, y sudoroso a pesar de la lluvia parecía muy emocionado, dispuesto a dar toda su escasa fortuna para que ese día fuera inolvidable, en aquellos tiempos pocos sabían que tocar el pito no costaba nada, por eso casi todos tomaron la cosa en serio. Nadie reía.

A la vista de todos Clemente lucía mejor que otras veces, dejaba ver su nuevo colmillo de oro, y haciéndose notar, extrajo de un bolsillo del pantalón de dril 100 su reloj sujeto por una leontina y miró la hora. Echó una sonrisita socarrona como muestra de que cumpliría el mandato, pues su auto respondía ante cualquier circunstancia, hizo un ademán de despedida con la mano izquierda, y se alejó bajo aquella tempestad.

Hasta en los mejores momentos las desgracias suelen anunciarse sin pedir permiso. A doscientos metros, en el intento por incorporarse al camino real, las gomas delanteras quedaron sepultadas en el lodazal. Olvidamos la lluvia, en solidario esfuerzo todos fuimos uno. Empujamos duro, pero el Ford continuaba sin moverse, nos dimos por vencidos, resultaba inútil. Los novios mediaban, a punto de renunciar al viaje sudaban la gota gorda, no obstante, todavía mantenían alzados los cristales para no llegar empapados al Lincoln. La decisión no pudo ser mejor, Ambrosio enyugó la yunta de bueyes que arrastró el auto hasta el camino real. Permanecíamos alertas, muy atentos al pito nos mantuvimos hasta que llegando a la curva de Las Curritas se fue apagando en nuestros oídos; Clemente después afirmó que hasta la ceiba que anuncia la entrada del pueblo siguió halando la corneta.

Fui yo el primero en ver el arcoíris detrás de los cedros, y tras él salimos corriendo todos los chicuelos para orinar en la hoja de calabaza donde nació. Le pedimos un deseo, nadie dudaba que antes de caer la noche nos lo concedería.

Aeropuerto José Martí

Un adiós acaso definitivo marcaba aquella despedida, No le agradaban los aeropuertos a Rafael, no le traían buenos recuerdos. Hubiese preferido ir en un taxi, llegar solo para moverse a sus anchas o mantenerse en quietud; por más esfuerzo, no encontró manera de convencer a Beth.

Era costumbre que él condujera cuando viajaban juntos, aquella mañana lo hacía ella. A pocos minutos de llegar a Victoria le propuso incorporarse a la calle Francis Rachel, ella accedió, lo conocía suficiente como para darse cuenta del motivo, por eso detuvo la marcha en el lugar exacto. Los dos extendieron su mirada más allá de puertas y cristales: era hermoso, aparecía iluminado en su interior, estaban frente al comercio donde se habían visto por primera vez.

La ciudad fue quedando atrás, se aproximaban a Pointe Laure. El olor desprendido por las plantas de té y los árboles de canela era cada vez más penetrante, la fuerza violenta de un aire anticipador de la lluvia lo advertía. Uno de los seis aviones en la pista hacía las maniobras de aterrizaje, acababa de llegar el Air France, el mismo que en breve buscaría altura.

Atento a un reloj redondo colgado en una amplia pared, el funcionario del consulado, con cara de pocos amigos, lo recibió impaciente, no había tiempo que perder, aproximadamente cuarenta pasajeros hacían trámites.

Con la mirada puesta en cada movimiento de Rafael hasta ver desaparecer al avión entre densos nubarrones que comenzaban a precipitarse, Beth se mantenía diciéndole adiós; se había ido, quizás para siempre, y con él lo mejor de lo vivido.

Tardó Elizabeth en echar a andar el auto, se dio cuenta de lo afectada que se sentía, la soledad y la tristeza la dejaban con muy pocas fuerzas, no sabía hacia dónde dirigirse hasta tanto encaminó el rumbo hacia Victoria; en el restaurante Le Perle Noire a la una de la tarde un matrimonio hindú la estaría esperando para un almuerzo de trabajo. La naturaleza y la vida continuaban confabulándose, con envenenados dardos arremetían contra ella. Le apenaría su deplorable estado, necesitaba estar sola, recuperarse. Recordó una máxima de un afamado escritor cubano, cuyo nombre no venía a su memoria, y Rafael decía cuando era el caso: "es deber humano causar placer en vez de pena". Al llegar a Victoria canceló el encuentro, continuaría viaje hacia Anse Forbans, se tomaría un tiempo.

Crispantes escalofríos le demandaron protegerse bajo las mantas, una almohada le cubrió el rostro desde que se desplomó en su cama, el fuerte resfriado que se empeñaba en molestarla le hacía sentir muy mal. Lejos de estar preocupada por aquellos síntomas, los admitió sin enfado, se encontraba enferma, aplazaría todas las obligaciones hasta lograr recuperarse.

Como libro sagrado releía cada noche las canciones y poemas que Rafael acostumbraba a dedicarle momentos antes de que el sueño los rindiera, no dejaba de lamentar su ausencia, extrañaba su manera tan particular para lograr que la intimidad tuviera un toque especial, ponía pretextos para adueñarse de ellos; en la página número uno leían la canción *Nosotros*, de Pedrito Junco, en otras ocasiones le decía "se lo tomé prestado a Neruda… siento celos de Lorca, sabía de tus ojos verdes, por eso escribió… lo redacté algo apurado, aunque, a decir verdad, fue Whitman, el que con su felicidad quiso parecerse a todos los hombres, quien me dictó estas estrofas de *Canto a mí mismo…*" Adivinanzas, décimas que según decía eran de su propia cosecha. Del mismo modo contaba que como sapos debajo de las piedras, poetas y peloteros salían de la tierra donde nació: una forma de divertirse y pasarla bien.

Asimismo, recordaba que también ella le narraba las leyendas que circulan por aquellas islas, disfrutaban la del gigante de tres metros que antaño caminaba por Mahé, y está enterrado en Victoria, por eso el obelisco erigido a su memoria en el cementerio de la ciudad tiene su misma medida. Entre todas, a la que más atención prestaba Rafael era la de Anse Forbans: "Llegan luces y se posan en la arena donde está el gran tesoro, y se puede ver cómo lentamente el aire las va elevando. Es lo más preciado, nadie lo intenta, ni tampoco será capaz de llevárselo". Al escucharla por primera vez reía de muy buena gana hasta exclamar con cierta maldad, como quien dejaba escondido algo debajo de la manga: "El mundo es una cáscara de nuez".

Beth se armó de paciencia, una semana más le esperaba antes de dirigirse al doctor Cuní en busca de alguna información. Rafael le había prometido llamarla en cuanto llegara a Cuba. No eran injustificadas sus preocupaciones, necesitaba con urgencia hablar con él, escuchar su voz. Alguien la había puesto al tanto acerca de juicios desagradables, aunque no confirmados, basados en una posible realidad, seguramente motivados por las insistentes llamadas nocturnas de sus familiares que lo reclamaban. Y comenzaba a inquietarse, tomaba vuelo la duda acerca del destino que lo empujaba al silencio. Ni su gusto por el mar llenaba el vacío en que estaba, se maldecía por no haberlo acompañado en tan difícil viaje, un sentimiento de culpabilidad la invadía, con impaciencia esperaría los días que faltaban para cumplir su promesa. Se mantenía informada sobre la estricta puntualidad del doctor Cuní, a las ocho y treinta de la mañana salía de su casa rumbo al trabajo, estaría esperándolo el lunes, quince minutos antes de la hora indicada.

Anhelada coincidencia, esa mañana desde su auto, por la acera de la calle Benazel, muy próximo ya al hospital, en semejante dirección iba el doctor Cuní. Se vio obligada a conducir en acelerada marcha, se llegaría hasta allá, se procuraría algún pretexto para que el encuentro tuviese la apariencia de ser casual.

El hombre no tuvo otra alternativa, no pudo escapar a la presencia de Beth, estaba frente a ella; sin dejar de pasarse la mano derecha por la calvicie, respiraba profundo, por más esfuerzo en mostrarse sosegado, no lo lograba, el nerviosismo lo vencía. Sería conveniente esperar unos días, o mejor acaso, debía ser otra persona quien le dijera la verdad, tampoco eran el lugar ni el momento apropiados. Con la excusa de su preocupación por no llegar con cierto retraso a la consulta, improvisó lo mejor posible la respuesta a la pregunta que suponía. "Nada nuevo, Elizabeth, en verdad siento pena, pero cuente conmigo, le comunicaré con la mayor inmediatez posible cualquier información, nosotros también comenzamos a sentirnos ansiosos".

Aquella noche Cuní se propuso que la impertinencia de alguien al otro lado del planeta no le perturbaría el sueño, necesitaba paz, el imprescindible descanso tenía la solución, dormir a piernas sueltas sería lo más conveniente.

Una vez más la alianza se generalizó, tristemente, nadie se inmutó, suponían desde dónde y para qué llegaba aquella llamada, en los últimos días el teléfono casi siempre molestaba a la misma hora y siempre él, Cuní, el compulsivo respondía la consabida pregunta.

Tendido en su cama permanecía rígido, con los ojos abiertos y las manos cruzadas detrás de la nuca. No pudo evitar el desvelo, que se le pusiera la carne de gallina, ni dejar de sentir pena por quien una vez más hacía sonar el teléfono. Debía ser el hermano mayor del doctor Rafael, incitándolo a buscar información. Las últimas veces la voz de un hombre todavía joven daba la impresión más bien de desgano, impotencia. Como si algo en la frente le golpeara muy fuerte, no quiso levantarse. Se alegró de no haber ido al teléfono, le hubiese dicho que lo buscasen en La Habana, fue testigo de la sorpresiva despedida en que se vio involucrado, suponía para dónde lo llevaban y qué le vendría encima. Quizás le hubiese faltado el valor para hacérselo saber, si abría la boca se encontraría en una situación muy complicada.

"¡Es del carajo lo que esa gente está pasando!" se le escapó sin darse cuenta, casi todos estaban despiertos.

Cada vez más se encontraba Cuní ante la triste realidad de no encontrar respuesta a la misma pregunta; sin descanso repetía el cuento de la "La buena pipa". Una llamada de Beth lo puso a la viva: el fin de semana lo visitaría. Horas difíciles le sobrevinieron, dudas le acechaban. No eludiría el encuentro, esta vez enfrentaría la realidad, con ella las cosas eran muy distintas, no cabían paños tibios, de seguro se haría valer de sus relaciones.

Aquel indeseado escenario le quitaba la tan necesitada tranquilidad. La página del doctor Rafael en Victoria debió quedar atrás como la de cualquier otro, siempre oyó decir que "muerto el perro se acabó la rabia", pero este no era el caso. El guajiro hecho médico había dejado una estela en quienes le conocieron, muy pronto se echaba el mundo en el bolsillo, su desaparición iba convirtiéndose en un mito, algo le hacía pensar en el largo camino por andar.

Cuní no podía evitar estar viviendo otra noche desgraciada. Ana, sus hijos y toda su familia se apiñaron en su mente, también pensó en su trabajo, se le iba haciendo aburrido, se sentía angustiado, la correspondencia tardaba mucho y el gobierno cubano le pagaba $30.00 mensuales, insuficientes para hacer llamadas de larga distancia y otros gastos. Desplazarse hasta los cocoteros apenas lo motivaba, su apetencia por los cocos hembras decaía. "¡Es del carajo lo que esa gente está pasando!", se le escapó nuevamente.

A Rafael las horas de vuelo para llegar a Cuba le parecían interminables, los movimientos bruscos del avión producidos por el mal tiempo y las extrañas circunstancias en que había salido de las Seychelles no lo dejaban descansar.

Recorrieron el este africano hasta llegar a El Cairo en el peor momento, habían asesinado al presidente Anuar al Sadat, en un desfile militar le arrancaron la vida, el caos se había adueñado de la ciudad. Quienes estuvieron próximos al lugar también desconocían casi todo, la información era pobre y la realidad una, habían matado al presidente, el desorden imperaba. No era el momento para medir las consecuencias que pudiera generar aquel hecho. Egipto quedó sin su hombre más importante, los enemigos del gobierno trataban de situarse en posición defensiva mientras la lucha se acrecentaba. La angustia se apropiaba de todos los pasajeros que no veían la manera de salir de aquel lugar cada vez más convulso, vivían momentos de grandes tensiones. La tripulación negoció formas de adquirir combustible y el permiso para salir de allí lo más rápido posible con el menor riesgo. Finalmente, ante la manifiesta desconfianza, después de muchos chequeos, admitieron que el avión se dirigiera a Moscú donde encontraron una fría temperatura para la cual no estaban preparados. Mucho tiempo de vuelo quedaba por cubrir; aunque disminuyeron las escalas técnicas y los cambios de aeronaves, el viaje continuó siendo agotador, pero se acortaba la distancia, Cuba se hacía cada vez más próxima.

Comenzó Rafael a pensar en el retardado encuentro, las sorpresas que le depararía su llegada… Sentía pena de presentarse con equipaje tan ligero, no tuvo tiempo, le animó darse cuenta del jean que llevaba en su bolsa de viaje desde que lo compró en París, era la talla más chica que logró encontrar, creía imposible que su hijo pudiera usarlo ya, aunque en las cartas decían que era muy hermoso y crecía mucho.

Los oídos fueron los primeros en advertirle la proximidad de la llegada, las nubes que, adormecidas por el sol del mediodía desde hacía algún tiempo, se habían mantenido abajo ahora estaban arriba, apenas se movían. Un buen grupo de pasajeros regresaba de cursar estudios o cumplir funciones en otros países con suficiente tiempo para amontonar ansias de vivir tan especial momento, y comenzaron a dar señales de conocerse, se lanzaban guiños, se daban abrazos.

Alguien tuvo la iniciativa de comenzar a cantar *La Guantanamera*, los demás le hicieron coro.

Era la primera vez que veía su isla de frente, desde lo alto, mas no se emocionó. Ahora vendría lo impresionante, el rodar por la tierra y el abrupto detenerse del avión. Los viajeros aplaudieron el aterrizaje, a todos o casi todos, se les agrandaron los ojos y algún grito de emoción, de alegría, se dejó escuchar cuando en La Habana un humilde letrero rojo les dio la bienvenida. El olor a la tierra cubana resultaba inconfundible, familiares y amigos se aglomeraban queriendo ser los primeros en encontrar a los suyos, su recibimiento iba camino de emociones de otro tipo.

QUINTA PARTE

Un número

Tres hombres lo esperaban en la escalerilla del avión, uno de ellos, el más gordo, de piel oscura y aspecto de oriental, le arrebató el bolso de manos. Rafael se propuso disimular, no hubo tiempo para cuestionamientos, comenzaba a ver una confusión horrible hasta no admitir soportarla. El silencio se le reventó, soltaba por su boca flores, intentaba aplicar sus conocimientos de defensa personal, luchó cuanto pudo para no dejarse conducir. Dos de los desconocidos se encargaron de agarrarle las manos hasta esposarlo, ante la puerta de salida, pegado al borde de la acera, habían aparcado el vehículo, a empujones lo metieron en el asiento trasero, era un Lada gris cuya placa no vio. Siempre se había creído lo suficientemente preparado para enfrentar las situaciones más difíciles, no era así, aterradora aquella escena para la que había sido elegido como actor principal, sin la menor idea del trágico drama acabado de comenzar.

El gordo de espejuelos oscuros, desde el asiento delantero, sin hacer ningún movimiento hacia la izquierda ni la derecha, se identificó, le dijo hacia dónde se dirigían, también añadió otras frases confusas. La velocidad y el toque incesante de la sirena le había puesto en aviso, era de un jeep verde olivo que se incorporó al llegar a la avenida principal.

Próximos al lugar de destino, en un intento por mostrar la apariencia de cierto aire de distinción, Rafael se irguió, prefirió mostrarles buena cara a los curiosos intrigados por saber qué sucedía. El viaje se le hizo interminable hasta que descolorido y maltratado por el tiempo y la falta de pintura apareció, se distinguía entre las edificaciones vecinas por su amplitud y calidad de la construcción. Lo conocía, desde sus tiempos de estudiante universitario era famoso, a pesar de estar advertido no pudo evitar un turbador sobrecogimiento.

Un ancho pasillo lateral conducía a la puerta de entrada, el oriental se bajó con gran premura mientras los otros dos continuaban custodiándolo. Hombres uniformados llegaron a toda prisa, los tres nuevos acompañantes no hablaban, el que iba detrás se había encargado de su equipaje. Extremadamente inusual comenzaba el proceso, lo condujeron a un salón, le entregaron un uniforme blanco, debía cambiarse de ropas para inventariar las pertenencias. Su reloj fue lo último, un cuajo se le hizo la vida mientras observaba los intercambios de miradas asombradas e intrusas, recordó el momento en que Manhakanony se lo regaló como muestra de amistad y agradecimiento por haberle salvado a su hijo. Pensándolo mejor, aquel viaje no autorizado a Madagascar pudiera ser leña al fuego, de seguro se habían enterado.

Al gran patio interior se llegaba mediante una escalera ancha. Allí lo entraron a otra habitación para fotografiarlo. *"Debes mantenerte erguido, serio, con la mirada fija atiende a la cámara, no sonrías, son trámites de rigor".*

Aquellas palabras pronunciadas con muy buena dosis de superioridad no le molestaron, más bien le parecieron simpáticas, seguirían las fotos de perfil, para después, descalzo y con una cinta métrica, tomarle las medidas de su cuerpo. Como la pesa estaba rota, le preguntaron cuántas libras pesaba, dio la respuesta en kilos, sin nada que ver con la realidad. Antes de salir de aquella habitación —serio, muy serio— advirtió al fotógrafo que volvería por una foto, deseaba conservarla como recuerdo, el momento lo merecía.

En cada uno de los departamentos por donde lo conducían aguardaba con aparente paciencia, allí veía a hombres de los más diversos estratos sociales, un gran por ciento negros, la mayoría altos y delgados, en cada uno que se detenía, le parecía ver a Yayo, su mejor amigo de la infancia.

Levantó la vista como quien no desea hacerlo, advirtió unas ventanas con gruesas y groseras barras de hierro. Guardias avinagrados, quizá por el calor y el tiempo que permanecían apostados, comenzaron a posar sus ojos en el nuevo huésped. Atardecía cuando lo encerraron en una celda solitaria donde continuaría en sus intentos por descifrar las razones que lo llevaron a aquel lugar. Otra vez la idea de una confusión, quizás con alguien que pretendía entrar drogas o hacer contrarrevolución, rechazó toda la realidad, se sintió algo optimista, tales cosas le eran ajenas, cigarrillos o puros le resultaban inmejorables, pero no tenía ninguno. Maduró la posibilidad de que el hecho guardaba relación con sus vacaciones en París y el apresurado viaje a Madagascar. No percibió faltas tan severas como para someterlo a aquella situación preñada de alardes y drásticas medidas de seguridad cual si se tratase del peor de los delincuentes y, para colmo, encerrado sabía Dios hasta cuándo. A partir de ahora sería un número.

Tremendamente cansado, sin probar alimento desde hacía mucho tiempo, después de la segunda sesión de interrogatorios comió con avidez increíble la ración que le dieron por desayuno. Una vez más abrieron la puerta, venían por él para llevarlo a otro salón donde el sargento

Anselmo y dos oficiales, quienes casi siempre le presentaban distintos cuestionarios, esperaban por él. Ya comenzaba a sentirse poco menos que un guiñapo humano. Lo inculpaban de no haber regresado para tomar sus vacaciones según lo reglamentado, hacer intentos de asilo en varios países y mantener estrechas relaciones con un asiático y un croata, quienes por temporadas se establecían en Victoria—tremendos capitalistas con ideas completamente contrarias al socialismo—podía ocasionar graves consecuencias políticas al país. Anselmo le insistía, debía saber qué motivos llevaban a aquellos hombres a hacer tan largas estancias en Mahé.

La gran tormenta. Acaso pudiera ser ese el título para una buena novela o uno de los más escandalosos y mejores cuadros que pudieran pintarse, momentos casi insuperables vivió allí, a cualquier hora del día o de la noche lo conducían a la sala de interrogaciones. Los días de fastidio en el Centro de Investigación comenzaron a parecerle infinitos, la difícil realidad en que se encontraba envuelto se empeñaba en hacerle estragos, el recuerdo de su familia le llegaba como pequeños haces de luz y con igual rapidez escapaban. Pensaba a saltos, se le aparecía la necesidad de dormir, sin poder lograrlo en los horarios en que los reos estaban en plena actividad. Aunque no los viera, escuchaba sus voces, algarabías por momentos ensordecedoras, tenían estereotipado un comportamiento que se le antojaba extraño. Las oportunidades en que contó con acompañantes en la celda, eran casi siempre personas deseosas de hablar, hablar acerca de cosas desagradables, nada de interés; ante eso, prefería el silencio.

Tardó en llegar a la conclusión de que la insospechada realidad le tomaría buen tiempo, los días de cautiverio sin

ser enjuiciado daban asomo de ser muy dilatados, no había alternativa, tendría que aceptarlo, la soga se había torcido y desde aquel momento tendría que agenciarse de fuerzas para destorcer hilo a hilo cada uno de sus nudos. Recordó el dicho de Cheo Totí: *"No hay mal que dure cien años ni cuerpo que lo resista".*

El momento no pudo ser más sobrecogedor cuando, pasados cuarenta días recibió a dos de sus familiares, disponían de escasos minutos. Habían sido informados acerca de la «gravedad» del delito y persuadidos del largo proceso ya en camino. Quizás alertado acerca de las limitaciones en los temas a tratar, se mostró muy poco comunicativo. Sin embargo, la emoción, la limitación de expresión y de tiempo, no fueron óbice para que la Prieta se valiera de sus mañas: *"Sé fuerte como siempre, recuerda al viejo Arsenio: los hombres cuando estén en aprietos deben apretarse el güevo[50] izquierdo, Gregorio últimamente visita más de lo acostumbrado a tía Iluminada, él no falla".*

Después de aproximadamente cien días, casi siempre en solitario, con el pretexto de que las evidencias mostraban extrema culpabilidad, el tribunal le impondría una sanción severa, necesitaban tomarse un tiempo hasta dejar el caso cerrado; decidieron llevarlo para un centro penitenciario de alta seguridad en una fecha que no pudo ser mejor seleccionada, 31 de diciembre, y cuyo nombre hubiese preferido olvidar.

En una colina ubicada al este de La Habana se yergue una edificación adherida a rocas que simulan formar parte de sus paredes, San Carlos de La Cabaña; a lo lejos los

---

[50] El testículo

227

barcos la advierten, fiel centinela con su frente en forma de corona y la mirada fija detenida en el mar, la bahía y el puerto, reliquia de la arquitectura colonial del siglo dieciocho.

La idea del cambio no le disgustó, era un cambio, recordó a Clarita y la promesa no cumplida cuando la estuvo enamorando: juntos irían al lugar adonde ahora lo llevaban, cuán lejos de imaginar los difíciles momentos que allí le aguardaban, aunque no tan opresivos como los ya pasados. Tendría la posibilidad de nombrar un abogado, pondría sus esperanzas en que su familia encontrara uno capaz de hacerle una buena defensa.

Rafael formó parte del grupo de los veintisiete reos que se estrenarían en esa cárcel aquel atardecer de fina llovizna y aire muy frío. Con el dilema que vive todo prisionero al cambiar de lugar, animado por la aspiración de mejorar su condición, el otrora guajiro se encontró con «un año nuevo y una vida nueva», le alentaba la ilusión de que cualquier tiempo futuro tenía que ser mejor, e imposible la idea de soportar siete angustiosos meses más hasta conocer el veredicto.

Los conducían por pasajes con olor a moho y extrema humedad, detrás de las balaustradas un deprimente cuadro: rostros enclaustrados desprendían rechiflas, ofensas y risas que más bien eran muecas. Nadie que viva esos momentos podrá desentenderse de tan desagradable impresión. Se trataba de un comportamiento habitual cuando llegaban «los nuevos». A costa de sus semejantes habían encontrado aquellos tristes, un buen pretexto para despedir el año. Él, como los otros, bajó la vista hasta que en la quinta puerta del ala derecha lo detuvieron. Como es de suponer, los que estaban allí habían comido, ellos esperarían por el macabro desayuno del próximo día, pero se sintió favorecido, lo habían ubicado en el lateral derecho, algo alejado de la puerta de entrada, en el tercer piso de la cama-litera, lo prefería retirado del tropezar constante con quienes para nada deseaba compartir. Venía de una incomodidad extrema a refugiarse en otra que también lo era, con el inconveniente de ser más peligrosa, no se enfrentaría a aquel bajo mundo, contaba con suficiente tiempo para acumular experiencias.

El rostro del primer hombre con quien habló sin recelo después de casi tres meses lo marcó para siempre. Permanecían sentados uno frente al otro, exceptuando el tiempo en que su nuevo vecino se veía obligado a ir al baño con inusual frecuencia durante toda aquella primera noche, quisieran o no, a partir de ese momento se harían compañía.

Era el compañero un blanco de mediana estatura; a pesar de su cabeza rapada hasta reflejar cierto brillo —que pudo notar mejor cuando amaneció— y su deplorable estado de ánimo, aparentaba buena presencia, no obstante, ponía a la vista una pésima capacidad de adaptación, fumaba desesperadamente las colillas de las colillas y hablaba mirando fijamente a sus zapatillas. Varias horas habían pasado cuando intercambiaron unas palabras, ninguno aparentaba interés en conocer nada acerca del otro. El que ya estaba, para no reventarse de dolores y penas, a la media noche comenzó a sacarse algunas ansiedades.

—Yo soy barbero y no me iba mal, pero en Estados Unidos puedo hacerme rico en poco tiempo, mi oficio allá da mucho dinero, la gente me lo dice. Toda la familia de mi mujer se fue cuando vinieron a buscarla por el Mariel, pero ella se quedó conmigo, no quiso dejarme solo con mi madre, que estaba en los últimos momentos de su vida, No lamento la oportunidad que tuve en mis manos, y la perdí, no podía dejar a mi vieja, pero, compadre, ¡qué puta es la vida!, hubiese preferido me comieran los tiburones en el Estrecho de La Florida antes de estar en esta salación. Cuando me voy aliviando algo, los dolores de estómago vuelven para retorcerme, no me dejan vivir, si arrecian otra vez, no podría soportarlo.

—¿Te cogieron en el brinco?

—Sí, la fatalidad me persigue ¡qué mala estrella tengo coño! no tengo suerte en la vida.

—¿Fue tu primer intento?

—No ¡qué va!, cinco en unos cuantos meses.

—¿Te ibas solo?

—Dos veces con la familia y tres solo. Estaba desesperado, no atinaba a nada, me tenían el empleo garantizado, no quería perderlo. Compay, no puedes imaginarte los miles de "verdes" que se han perdido en esto, porque a decir verdad los balseros son mafia pura, un puñetero descaro, pero la única vía de llegar a donde está el billete gordo, que según me han dicho, allí vuela por el aire; y lo más lindo del caso, tengo que pagarlos en cuanto me ponga a trabajar allá. El que perdió la oportunidad cuando abrieron las puertas por el Mariel se desgració, irse clandestino cuesta muchos baros, una fortuna, y sin ninguna seguridad de llegar con vida. Son casi diez años los que llevaba detrás del permiso, y en este maldito momento se me aparecen con ese papel de mierda.

—¿Por qué costa pretendías salir, la norte o la sur?

—Siempre por la norte, Los Cayos están a un paso de aquí. ¿No tienes familia allá afuera?

—No, no la tengo.

Rafael sentía sequedad en la boca, un amargor con acidez le llegaba a la garganta, se alegró de que el hombre no quisiera continuar el diálogo, necesitaba rumiar su desgracia, regresar a su silencio. No estaba para que los hijos de putas lo escucharan e intentaran acercarse con el cuento de niños buenos. Mientras, tendría que estar despierto todo el tiempo, se sentía mal y el ambiente no podía ser peor. El desorden hasta el amanecer influyó negativamente en el necesitado descanso. Creía imposible aceptar que tal comportamiento fuera siempre así, sería más razonable intentar convencerse de que lo hacían motivados por el fin de año.

—Soy médico, te agradecería que no lo comentes con nadie, llámame Guajiro, lo prefiero por encima de mi nombre.

—¿Médico? ¡Compadre coño, tú también te pusiste fatal! ¡Mira tú, médico y metido en esta maldita remierda! Yo solamente soy barbero, pero aquí me tienes para lo que necesites, nadie me ha preguntado cómo me llamo, tampoco me hace falta. Según voy dándome cuenta, todos tienen puesto un nombrete, dime Barbero, antes de que intenten decirme el que mejor les venga en ganas y tenga que mandar a alguien pa'l carajo y enroscarme a los pescozones y los puñetazos. Si se imaginan que les tienes miedo, te van para arriba y te despluman, pero son puros perros cuando no les haces caso.

El Barbero, además de las persistentes diarreas, estaba muy tembloroso, demacrado; no se animaba a solicitar los servicios médicos, lo rechazaba todo y a todos. Esperaba recuperarse sin ayuda, había experimentado una situación semejante durante los primeros días de encierro, continuaría en sus intentos por mejorar la salud, aquel lugar no estaba pensado para débiles de estómago.

Algo más aliviado le comentó que allí las visitas duraban dos horas; el día anterior recibió a su esposa y una de las hijas. Su mujer se le apareció con un telegrama enviado desde la Oficina de Intereses de Estados Unidos en Cuba, haciéndole saber que les había llegado "el bombo" destinado a él; además del matrimonio, podían acompañarlos sus hijas, el yerno, y las dos nietas, una de cuatro y la otra de seis años. Cuantas palabrotas se le ocurrían las soltaba sin detenerse, para finalmente cagarse en la maldita hora en que había nacido. Según decía, estuvo a un tantico de hacerse rico, sentía deseos de morirse, todo se le volvió sal y agua. Se limpió con el dorso de la mano dos lagrimones, y volvió a arremeter.

—No faltó nada, coño, el Cometa lo teníamos a la vista, con la punta de la nariz levantaba las olas más que su propia altura. Se acercaba, si te digo que casi todos lloramos cuando supimos que era él, no te miento, fue una emoción tremenda verlo aparecer en la negrura de la noche. Pero ¡qué injusticia! A unos metros de la playa Palmarito los guardacostas lo interceptaron, no lo dejaron llegar, y mucho menos escapar, aquello parecía de día, el mar se volvió una luz. El grupo, nosotros, los que esperábamos por el Cometa también caímos en la trampa, la puñetera infelicidad me persigue. Éramos veintiuna personas y solo cabían catorce, pero yo y mi familia no nos quedaríamos fuera, ni tampoco nos tirarían a los tiburones. Cuando la gente comenzara a molestar porque el barquito se fuera haciendo agua, o cualquier otro descalabro, ahí estaba mi tarea. Conozco bien cómo funciona esa madeja, tengo más espuelas que un gallo fino, me las sé todas;

además, una familia grande allá que me lo dice todo; pero lo mejor, soy suficiente hombre para despescuezar a cualquiera.

Dijo también el barbero que a las mujeres y los niños los mandaron para sus casas y a los hombres, todos en un camión, directo para La Cabaña. A él le correspondió estar solo, no sabía nada de los demás.

—Compadre, estuve a un pelo de brincar el charco ¿te imaginas cómo estaría yo a esta hora? A mí siempre me sucede lo mismo, todas las miserias me caen juntas, si doy dos pasos rumbo a lo bueno, tengo que dar diez pasos de camino a lo malo. ¡Mira a ver tú! Estoy pendiente a juicio, de seguro me van a echar unos cuantos años por llevar menores, por ahí van a querer joderme, trancarme el dominó. Cada vez que lo pienso tengo que ir con las tripas retorcidas a ese asqueroso y pestilente hueco, suerte que mi mujer es precavida, me trajo periódicos de los que tienen el papel más suave, ella me conoce bien. Las diarreas y los dolores de estómago ya se me habían quitado y desde el mismo momento en que me enseñó el telegrama, volvieron a apretar. De buena tinta se comenta que a los dos tripulantes del Cometa los capturaron y los tienen en el Combinado del Este, en el Tanque, chico, ¡en el Tanque cayeron!, son cubanos que viven allá y les pagan bien. Esos sí que deben estar peor que diez gatos en un saco, tirándose el peo del mayito, que se despidan de Miami. No hallo posición en qué ponerme ni esquina donde recostarme para lograr mejor acomodo, no dejo de pensar que no tengo cómo defenderme, tienen las pruebas en la mano. ¡Qué jodida me han dado los muy cabrones! Compadre, tengo razones para sentirme malísimamente mal, ¿no es verdad, Guajiro?

233

—Como sabes, llegué hace muy poco. No me encuentro en condiciones para aconsejarte.

Quizás el hecho de expresarse con bastante libertad con aquel médico preso ayudaría al Barbero a reconfortarse, pasar algo mejor el tiempo, y darle la sensación de no sentirse tan atascado, aunque a cada rato volvía a la carga.

—Hoy cumplo quince días de estar aquí y eres la primera persona con quien hablo, llámame Barbero, no se te olvide, coño, es lo único que he hecho en toda mi vida. A ti te voy a dar por la vena del gusto, siempre te llamaré Guajiro, aunque pensándolo bien, es difícil que los presos se traguen esa píldora, a la legua cualquiera sospecha que si tuviste "ariques[51]amarra'os a los pies", hace mucho tiempo los soltaste, y nadie podrá imaginarse que no eres un hombre decente y que sabes, eso no se puede esconder. Tú, al igual que yo, miras de frente. A lo mejor les da por pensar que te trajeron para oír la mierda que ellos hablan, entonces sí que la cosa se te pone fea, puedes contar conmigo, yo no lo aparento, pero fui buen boxeador. Por lo que estoy viendo a todo el que entra aquí los primeros días lo miran con recelo, andan midiéndolo, buscándole la falta, después se apaciguan.

El Guajiro también se sentía mal. Admitió que debilucho y todo, si llegara un momento de gran apuro, en algo podía contar con el Barbero. El frío, un fuerte vaho entre amargo y salado que soltaban tantos hombres escasos de jabón y desodorante en aquel reducido espacio donde

---

[51]Tira vegetal extraída de la *yagua* de palma empleada por su resistencia para atar cosas. Expresión popular para aludir a alguien con un marcado comportamiento campesino.

todo se mezclaba con el olor a mar, le hacía sentirse falto de aire, a cada rato se le revolvía el estómago, aguantaba los deseos de vomitar, sin decir nada se esforzaba por mantenerse en el banco de la paciencia, pudieran pensar que era un inadaptado, aunque en realidad lo fuera.

Cada día los dos hombres se fortalecían, aprendían a convivir rodeados de tanta miseria humana, tanta pestilente mierda. Contaban con suficiente tiempo e historias que relatarse. Lo más interesante, comenzaron a organizar la vida. Por lo pronto determinaron que distribuirían el tiempo de descanso, cada tres horas se alternarían hasta tanto aparecieran soluciones más prácticas.

Cuando a Rafael se le permitió recibir visitas se fue adueñando de algún optimismo, el camino comenzó a parecerle algo más despejado, aprovechó además las sugerencias y conocimientos empíricos que le transmitían los ya procesados, apremiaba buscar la forma de recuperar la libertad, principal tema de conversación. Con ansiedad esperaba cada nuevo encuentro, había conseguido algunos nombres de abogados que, a decir de aquel colectivo, tenían ganada fama de ser los mejores en Cuba.

La Prieta siempre llegaba cargada de buenos augurios, aunque muy pronto se percató de que necesitaría hacer un gran esfuerzo para no demostrar ser consciente de la lucha en que su hermano se debatía. Tampoco quería dedicarles tiempo a cosas desagradables, quizás ella no pudiera conceptuar la autoestima, sin embargo, a su manera de ver las cosas, comprendía la rabia interior que lo corroía, por más que procurase evitarlo. No perdió oportunidad para hacerle saber su deseo de desbocarse cual caballo desenfrenado, esta vez se contuvo hasta tanto acomodar las palabras lo mejor posible.

—Todo el mundo está puesto pa'ti. La vieja Chila te tiró la baraja, te sale una mujer bonita con una flor roja en su pelo negro; además, una mujer viene a verte, debe ser esa, sí, la de la flor, ¡ojalá sea Margarita!, está un poco maltratada por la vida, tú aparentas ser más nuevo que ella; pero ¿te alegraría?, sigue cariñosa y buena. Atiéndeme ¿cómo decirte? ¡la mejor de las noticias!, tu salida llegará pronto, de seguro debe ser esta, la de aquí. Tía Iluminada está en casa de abuelo, fue para estar cerca del pueblo cuando vaya a parir, antenoche dio un grito que estremeció la casa porque vio a Gregorio, blanco como el coco se le apareció, debió asustarse, igual que esperar a un blanco y encontrarse con un negro; él no le habló del tiempo, le dijo otras cosas que ella prefirió no adelantar. Según me contó, la alegría hay que repartirla en pedacitos. No sé cuál es tu opinión, que yo sepa, ese muerto nunca la ha engañado. Ella estaba contenta, se sentía optimista. No te alarmes, esto está del carajo, debes sentirte muy mal, no te pasará nada grave, todo saldrá bien.

Rafael no contestó, ninguna expresión de rechazo o aprobación afloró en él. En apariencias, el carcelero no se mantuvo al tanto de la conversación, en ese momento miraba por una de las ventanitas de la sala de visitas que daba al patio, no mostró preocupación, quizás admitía aquello como una manera de encontrar desahogo, también cabía otra posibilidad, le resultaba familiar el lenguaje donde por previsión intentas decir y finalmente dices poco.

Con las palabras de la hermana sintió alivio, más reconfortado pasaría los próximos días, para nada tomaría en cuenta a Chila, ninguna fe ponía en su trabajo de tirar la

236

baraja. Recordó que Flor Divina, la hija de Bienvenido, estuvo diez años esperando la respuesta de la baraja de Chila que tan contenta la puso cuando le apareció que pronto se casaría con Casimiro, y perdió el tiempo la pobrecita. Decía Anastasia que allá, por Buenavista, Casimiro se empató con la descarada Engracia y ¡adiós, Flor Divina! ni para atrás miró Casimiro, también se lamentaban los padres de Flor Divina de los taburetes desfondados por tanto sentarse los novios sin ninguna recompensa.

Se detendría también Rafael a desliar lo expresado por Gregorio, quien no se refirió al posible tiempo de encierro ni otras cosas buenas que hubiese deseado escuchar, su estado de ánimo y la inseguridad en que se encontraba requerían de una respuesta más acabada, por ahora tendría que conformarse, el muerto le merecía confianza.

Malhechores

El cautivo alterna su forma de pensar, anda en extremos. Rafael no duerme, está de guardia. Sin proponérselo, otra vez ha regresado a la idea de que su mayor interés debía ponerlo en el abogado que nombrara, la interpretación del mensaje traído por la Prieta también lo rondaba, contribuía a recrear su mente en aquel degradante pedazo de vida, encerrado por varias capas de acero. Le molestaba el estruendoso mazo de llaves, e igual número de candados que frecuentemente hacían abrir y cerrar las puertas, en la tranquilidad de la madrugada las oyó sonar. Sí, eran ellas, las llaves sonaban en las rejas, abrían los candados, escuchó un murmullo. No era usual la hora, venían con dos reclusos que no los vio salir, esta vez para suerte suya, no se alborotó el panal, casi todos permanecían rendidos por el sueño. Qué mierda, el sol andaba en subidas en otros lugares del mundo, la gente comenzaba a trabajar, pero él, de noche, con los ojos bien abiertos, encerrado y de guardia para que el Barbero durmiera, dentro de una hora lo llamaría, le correspondería su turno de sueño, sería imposible lograrlo, muchos comenzarían a hacer de las suyas, alguna cuenta pendiente o algún incidente con apariencia de imprevisto. Una ventana bien balaustrada dejaba entrar el ruido de los vehículos, en aquellos encierros también permanecían quienes habían sido condenados a la controvertida pena de muerte, ni idea tenían cuál era el lugar exacto, el caso es que aquella noche pasaban por allí, nadie quedó durmiendo, noche perdida para él, alguien se encargó de poner el pabellón de pie, los comentarios se convertían en meras presunciones, muy pocos conocían más allá del reducido territorio que pisaban, a los tristes los encaminaban rumbo al Foso de los Laureles, como muy pocas veces el tiempo se convertía en silencio generalizado para, minutos después, escuchar lo que a todos nunca dejaba de impresionar: *¡Viva Cristo el rey! ¡Apunten, disparen!*

Pudiera pensarse en una vida inútil, un sobrevivir sin contacto con el medio exterior, privado de la libertad individual y los derechos ciudadanos por determinado período de tiempo, como resumen de la vida del preso, si no fuera por las complicaciones que aparecen, como decía el decano de aquel dispar colectivo: *"En una cuarta de tierra, cualquiera puede encontrarse un San Juan alumbra'o, te cierran el cerco y vas camino al otro mundo"*. Para él, como para todos, lo verdaderamente salvador residía en el tiempo que permanecían en el patio, al aire libre, donde hay otro olor no tan acre, estiraban el esqueleto, la vista, y también la mente. Miraban el cuadro rectangular que ofrecía el cielo casi siempre pintado de azul radiante con algunas nubes blanquecinas haciendo apuestas con el sol, mientras ellos, desesperados, ansiosos del astro, increpaban a los nimbos para que se marcharan. Cada cual disfrutaba a su manera: unos hacían ejercicios, otros paseaban y, de pronto, alguien se quedaba inmóvil, con la mirada puesta en lo alto, falto de protección o buscando espacio. La realidad que machacaba a todos se hacía menos tensa. Tres o cuatro eran casi siempre los arrinconados junto a la pared, únicos dueños de las razones que allí los mantenían, sus temas de conversación eran la familia, los amigos y las liberadoras visitas de los familiares; tampoco ellos estaban exentos de verse envueltos en una trifulca por alguna cuenta pendiente o algún incidente con apariencia de improviso.

Necesitado de hacer algo, comenzó Rafael a pintar retratos en cartulina con pedazos de carboncillo. Se esforzaba en elevar la imagen del hombre que tomaba como modelo, enmascararle el rictus de amargura, la tristeza reflejada, mejorarlo. Muy agradable les parecía a los reos verse retratados, no reparaban en detalles, deseaban garantizar un regalo que llegara a su madre, su esposa, otros como el Barbero y el Magnate rehusaron la propuesta.

Ninguno de los allí recluidos se consideraba malhechor, aunque realmente los había. La mayoría llegó por rateros, jugadores, hacedores de fechorías callejeras, y algunos juzgados por criminalidad. El Mocho mató a su mujer, la encontró "pegándole los tarros", por más que el hombre se metió debajo de la cama, allí lo encontró, se la cortó. El Mocho fue directo a presentarse a la estación de policía, cuando salió de la casa, ya había más de cien personas curioseando, pero él ni para el lado miró, cual si le hubiese cortado el tallo a una cepa de plátano; siempre desafiante, no se dejaba intimidar.

Llegó el tan esperado momento para Rafael, el próximo miércoles recibiría la esperada visita del abogado, sentía gran necesidad de aquel momento donde estaría precisado de narrar cómo sucedieron los hechos. Contó con suficiente tiempo para organizar sus ideas y anticiparse a los resultados.

El miércoles transcurrió con escasa diferencia entre lo imaginado y la realidad. Todavía inconforme con lo escuchado, el letrado optó por adicionar tres preguntas, necesitaba profundizar en un tema al que el reo no se había referido y, según el estudio del caso, era muy grave, tenía que ver con ciertas relaciones personales que lo involucraban en hechos que constituían delitos, y algo más serio aún.

—¿El japonés y el croata con quienes te relacionabas te hicieron propuestas comprometedoras?

—No. Nunca.

—¿Con qué propósitos esos extranjeros se acercaron a ti, o tú a ellos?

—Del japonés me interesaba saber si en su país gustaban de empinar papalotes como a los chinos, desde niño deseé tener uno bien grande y su vuelo sobrepasara las palmas reales; con las chiringas, aunque estés en la cresta de una loma alta con buen aire, gastas energías, no ves el resultado, siempre planean bajito, les falta aliento. Y del croata ¿qué decirle? era duro en kárate, pero en eso ni a la cintura me llegaba, muy pocas veces me sacó ventaja. También jugábamos ajedrez, en ello, el halo de Capablanca casi nunca me rodeó, muchísimas veces perdí, pero soy un tipo porfiado.

Ante la posibilidad de otras interrogantes con igual sentido, se puso en guardia, el hombre se había informado bien, podía aparecerse con algún número extraño acerca del repentino viaje a Madagascar. No fue así, una pulga menos para el saco, todo confluía hacia París y sus amigos.

El abogado cerró su agenda y guardó la pluma, no creyó conveniente enrolarse a bordo de esa embarcación, a boca de jarro le soltó un buen pretexto: había ido allí por un compromiso con su jefa, disponía de muy poco tiempo para ocuparse del caso, no era ese su perfil de trabajo. Le dejaría una tarjeta, debía remitirse a otro colega que le recomendaba como excelente especialista en esos asuntos.

Desde el principio Rafael se había sentido incómodo con la presencia de su abogado, tan retardada su llegada, tanto tiempo con su pensamiento puesto en todo el bien que podía significarle… Despreciado, totalmente decepcionado ante la decisión de no representarlo. Pero no se mostró sorprendido, ya sabía a qué atenerse, aparecería otro, merecía una mayor comprensión, una nueva oportunidad se abriría paso en el camino, se jugaría el todo por el todo con la propuesta que le acababa de hacer, bastaba ya de pesimismo, en aquel ambiente de incertidumbres muy poco coincidía con la realidad.

Cambiar de tema

Necesitaba situarse en lo inmediato, procuraría hacer algo útil, le beneficiaría valerse de los recursos aplicados en su vida profesional. Contaba con suficientes argumentos para evaluar el comportamiento humano en condiciones de encierro. Dedicó buena parte del tiempo a estudiar la forma de actuar en un medio donde el hombre está sometido a tantas influencias, a veces supeditado a una conducta fingida, aprendida por la necesidad ante el temor de dar una impresión desfavorable. Los recién llegados veían en los demás un enemigo en potencia hasta tanto marcaran su territorio y formaran su pequeño clan, en caso de insistir en quedarse aislados perecerían en el camino, más temprano que tarde alguien les casaba la pelea.

Hasta el peor de los individuos se esforzaba por conservar algunos de sus valores. A pocos les gustaba hablar de las angustias causadas a la familia, el delito cometido, el deterioro moral… cuando lo hacían era en reducido grupo, bastante confidencial. Pocas veces mostraban arrepentimiento, rehuían la realidad, la disimulaban, para ello buscaban apoyo en quienes consideraban bien experimentados, los forjados a puro fuego.

El preso también siente ambiciones, una vez despojado de todas sus pertenencias se encuentra en condición de igualdad o peor que otros, busca algo que lo diferencie, le propicie algún poder o influencia sobre los demás. Cosas tan simples como un poco de azúcar o una fosforera podían permitirle a un tipo, en determinadas circunstancias, sentirse persona importante dentro de su pequeño grupo, siempre atento a la ley de oferta y demanda. La comida, los cigarros u otros productos asociados al grupo de los imprescindibles, o artículos «colados» sin ser detectados, se convertían en gran privilegio. Algunos alcanzaban cierta cantidad de dinero, dirigían pequeños negocios fuera de la cárcel, con el apotegma de que "al cubano no hay quien lo mate".

Rafael logró hacerse llamar Guajiro, siempre le gustó reconocerse como tal, además, el guajiro cubano tiene fama de no mentir y ser de pelo en pecho. Tuvo el buen cuidado de dejar sentados esos precedentes, ganarlos en buena lid, entonces supieron que, por añadidura, a fuerza de pantalones había logrado hacerse médico

Pasado un tiempo tuvo una situación ventajosa, suplió el trabajo de un colega que salió en libertad, la enfermería se convirtió en su recinto. Una camisa verde y un estetoscopio pasaron a ser sus fuertes distintivos. Todos lo sabían, podían depender de él en cualquier momento.

El Tigre fue el primero en acercársele, dijo alegrarse de que tal cosa sucediera, a él también lo ubicaron para trabajar, era lo mejor que le pudiese suceder a un preso, trabajar. Lo pondrían en la construcción, aunque hubiese preferido dar clases. Niño esquivo, desde los primeros grados leía mucho, ser escritor fue su mayor aspiración. Culpaba del fracaso a un ladronzuelo. Cursaba el octavo grado en un centro escolar interno cuando perdió su cinto. Su padre no le posibilitó otra opción, le exigió que el próximo fin de semana regresara a casa con otro igual o parecido al suyo. Bastante atemorizado debió cumplir la advertencia. No pasaría mucho tiempo cuando se había adueñado de otros objetos, tal actitud no era reprobada por el padre, además de inteligente, su hijo dejaba ver a un luchador de la vida. Pronto abandonaría los estudios para dedicarse a no hacer nada, después al dinero fácil mediante el hurto y sacrificio de ganado.

La plenitud de la vida se le iba en picada mientras él seguía en la cárcel. Cumplida la sanción salía en libertad y volvía a su «oficio». Sentirse en peligro le producía una satisfacción superior a la ganancia obtenida. Por eso, cierta vez le pidió al doctor que le guardara el plato y la cuchara, no tenía suerte para estar fuera de la cárcel durante mucho tiempo, el jefe del sector de la policía lo tendría siempre bajo su mirada escudriñadora.

Los reos reconocen en los médicos un trato con cierta dosis de indulgencia, para nada tienen en cuenta la maldad que pueda caber en la persona necesitada de sus servicios, lo importante en ese momento era recobrarle la salud lo antes posible.

El Magnate era uno de ellos, trató de acercarse al Guajiro cuando conoció su condición de médico. Desde hacía algún tiempo apenas dormía. Un atardecer, cuando ya la comida estaba en el proceso de digestión, hora en que la mayoría se agrupaba para disimular la nostalgia, pidió permiso para subir a la litera de quien había sido su barbero y comenzó a abrir sus recuerdos de niño, de niño casi siempre en la calle. Su madre trabajaba, no tenía tiempo para atender a los hijos. Había llegado allí por tráfico ilegal de mercancía comprada a los marinos mercantes. En la cárcel tampoco abandonó el oficio. Según hizo notar en la conversación, estaba hecho para eso: el negocio, a todo cuanto cayera en sus manos le daba salida, por eso había construido una vivienda decorosa, sus hijos y mujer estaban bien atendidos, dentro o fuera, él se las arreglaba, «luchaba la vida». Ahora demandaba la opinión del médico, sin ningún reparo se lo pedía. Todas las noches soñaba que alguien intentaba matarlo, a veces el sueño era estropeado por alguna pesadilla, o peor aún, se les

245

engarzaban unas con otras, parecían no tener fin. Durante el día, sin poder evitarlo, miraba a todos con deseos de caerle a trompadas, eran unos indeseables mentirosos y ¡qué decir de los custodios y reeducadores! les retorcería el cuello hasta verlos separada las cabezas de sus cuerpos. Necesitaba resolver ese problema, se iba a desgraciar, si llegaba a acomplejarse, y a corta distancia estaba, entonces la cosa se pondría mala, se llevaría a unos cuantos por delante. El suceso sería espantoso. Últimamente estaba muy sentimental, le faltaba un año por cumplir, creía imposible llegar con vida a ese momento después de haberse echado cinco con la frente en alto.

Con gran atención había escuchado al reo, ese síndrome aquejaba a un buen grupo. Después de mucho tiempo de encierro, de alargado sufrimiento, cuando en apariencia adaptados, era frecuente que llegara el desplome, le brindaría su apoyo al Magnate en lo que, según dijo, significaba la más grave experiencia en su vida.

Alfredo Hernández González A, extrañísimo caso, hombre poco conciliador, a toda costa se imponía cuando le desorganizaban su cama, o peor aún, trataban de «pasarle el pie». No tan joven, había llegado a la cárcel para cumplir dos meses por un delito cometido en el almacén donde trabajaba como despachador, también se vio precisado a pagar en dinero el valor del faltante. Su historia era bien conocida por todos. Pasados cuarenta y cinco días de haber hecho su entrada a la cárcel, vinieron por él para conducirlo a la sala de interrogatorios. Resultó que Alfredo Hernández González, debía cumplir diez años por un delito de receptación. Alfredo no bajaba la cabeza ni titubeaba, respondía siempre con un No a las incisivas y acusatorias preguntas; regresaba a la celda como si nada hubiese pasado. No lo volvieron a procesar, tendría que cumplir los diez años, y quince días pendientes de la causa anterior.

—Esto es mierda, pura mierda, lo digo yo, no se dejen sopetear, hablen de frente, miren de frente, a mí nunca me han celebrado juicio para echarme diez años. Ese no soy yo, es pura mentira, puro descaro, los que aplican las leyes son los verdaderos culpables, ese no soy yo... No hay nada mejor que un día tras otro, no me pienso morir antes de que comprueben la verdad. A partir de ahora todos me llamarán Alfredo González B.

Aquella actitud irrespetuosa de Alfredo, era admirada, se alegraban de su fuerza en el hablar contra la autoridad. Llevaba allí ocho años y veinticinco días, el equivalente a nueve años con siete meses si se tuviese en cuenta su conducta.

Setenta y cinco días le faltaban por cumplir, cuando temprano en la mañana los carceleros han llegado por él, le ordenan recoger sus pertenencias, estaba en libertad. Alfredo González B no lo creyó, "para lo que le quedaba en el convento", no representaba gran noticia. Regresaron por él. Alfredo González B no estaba listo, una hora después, continuaba viviendo la rutina del día. Traen esposado a un hombre, alguien lo reconoce y con voz estremecedora puso en alerta al pabellón:

—¡Atención!, tenemos aquí a Alfredo Hernández González A ¡coño, chico, ¡¡qué mal te ha tratado la vida!!¡No puedes negar que andas rodando ponchado, en llanta limpia, desde hace mucho tiempo!

Las miradas de B y A rompieron la barrera del espacio, permanecían como si un imán las atrajera. Ninguno conocía la existencia del otro, pero había llegado el momento, estaban frente a frente. B fue el primero en darse cuenta, A era el verdadero, lo traían para cumplir diez años, los tenía pendientes, «coincidentemente» ocuparía su litera. Entonces, Alfredo B miró con cierta nostalgia para Erculiano, a quien el corazón se le quería partir en dos pedazos. Los comentarios duraron más que otras veces, aunque era costumbre que sucedieran cosas.

El tiempo de encierro dejaba sus huellas, variadas eran las formas de manifestarlas, algunos se trocaban en lentos en el hablar, ningún interés en poner en práctica la expresión íntima de la palabra, casi obligados a la caza de cualquier otro medio para comunicarse. A quienes la familia despreciaba o no podía ayudarlos y, por más desgracia, les faltaba el talento, se valían de un método menos ortodoxo, apelaban a la fuerza bruta y a su respectivo clan de trogloditas, constriñendo a los mismos que habían quebrado, trabajo para el que han contado con suficientes vivencias.

No escaseaban especímenes desastrosos, dejar al pabellón toda la noche sin dormir a cuentas de trifulcas o sus juegos perversos podía ser lo más acertado, la convivencia con esos desdichados era sumamente compleja, nunca se sabía cómo empezaban, pero había una idea bastante clara de cómo iban a terminar. Frecuentemente los biliosos proporcionaban entretenimientos morbosos; creaban conflictos entre ellos con el interés de atraer la atención hacia el lugar del litigio. Eran muchas las tensiones, difíciles los momentos.

Un día cualquiera, a toda prisa, apareció el nuevo abogado, se excusó por la brevedad del tiempo con que contaba, había estudiado el expediente, todo saldría bien, no había por qué preocuparse, no existía caso complicado;

según él, siempre el acusado era el único responsable de los obstáculos, simplemente una buena comunicación entre los dos era suficiente. Así las cosas, sin mucho más que decir desapareció tan ilustre personaje.

Previó Rafael las prolongadas ausencias del nuevo abogado, los incumplimientos frecuentes en las fechas establecidas, sus tentativas en hacerle creer que el tiempo estaba a su favor, que la prisa podía desfavorecerle. El muy desgraciado vendría con su discursito preparado, tal bribón nunca había estado entre rejas, no las había sufrido, llagaría con el cuento de que lo rodeaban apremiantes tareas por cumplir y una sarta de inconvenientes: problemas de vivienda, padres viejos y enfermos, dos mujeres con hijos, miembro del buró sindical, necesitaba ascender en su trabajo. Demasiadas limitaciones para estudiar y atender debidamente los casos planificados y presentarlos a juicio en tan breve tiempo.

El Jaba'o fue el último paciente durante el encierro. Un joven borrachín, cobarde y malcriado. Nadie sabía de dónde sacaba la bebida, decían que destilaba la colonia, era el caso que se las arreglaba para tomar y, después, a entendérselas con alguien en desacuerdo con él. Cierta vez se le antojó la obligatoriedad del médico de remitirlo al hospital, desde allí necesitaba hacer una llamada a su novia, por sus pelotas tendría que llevarlo. Cuando las palabras no pudieron cumplir su parte, el médico recordó su condición de guajiro: cerró la enfermería y el Jaba'o recibió patadas y piñazos por todas partes. Algo recuperado, salió pidiendo que lo dejaran descansar, le habían aplicado anestesia, un fuerte dolor de cabeza lo atormentaba, no lo dejó dormir la noche anterior.

A toda prisa apareció el nuevo abogado, otra vez no le era suficiente el tiempo de que disponía, el juicio sería el próximo martes, todo saldría bien; de ser posible el lunes contactarían para precisar detalles.

Pagador de culpa

—¡Tú!, ¡eres tú? ¿Cuándo viniste? Andabas de médico por allá lejos, según dijeron, por África. Y resulta que llegas sin reloj, flaco, y blanco como Palomo; además, no ríes, no te me pareces al de antes, bien pudiera pensar que andabas enfermo por los hospitales; fijándome mejor, algo muy malo te sucedió. Ya sé, ahora caigo en cuenta, por eso no hablaban, no... La Prieta, la Iluminada, todos disimulaban, callaban cuando de ti se trataba. Aunque no lo digas, por tu cara se sabe, hasta que no comas bien unas cuantas veces y te salgan el pelo y el bigote, la gente va a estar preguntándose cosas, igual que me sucedió a mí al verte llegar. No bajes la cabeza, no te preocupes, ese lugar se hizo para los hombres, cualquiera va allí, cuando te pasen unos días por arriba te vas a dar cuenta que eres más macho que cuando saliste de aquí. Ahora sí puedes decir que pasaste por las siete candelas, que no hay quien te embrome. Hoy no. Andas apurado... y, tampoco es el momento para recordar cosas. Te quedabas muy atento escuchándolo todo, siempre querías otro cuento más de Bertoldo, ¡qué tiempos aquellos!, con dos botellas o dos laticas yo te proporcionaba una yunta de bueyes, y tú le ponías carga pesada, la arriabas lleno de felicidad, hasta cuerazos le dabas para que caminaran más apurados: Forastero y Batallón se llamaban aquellas dos botellas. ¡Qué jodedor eras tú!

Fuera ya de barrotes, cadenas y candados, Rafael apostaba por reiniciar su vida, cada día le era una nueva posibilidad, en un hospital donde presumiblemente debía irle de maravillas, se hizo el propósito de entregarse con todas sus fuerzas para ganar el tiempo perdido, se esforzaría cuanto pudiera.

Recorría los amplios pasillos hasta llegar a la sala donde pacientes psiquiátricos esperaban por él. Por variadas razones conocía a muchos de sus colegas; no obstante, con tremenda apatía lo recibían. En un ambiente poco favorecedor, le pasaban la cuenta, cada día se le hacía más difícil.

Por más que intentaba borrar las huellas del reciente pasado, entregarse a las exigencias de un momento en el que todavía no eran suficientes los especialistas para atender a tantos enfermos, no lo lograba, iba descubriendo cierto enmascaramiento en las relaciones de trabajo, una orla de intrigas relacionadas con él comenzó a tejerse. Le llegaban rumores, algunos consideraban una ofensa admitirlo como su igual. Intuía que sus palabras eran tergiversadas, mal interpretadas aún en las conversaciones más sencillas y honestas que pudieran establecer personas civilizadas. En las entregas de guardia, en el análisis se casos, alguien aparecía presto a cuestionarle, se iba convirtiendo en el cargador de culpas de aquel lugar, pero no se callaba, no se podía callar, no estaba hecho de material moldeable, dulzón, apto para determinadas orejas.

Exageradas eran las limitaciones, las zancadillas a cada paso aparecidas. Otro facultativo debía firmar los documentos que él redactaba, supuestamente no merecía confianza. Cada vez más el burocratismo extendía su mano, su labor se le hacía insoportable, pero no logró la paciencia que invocaba. Se encontró con que la persona autorizada para firmar un certificado médico disfrutaba sus vacaciones, calmosamente habría que esperar por su

252

regreso mientras él roía calladamente su propio hígado. No encontró otra opción: lamentó no darle seguimiento hasta verlo concluido al interesante y último caso que vio: la paciente Gladys Bárbara Nápoles González.

Le echaron brujería

—¡Estoy aquí por gusto!¡Yo no estoy enferma!

Se puso de pie, dio pasos cortos, imprecisos. Tuvo pretensiones de abandonar el lugar, no se atrevió, se mantuvo mirando a través de la ventana por algún tiempo.

—Si quiere saber algo de mí, pregúntele a la rubia grande que me vio ayer. Yo lo hablé todo, lo dije todo, usted no estaba, yo no lo vi.

Gladys Bárbara Nápoles González se sentó, lo miró fijamente, le aproximó el dedo índice hasta rozarle la nariz.

—Usted también cree que yo soy tortillera[52]. ¿Para qué me mandó a llamar? Yo me voy a hacer santo[53], así estaré protegida igual que usted, hacerme santo no es hacerme homosexual.

Nuevamente se puso de pie, se acercó algo más que la vez anterior, y como quien pretende delatar a alguien, vociferó:

—¡Usted es médico y es santo! ¡No lo quiere decir porque le da pena! ¿Cómo se llama?

—Mi nombre es Rafael— le respondió el doctor en tono más bajo del acostumbrado, y con la mirada puesta en el rostro de Bárbara.

—Debe saber que yo no soy homosexual, en estos días se llevaron presos a unos amigos míos que son "pajaritos", aunque ellos tienen sus defectos, son mis amigos. Tengo miedo, mucho miedo, todos me miran, se ríen y hablan mal de mí, pero yo no estoy enferma. Yo me voy a hacer santo, Santa Bárbara, y aunque usted lo niegue, ya es santo, usted

---

[52] Lesbiana.
[53] Figura importante en las religiones afrocubanas.

es santo. Me dijo que se llama Rafael, San Rafael. No lo dice porque estas cosas tienen que hacerse escondidas, o quién sabe si usted mismo no se da cuenta, pero yo lo veo en sus ojos y en sus manos, manos de santo tiene. Eso es mucha verdad, téngalo por seguro, sé mucho de esas cosas, desde chiquita lo aprendí.

Ángel Hurtado de los Santos, de 26 años, quien mantenía relaciones extramatrimoniales con Gladys Bárbara, natural de Guantánamo, obrero de mantenimiento en el sector de la construcción industrial en San José de las Lajas. Durante la entrevista mostró su premura en dar a conocer que él tenía capacidad disminuida por úlcera gastroduodenal y problemas nerviosos desde hacía algún tiempo. Había conocido a Bárbara en casa de un amigo suyo en Güines y, según referencias, era una muchacha extravagante que en ocasiones se buscaba algunos centavos en sus andanzas, pero él sintió lástima, podía ser producto de la juntera, además, la pobrecita no tenía a nadie quien le tirara un cabo.

Aseveró Ángel que la madre de Bárbara era entendida en actos de brujería[54], y no dudaba le hubiese echado algún daño a él, últimamente se sentía mal, no hallaba forma de levantar cabeza.

—Esa mujer no es fácil, en su casa se forman broncas gordísimas, a cada rato tiene que intervenir la policía, esa familia es un desastre, pero ella no, Barbarita es distinta, la pobre muchacha solamente ve a su hijo de cinco años una vez a la semana, cuando va a la bodega; como de paso lo ve.

---

[54]Hechicera; forma despectiva para referirse a los que practican las religiones afrocubanas.

255

El abuelo del niño por parte de padre no quiere saber de ella, dice que es un bollo loco y le ha desgraciado a su hijo, por eso está preso casi siempre.

—Bárbara no tenía ningún motivo para ponerse así, solamente le prohibí juntarse con "los pajaritos", me perjudicaba, traería como consecuencias que la gente piense mal de mí y, como resultado, caeré en boca del pueblo más chismoso que se haya visto. La mala suerte me persigue, mi matrimonio también se me desgració. Adela, mi mujer, es oro molido, pero últimamente no quiere verme, razón suficiente para sentirme peor todavía, se me parte el alma con mis dos hijos pequeños en medio de las peleas de nosotros dos. Con todos esos trajines mi cabeza no anda bien. Y para colmo de mala suerte, el daño que me echó la madre de Barbarita, no hay modo de que acepte la relación entre nosotros, me afectó la pierna derecha, apenas logro caminar por el insoportable dolor en la rodilla, pero mi corazón no me daba para dejar a la muchacha. Además, es la mulatica más linda y que más me gusta de todas las que he tenido, como esa no se ha visto otra.

—Me tiene loco esa mujercita, no atino a nada, a ella quiere tenerla el más pinto de los palomos. Es linda, muy linda y embaucadora, bailando no hay quien le gane, se le sale la baba a cualquiera. Mil ojos tienen puestos encima, si aparece un listo, le habla bonito y me la quita tan pronto como lo que le dijo la rana al sapo. Algo que le han echa'o la tiene así, y con cualquier simple medicina se puede curar. Por eso la traje, cuando se ponga bien no puedo pestañear, el padre de su hijo se pasa la vida preso, no se la saca dela cabeza, cada vez que sale se forma la jodedera.

—Pero lo digo yo, Ángel Hurtado, de hombre a hombre se lo digo, no me puedo hacer el chivo loco, aunque deje la cabeza en el camino, mientras tenga fuerzas la voy a luchar, de eso usted puede estar seguro, lo otro se arreglará en el camino.

De los Santos se mantuvo todo el tiempo muy complacido, necesitaba ser escuchado, hablaba sin apenas dar tiempo a su respiración, realmente él también estaba enfermó.

Continuaba sin detenerse:

—Barbarita es una gente "complejista"[55] y cuando ve reunidas a varias personas, le da por pensar que están hablando mal de ella, y eso le hace coger perretas sin ton ni son, he tratado de quitarle la mala costumbre, pero no hay manera de que entre en caja. Yo he llegado a pensar que es verdad eso que se dice, cuando algo no está pa´ ti, no hay santo a quien le ruegues. En estos últimos días trato de entretenerla, la llevé al cabaré de Güines para bailar y darnos unos tragos; por la madrugada, cuando salíamos de allí, ella comenzó a temblar, a decir que no era invertida, que se lo dijeran a la policía para que la dejaran en paz, que le entregaran a su hijo. Y lo más lindo del caso, no quería bañarse, hablaba y caminaba de un lado para otro sin parar, borracho me tenía, por eso la traje al médico.

Hurtado también estaba convencido de que Ochún tenía que ver con ese problema, lo castigaba por traicionar a su mujer; su madre, *"que sabe bastante de esas cosas"*, se lo había advertido. Ella, descendiente de africanos y

---

[55] Expresión popular para referirse a alguna persona con problemas en su autovaloración.

haitianos, era lucumí[56], aunque en Santiago de Cuba casi todo el mundo prefiere a Babalu-ayé[57]. En 1976, él se rayó[58] en el palo mayombe. Se refería al ritual en el que un palero[59], también llamado Tata, por su jerarquía dentro de la secta, está capacitado para con un instrumento filoso hacer incisiones en la piel de los iniciados; al mismo tiempo les flagela el cuerpo con una cola de res disecada para sacarle los malos espíritus. La creencia indica que esa ceremonia es la puerta del cambio, de la movilidad y la felicidad, es un pacto con el creador que hará posible el cumplimiento de todos los deseos que le pidan. Según Hurtado, la gente tenía mala opinión de ellos; pronto se quitaría de todo, El gobierno lo tenía prohibido, y si resbalaba lo llevaban para El Tanque.

Adelaida Fajardo Almiñaque, edad 45 años, madre de la paciente. Advirtió que la niña —Barbarita— tuvo dificultades al nacer, y demoró más de lo preciso para hablar. En la escuela primaria repitió grados, tenía problemas de concentración e indisciplinas reiteradas; cuando cursaba el sexto grado, a los trece años, se fue con el novio. Peleaban sin descanso, quiso regresar porque el marido le daba golpes y la maltrataba, pero ella no la aceptó, eran muchos en la casa y su marido tendría que buscar comida para tanta gente, no podía ser injusta con él,

---

[56]Término aplicado tradicionalmente a los esclavos procedentes de la zona *yoruba*, en Nigeria, África.

[57]*Orisha* (divinidad de la religión afrocubana) muy conocido y venerado. Representa las afecciones de la piel, las enfermedades contagiosas, especialmente las venéreas y las epidemias en el ser humano.

[58]Se inició. Integrarse completamente a una forma de la religión afrocubana.

[59]Sacerdote de la expresión religiosa *Palo Monte* en la religión cubana. Tiene su origen en la etnia *bantú*, en el Congo.

se le iba a poner la cosa mala. Por tal motivo, le encontró un cuartico para que resolviera.

—La niña volvió a juntarse con el marido, entre escándalos y fajados pasaban todo el tiempo, así duraron algo más de tres años. Ese hombre no tiene nada que ver con estos problemas, ellos se separaron y cada cual cogió por su rumbo.

Según Adelaida, el padre del hijo de Bárbara es más problemático que el primero y todos los que ha tenido. Sin parpadear, mirando fijamente, manifestó:

—Una vez tuvieron que darle a la niña siete puntos en la mano derecha a causa de un machetazo que le tiró, le pasó raspando la cabeza, la suerte fue la mano, por poco no puede hacer el cuento, pero tuvo cura. Hicieron juicio y se lo llevaron preso, casi siempre está preso. Cuando Barbarita fue a San José a pedirle dinero para resolver un problema del niño, él se agarró de eso y la acusó. El juicio fue por abandono de menores, le echaron un año, ella apeló y no tuvo que cumplir donde usted sabe. Es verdad que Barbarita andaba en malos pasos y no atendía del todo al niño, pero no era para tanto. Además, él es un flojo, en la cárcel los demás presos le quitaban la jaba públicamente, y él no se fajaba. Lo más lindo del caso, es que no se resigna a perderla, a las buenas o a las malas, quiere que esté con él. Cuando vuelva a salir de la cárcel, si ella sigue con Ángel, el muerto lo va a poner alguien, quiera Dios y la virgen santísima que a mi hija no le toque perder.

Se las daba Adelaida de contar con mucha «claridad», ese problema pararía en algo diabólico y, por si acaso, ya tenía movilizados a todos los santos a su alcance, virados, mirando hacia la pared.

—Le voy a decir toda la verdad, voy a serle bien franca, ellos estaban peleados y él siguió molestándola. Entonces, le aconsejé que le entregara el niño al padre de José, al abuelo, para que no le amargara más la existencia. Y también le dio la tarjeta de la leche, sin embargo, resulta que como José está preso, el abuelo del niño, un viejo de casi setenta años, recalcitrante y candangoso, que no hay quién se lo empuje, dice que una boca más no le interesa, pero le reclama la libreta de la ropa y la de la comida del niño. Por todo ese enredo ella está pendiente a juicio y se ha puesto como está, lo del juicio y no tener al niño la pusieron mal. De los seis hijos míos, ésta es la que más trabajo me ha dado. Es cierto que sus amistades son de mala calaña y no hay manera de separarla de esas junteras. El hombre que tiene ahora está casado, dicen que su mujer es buena, pero todo el tiempo con la misma amenaza a mi pobre hija, a lo mejor por eso a ella le dio por andar con unos ahí que hace tres días se los llevaron presos. ¡Y mira que yo me he ocupado de esa muchacha! Pensándolo bien, si no estuviera mal de la cabeza, Barbarita pudiera vivir conmigo, buscarse un dinerito y darme la mitad; a decir verdad, no es porque sea mi hija, pero esa mulatica está bien hecha, es bonita de arriba abajo, bonita.

Interesante el caso al que se enfrentaba el doctor, sin demora se dispuso a empatar de la mejor manera posible las piezas de aquel complicado rompecabezas a partir de la conducta de la enferma y lo referido por los familiares, estaba ante una psiquiátrica muy afectada por el medio en que se desenvolvía. Asimismo, aquella familia le resultaba una abundante fuente para el tema de las religiones afrocubanas, lo que las une y las diferencia, o lo que no puede identificarse bien y conduce a confusiones. Un buen diagnóstico sería imprescindible, para ello aplicaría métodos científicos, también el estudio de las religiones africanas y sus influencias. Al evaluar la información aportada por los familiares, admitió que Hurtado había utilizado de manera peyorativa, además de incorrecta, el término brujera al referirse a la madre de Bárbara, quien realmente practicaba la religión lucumí, era santera. También Bárbara era lucumí, se justificaba el hecho en que la santería[60] en La Habana posiblemente tiene más arraigo que en otras provincias del país. No debía confundirse la santería con la brujería. La santería es la nueva religión en el sistema religioso de los afrocubanos, que ya en Cuba se difunde con bastante fuerza entre blancos y mestizos. El Santo es la deidad aparecida como resultado del sincretismo entre las creencias africanas y la religión católica.

El doctor se proponía también un acercamiento a la realidad de los reconocidos como brujos, la palabra brujería la escuchaba en reiteradas ocasiones entre los enfermos y sus familiares a modo de justificar determinados padecimientos, la tradición oral la incluye en la narración de cuentos y leyendas, se mantiene viva especialmente en las zonas más apartadas. Por esa razón la identificaba desde la niñez, los adultos la usan como una forma de atenuar las travesuras de los niños mediante el temor a ser raptados: el brujo vendrá por ellos, los echará en un saco y los desaparecerá.

No fue casual tampoco que la abuela paterna de Rafael, desde que ganó el número cincuenta en la lotería, se lo encomendara a la Virgen de Las Mercedes, deidad que se

---

[60]Religión afrocubana.

sincretiza con Obatalá[61]. Como las personas que son sus hijos pueden recibir a cualquier santo, no habría ningún problema, les está permitido intercambiar entre ellos para contrarrestar cualquier acción maléfica, reciben del padrino el collar de cuentas blancas, con dieciséis "reinas". Son escasos los cultos que no dan a la virgen de Las Mercedes como la dueña de las cabezas, cada persona tiene su cabeza o su ángel guardián.

Por Filomeno también había conocido otros santos incluidos entre los más importantes: Ochún —la Virgen de la Caridad del Cobre—, patrona de Cuba, amante y favorita de Changó, es como Venus, la diosa de las aguas, del amor y la fecundidad; la María Santísima que apareció flotando en el mar milagrosamente para socorrer a los pescadores amenazados de ser tragados por una violenta tempestad en las cercanías de Santiago del Prado, en El Cobre, es la lujuriosa que atrae a los dioses y a los hombres con sus bailes libidinosos, la que fertiliza la tierra y hace nacer las cosechas, dueña de los corales y el dinero, simboliza la riqueza en oro. Cuando la persona quiere que Ochún le sea propicia, debe depositar monedas de cobre (centavos norteamericanos) en pequeñas vasijas que contengan miel de abejas. Si la persona quiere hacer alguna operación económica, o que el dinero llegue pronto a sus manos, colocará en una güira ahuecada una lumbre que nade en el aceite, previamente situada en una calabaza (ahorro); su secreto es el amor.

---

[61]Uno de los siete *Orishas* principales del Panteón yoruba. A él se atribuye el nacimiento de la mayoría de los dioses africanos y origen de todo lo que habita en la Tierra. Personifica la creación del hombre; es el dueño de la inteligencia y de los sentimientos humanos.

Asimismo, se instruyó en el conocimiento profundo de otras deidades:

Yemayá, la Afrodita, diosa de las aguas salobres, patrona de la bahía de La Habana, fiel esposa y cumplidora de sus deberes económicos.

Changó —Santa Bárbara—, personaje de grandes poderes, amante de las aventuras riesgosas, de las grandes hazañas, patrona de las tempestades, santa guerrera, ángel guardián de las personas impulsivas, abogada de los guerreros.

Oggún —la santa puta— esposa de Changó e hija de Obatalá. Amante de todas las mujeres.

Babalú-ayé, identificado con San Lázaro, le resultaba más cercano. En todo el país se le rinde culto, una de las deidades más respetadas e importantes.

Era muy probable que Ángel se hubiese propuesto apartarse de la santería, los santos también cometen pecados y él se había planteado proteger a Barbarita de todo lo malo, necesitaba verla recuperada de su extraviada cabeza. Además, no mostraba capacidad para enfrentarse a ese complicado universo, su práctica era riesgosa.

Rafael fue aprendiendo, leyendo, preguntando y metiendo a veces los ojos por las rendijas donde se hablaba o se hacían interesantes rituales. Buscó apoyo en un babalao[62], quien siempre le hizo ver la necesidad de prepararse y tener sentido de la discreción si quería llegar a ser como ellos, que constituyen la jerarquía más alta dentro

---

[62]Persona iniciada a una deidad llamada Ifá y es uno de los títulos más altos en el panteón yoruba. Intérprete de deberes y enseñanzas. Tienen un masivo conocimiento procedente de una multitud de anteriores Sacerdotes de Ifá y de sus ancestros, versados en una multitud de cosas, espirituales y materiales.

del sacerdocio afrocubano. Los hombres que no gocen del merecido respeto tienen prohibido ejercerlo, así como las mujeres. De esa manera fue dándose cuenta de cuál era la clave mágica de la santería, de cómo la religión y el folklore brotan de las entrañas como resultado de una cultura ancestral y las vivencias y conflictos de la vida cotidiana.

Estaba por concluir el caso "Barbarita", su trabajo en el hospital no marchaba nada bien, privado de facultades propias de su actividad, no pudo evitar sentirse ofendido.

SEXTA PARTE

Donde cabe uno, caben dos...

Dicen que el peje grande se come al chiquito. La península de Florida adonde presumió llegar Rafael, penetra abruptamente en el mar y desciende cual si deseara continuar viaje, como a quien empujan se desliza para mostrar que anda en busca de algo. Cuando ya le falta poco para finalizar, su litoral bajo y pantanoso se hace rodear por admirables cayos que le interrumpen el paso, disimula su camino quizá porque no tan lejos, a noventa millas, en posición este-oeste un caimán verde con la cola más hacia el norte y su cabeza aparentemente adormecida al este, le pone freno.

El Norte, un puerto difícil, aunque bastante seguro para los del Sur que sufren y sueñan. Muchas veces, van los sureños en busca de El Dorado Norte, dispuestos a que los tiburones o el desierto los devoren. Casi todos viven la paradoja de venir de países pobres, o ricos empobrecidos, endeudados, que han ido de más a menos. La mayoría se arriesga al alto precio de dejar su pellejo en el camino, ansiosos de alcanzar el American way of life.

Los días pasaban y Rafael no recibía la visa para entrar al lugar que representaba su último lanzamiento —plantado en el box con el juego en el noveno inning y cero carreras a su favor—, la Oficina de Intereses en La Habana no respondía a sus reclamos. Desesperadamente solicitaba ayuda, alguien de Allá debía tomar interés en servirle de garante en su todavía malograda pretensión. Con gran insistencia y tenacidad, después de un prolongado tiempo, dio el salto.

¡Y qué mezcla de orgullo y agradecimiento! Aquel americano adulto ya, muy alto, delgado como siempre, sin preguntarle si se mantenía fiel a la creencia que ellos le habían inculcado, lo esperaba en el aeropuerto de Miami para ofrecerle su confianza y solidaridad, allí también el Barbero le dio la bienvenida sin haber logrado el sólido capital.

Había llegado a tiempo para tener el privilegio de formar parte de quienes darían el último adiós a la mujer cuyos recuerdos serían imborrables por todo el bien que hizo, por la osadía de junto a su esposo fundar la iglesia americana, lo que llegó a ser un ministerio del cristianismo. Una agradable sorpresa hizo menos penoso para Rafael aquel duelo. Neil Macaulay, el guerrillero americano de quien guardaba tan grato recuerdo, acompañaba a familiares y amigos. Imposible olvidar su rostro la última vez que lo había visto, como acabadito de estrenar otra vez apareció. Gran felicidad también hubo en el corazón de Macaulay, Cuba seguía presente en él, un admirable pedazo de su historia lo unía desde joven. Una vez concluido su servicio militar en Corea del Sur, Macaulay, con grados de primer teniente, había regresado a Estados Unidos, su país. Mediante el periódico *La Prensa* de Nueva York, tuvo conocimiento acerca de la lucha en la mayor de Las Antillas. Una sola condición expuso: aportaría una ametralladora Thompson y una carabina en caso de ser admitido como guerrillero. De manera clandestina llegó y, cual ejemplar soldado, asumió la necesidad de enseñar a quienes, en su mayoría analfabetos, permanecían en riesgo constante frente a la desigualdad numérica y capacidad de fuego de las fuerzas gubernamentales.

La estación de radio Key West anunció la fuga de Fulgencio Batista, el presidente de la República de Cuba, con sus principales allegados había alzado vuelo. Fue Macaulay quien lo dio a conocer a sus compañeros de lucha. El excombatiente, doctor en Historia y profesor emérito de la Universidad de Florida, durante mucho tiempo escribió acerca de varios países de América Latina. Sin embargo, fue a Cuba a quien dedicó más obras. Nunca pudo desprenderse del paisaje ni de los momentos que allí vivió.

Alejado de los conflictos en que había vivido los últimos años, en la intimidad de su habitación Rafael reflexionaba, andaba en camino de materializar sus deseos. Una vez más pondría a prueba su condición de vencedor, contaba con amigos leales y, pensándolo bien, su llegada a los Estados Unidos no debía parecerse a la de Juan Ponce de León, asumido por la leyenda como un español batallador, casi convencido —entre otras cosas— de haber encontrado la fuente de la juventud; para gran asombro, sus cálculos le habían fallado, el tropezón lo dio contra variedad de indígenas: los apaches, los calusas y los matacumbes, entre otros, habitaban el territorio aquel territorio.

Según cuentan, Ponce de León intentó establecer buenas relaciones, los indios y «los visitantes» al principio se trataron con reciprocidad, "escobita nueva barre bien". Los nativos tuvieron dificultad para tragarse la píldora, vislumbraron el propósito, los blancos no habían llegado en son de paz y ayuda como decían, el flechazo enviado por un calusa chocó con una de las piernas o en el hombro de Ponce de León: estaba envenenado, y pagó las consecuencias con su muerte en La Habana, adonde fue trasladado.

Rafael se había levantado de la cama, no tenía prisa, encendió un cigarro y fue al baño. Sentado en la taza continuaría soñando, él también era un soñador, aunque no llegara tan lejos como el distinguido conquistador. No pretendía ser eternamente joven, sus aspiraciones se limitaban a pintar y continuar ejerciendo la medicina. Ayudar al restablecimiento de la salud de un individuo siempre le entusiasmaba y conmovía. Si bien en sus ambiciones no fue tan exagerado como Ponce de León, allí estaría obligado a "hacer la tarea del indio". La influencia de los cubanos a partir de 1959 dejaba boquiabierto al más optimista, sin menosprecio de la presencia de tantos inmigrantes, tampoco era menos cierto, sus paisanos se habían echado a sus hombros el futuro de aquella ciudad.

"En Miami todo está inventado", lapidaria le pareció aquella frase, definitiva la participación de quienes le antecedieron. Confirmaba la idea de que el hombre llegado a tierra extraña es más emprendedor que el nacido en ella. La gran ciudad que tanto lo ilusionó y ahora lo deslumbraba no debía decepcionarlo, dio por sentado que todo lo que brilla no es oro y que donde caben dos caben tres, aunque más apretados. Comprendió la escasa posibilidad de la inmediata prosperidad imaginada.

Todavía sentado en la taza del baño, lo sorprendió el calor en los dedos del último cigarro, echó la colilla en el cesto y miró el reloj, era la hora perfecta para irse a la cama. Olvidado tenía al español que había emprendido tamaña aventura porque no quería ponerse viejo, cuando vuelve a pensar en él, otra vez se compara y lo suyo le pareció una bagatela. Cambiaría de posición, volvería la página. A la sazón le importunó el recuerdo de Julia Tuttle, la viuda acaudalada que en 1891 compró 640 acres en el norte de la orilla del río Miami. Valiéndose de su arte y sus mañas, logró su propósito, convenció al constructor de ferrocarriles Henry Flagler para que extendiera las paralelas hasta el lugar donde, después, se construyó un hotel que formó parte de sus propiedades, pues la dama pretendía levantar allí el poblado que en 1896 fundó, precisamente el lugar donde él tenía sus pies plantados y sus nalgas acomodadas.

No se daba cuenta de cuánto tiempo pasó, tampoco si realmente había cumplido el deseo que lo condujo a tan estrecha habitación. Sintió la urgencia del espíritu emprendedor de una mujer. Enorme necesidad de Beth, su sexo, su impulso creador; deseaba llevarla a la cama, amanecer juntos. Poco a poco se iría sosegando. Entumecido, finalmente logró despegarse de aquel asiento de loza blanca. Una taza de café caliente pudiera alejarle el sueño cuando, realmente necesitaba dormir, pero no lo pensó dos veces, se fue a la cocina, después de una buena colada encendió otro cigarro.

Reclinado ahora en el sofá, se debatía entre términos imprecisos que iban tomando cuerpo y figura. A fin de cuentas, una cosa es lo que quiere el pájaro y otra lo que piensa el cazador. Con inusual optimismo decidió que la primera tarea del siguiente día sería, una vez más, echar a rodar su suerte. Nunca había tomado interés en comunicarse con la francesa, era racional la posibilidad de que hubiese encontrado otra piedra rodando en su camino, por el supuesto de que las pésimas relaciones con Frederick debieron agotarse desde hacía mucho tiempo. Le pediría a la Prieta se tomara el menor tiempo posible en el envío de las cartas de Beth. Era el momento, las leería, todo sería distinto, la tentativa tenía un sentido, valdría la pena recobrarla, comenzaba a necesitarla.

Vencido y con sueño, poco quedaba por dialogar esa noche con la almohada, llegado el caso soñaría dormido, esos sueños nunca le resultaban tan interesantes como soñar despierto, pero soñó, soñó que soñaba un sueño bonito, soñaba con Beth, juntos en París.

Con impaciencia esperó algo más de un mes hasta recibir las cartas solicitadas. Comenzó la lectura con gran avidez por la última, una a una las leyó, procuraba encontrar algo definitorio en alguna de ellas.

La respuesta quedó plasmada en dos hojas amarillas, testigos de cuánto quiso desahogar. Ni quejas, ni lamento por lo vivido, tampoco las cicatrices de su corazón dejaron sus huellas en el papel, le habló del tiempo compartido, la nitidez del recuerdo de cada uno de los episodios que tanto lo habían marcado, y el futuro, según su particular optimismo muy bueno ante sus ojos y, lo más importante, la deseaba. Temprano en la mañana colocó el sobre lacrado en el buzón y fue por un cirio y un ramo de rosas amarillas; escogió las más hermosas que pudo encontrar, la joven florista le deseó un feliz día mientras él, con una sonrisa dudosa, casi burlona, se despidió de ella.

Obligado a comprender aquel mundo, percibía cómo buena parte de los emigrados cubanos mantenían sus ilusiones puestas en "los americanos" como únicos capaces de apoyarlos en el regreso victorioso a su tierra—recuperar los bienes perdidos le obsesionaba. También advirtió que por escachados que estuviesen sus coterráneos, no se daban por vencidos, a mal tiempo buena cara, nacionalizados, residentes, indocumentados, no importaba el estatus ni la fecha de llegada, mostraban abundante autoestima, al menos cuando se trataba de contar sus aventuras siempre superadas. En sus recuerdos relucían los buenos momentos en la Isla donde los gobiernos anteriores los habían favorecido por la abundancia. Irónicamente, resultaba muy difícil encontrar a alguien que no hubiese echado sus raíces en El Vedado u otro lugar importante de La Habana, pertenecían a la burguesía que llegó en los años sesenta, sus robustas historias hacían creer que casi todos provenían de familias acaudaladas.

También se puso al tanto de cómo la élite de la emigración, a fuerza de mañas, se especializó en la insuperable receta de los pastelillos más sabrosos que ser humano pueda degustar para brindarlos en la oferta tradicional que ningún candidato a la presidencia del país se niega a probar cuando en su campaña electoral visita Florida. Después, sin excepción, los aspirantes a la Casa Blanca se sentían obligados a asumir el consabido compromiso formal de tumbar a los Castro una vez cogida la sartén por el mango. El reloj seguía marcando las tres para indicar que fue esa la hora en que mataron a Lola[63].

Cada día regresaba Rafael a casa, ansioso por encontrar la respuesta a la carta enviada a Beth. Renovaba el agua de las rosas, las observaba cual si pudiera consultarles para obtener alguna pista.

No cejaba en el empeño de conseguir trabajo, el mayor de sus deseos era ponerle el pecho al más sencillo de los ofrecimientos, por el momento poco quedaba por hacer que no fuera "matar el tiempo".

---

[63]Personaje de un *son* muy conocido que se ha convertido en expresión popular para aludir a esa hora o a una definición decisiva.

Las piedras rodando se encuentran

Jugaba al dominó con unos amigos; ante el deseo de comer les sobrevino la idea de despertar aún más el apetito con el recuerdo de la condimentada comida criolla. No pueden evitar las pizzas cubanas, el alimento que se ha hecho tan popular, imprescindible a lo largo y ancho de la Isla por su fácil elaboración y aceptable precio. La conversación se alargó sobre la calidad en uno u otro lugar; alguno, quizás por morriña, prefería las dejadas atrás. Buena oportunidad para concluir el encuentro y saborear una de tamaño familiar acabadita de hacer. Determinó el azar que Rafael se encargaría de recibir al mensajero, así, entre risas y bromas, cuando se disponía a abrir la puerta, aseguró: "Las piedras rodando se encuentran, conozco al tipo que llegará con ella en mano".

Ya estaban frente a frente, ambos se esforzaron por no mostrarse sorprendidos. No hubo saludo, acaso miradas penetrantes, fijas. Incrédulos se despidieron. "Fallé", acertó a decir Rafael lo más ecuánime que le fue posible, cuando el fuerte calor quemaba sus dedos para a toda prisa colocar la bandeja sobre la mesa.

Aquel breve encuentro le afectó sobremanera, no demostró el apetito que hasta hacía poco decía tener. La pizza estaba sabrosa, ninguna razón para en tan escaso tiempo mostrarse desganado. A modo de desvanecer la sospecha ya reparada por sus amigos, consumió una pequeña porción, e inesperadamente fue el primero en despedirse. No se atrevió a decir la verdad, un competente galeno del último hospital donde trabajó en Cuba le había entregado el encargo, magnifica persona, no lo consideraron merecedor de uno de los autos asignados a su departamento, la alergia le impedía participar en el corte de caña de azúcar.

En apuros

Apostó con todas sus fuerzas por salir adelante, no cejaba en el empeño, compraba periódicos, especialmente los que se publicaban los domingos en el condado Miami Dade, buscaba información, se detenía con avidez en los clasificados, le apremiaba irse de la casa de un colega quien hacía algún tiempo le había ofrecido alojamiento y la posibilidad de ser su socio. Aquella adversa noche le tenía reservada una gran sorpresa. Mientras cenaban, a rajatabla le hizo saber que no procedía tal posibilidad de trabajo, tampoco continuaría viviendo bajo su techo, sus irreparables pérdidas lo habían afectado grandemente. Él, que sabía de verdes y maduras… pensó que de lo primero trataba el asunto, "de verdes" (los dólares americanos).

Nada de su interés había encontrado en los diarios aquel mediodía de domingo. Revisó entonces a cuánto ascendía el dinero que lo acompañaba, y se detuvo en el primero de ellos en la imagen de George Washington. Observó prolongadamente la gran marca del sello de los Estados Unidos, le dio vueltas, leyó los cintillos escritos en latín: *Novus ordo seculorum, Pluribusunum.* Reafirmó que su suerte estaba echada, sería para bien. Lograrlo no se mostraba nada fácil, requeriría de apoyo espiritual y darle validez a sus energías para con todas sus garras defender el futuro. Abrirse camino en lo que se le mostraba como un complicado mundo, demandaba del misterio de La Esperanza. La comunicación con la Prieta, quien siempre le sirvió de intermediaria con la tía Iluminada, no era muy frecuente, aprovecharía la primera oportunidad para hacerle saber la situación en que se encontraba.

276

Prieta:

El agua me llegó al cuello, tú bien lo sabes, mulo cargado busca camino. Cumple exactamente lo que te voy a decir:

En el pico de La Esperanza, rumbo a la casa de Antonio Cañón, todavía debe estar el trillo (única forma de llegarse al pocito ciego).A medio camino, entre la mata de mango jorobada y la de aguacates bolos, escasamente a diez metros mira hacia la izquierda, encontrarás un pedregalito. Presta mucha atención a partir de ese momento. La mayoría de las piedras que halles, posiblemente tendrán vetas blancas, busca una que sea gris oscuro, sin vetas, tampoco debe tener grietas. No la escojas muy grande, debe caber ampliamente en una cazuela prieta de mediano tamaño. Consigue además una gavilla de tabaco, dile a Tomás que tuerza unos cuantos de capa áspera y oscura.

Una vez en mano, piedra y tabacos, localiza a mi padrino[64] en La Habana, tú sabes su dirección, ya me comuniqué con él, pero te agradezco le digas que actúe con urgencia, necesito borrarme por dentro, volver a ser yo. Debes imaginar las condiciones en que me encuentro, resulta difícil deshacerse de la mala suerte; con mis grandes deseos, y la ayuda de ustedes, lo lograré.

Por favor, no hagas ningún comentario, rompe la carta cuando la hayas leído. A tía Iluminada también le escribiré para que sin demora movilice a Gregorio.

Coño Prieta, no te duermas, demuéstrame quién eres,

Rafael.

---

[64]Persona que introduce y protege a un iniciado en la religión afrocubana.

Dicho y hecho, porque la Prieta también era de las que a Dios rogando y con el mazo dando. Gran apasionada por las acciones aparecidas con rostros relevantes. Al amanecer del siguiente día ya estaba en el lugar indicado, llevaba las instrucciones en la cartera, no haría uso de ellas hasta el momento propicio.

Ocurrió que el problema radicaba en encontrar la mata de mangos y la de aguacates para tomarlas como punto de referencia, de esa manera localizaría el pedregalito. El comienzo no pudo ser peor, la de aguacates se debatía en guerra a muerte contra el marabú hasta impedirle tomar el aire, la de mangos ya no existía. No lejos de allí debía estar el mamoncillo grande, el lugar donde a Rafaelito una mañana, mientras procuraba yerba fresca para Rompetambor, se le presentó una virgencita y habló con él, por eso a todo correr se había dirigido a su casa necesitado de contar lo sucedido. Según el parecer del niño, la virgencita estaba más joven y bonita que la del altar de la abuela, llegó también con el mensaje enviado. Ese mismo día la madre debía jugar el número cincuenta, pero ella no lo hizo, era buena cristiana. Entonces, corrió un largo camino en busca de su abuela, la anciana se dio perfecta cuenta, era cierto, la virgen de las Mercedes se le presentó a su nietecito, al siguiente día, felicidad completa, el lotero le entregó siete pesos.

La Prieta continuaba refugiada en los recuerdos, en cómo la aparición que tuvo el niño se convirtió en un acontecimiento. Todos quisieron ir al lugar, ansiaban favorecerse con la bendición de la virgen, que les concediera la tan necesitada buena suerte. Sin embargo, era él quien único tenía la posibilidad de verla. Regocijado, el cura del pueblo puso al tanto a la devota Paulita, le dio una gran misión, tendría la feliz posibilidad de hacer gala de su espiritualidad: en el lugar de los hechos, a la misma hora en que ocurrió el milagro, durante nueve mañanas, rezaría el rosario. A sangre y fuego, con la participación de los esperanzados pobladores, dio cumplimiento a lo ordenado por el Padre.

Otra vez pondría ella todo su interés en la encomienda dada, entre tupida maleza y tantos pensamientos juntados, un escalofrío le recorría la espalda, comenzaba a alterarse, necesitaba sentarse, pero no lo hizo, caminó, tomó aire y recordó a Catulo: "mientras más cerca tienes lo que buscas, más tarda en aparecer". Una iguana pasó entre sus pies, tenía un exagerado miedo a los camaleones y, en aquel preciso momento, uno colocaba su atenta mirada en ella, no sabía hacia dónde mirar, pero no tuvo de otras, hizo de tripas corazón en el intento por recobrar el aliento y salir de allí. Dio dos pasos hacia adelante, un escarbado le advirtió algo muy importante: la tierra, aunque seca, estaba lo suficiente removida como para llamarle la atención. Sin dudas, recientemente debieron adelantársele, oro querían o quién sabe, si lo hicieron con igual propósito que el suyo. Varias veces se pasó los dedos por los ojos, necesitaba recuperarse, el pedregalito la había deslumbrado. De aquel lugar, y particularmente de sus piedras, se decían increíbles cosas.

Era el momento de auxiliarse del papelito guardado, lo leyó una y otra vez. Entre tantas piedras eran dos las que cumplían todos los requisitos, tuvo la intención de llevárselas, escoger una para ella, más que ganada se tenía en la vida un poco de buena suerte. No se atrevió, convencida de que esas cosas llegaban por mandato, solo una fue elegida. Juzgó su deber ir al viejo mamoncillo donde el hermano había encontrado a la virgen de Las Mercedes, estaba cerca del lugar donde él encontró a la virgen, iría para untarle de aquella tierra, recibir la bendición. Obatalá debió haber puesto su mano prodigiosa, ayudaba a resolver cualquier situación por embarazosa que resultara.

Rafael despertó aquella mañana más temprano y sosegado de lo acostumbrado, comenzó a desperezarse de manera no habitual, miró su reloj, optó por permanecer meditando cuando, una mueca de luz irradió su habitación. También se había encendido la lámpara situada a su espalda; buen augurio, dijo para sí. Recordó que debía ser puntual en acudir a la entrevista concedida para esa tarde, no la creyó una más. El doctor Paz, cada vez más preocupado, y refunfuñón como siempre, se mostraba incapaz de encontrar quién pudiera complacerle en sus exigencias, desde hacía algún tiempo necesitaba auxiliarse de un médico competente, lo prefería conocido, confiable. En Washington le apremiaban otros asuntos que debía atender personalmente.

Así comenzó en la administración de clínicas en Miami y, desde allí, muy buenos aires le fueron llegando. La pintura tampoco demoró en revelársele como otra oportunidad; era también el momento de un acercamiento a lo que estaba sucediendo en el arte del lienzo y el pincel en Florida, su ideal se convertiría en una realidad.

No abandonaba su expectación por pintar, nunca lo pensó como un trabajo, sería un divertimento del espíritu, una forma de sacar a flote algo reprimido durante mucho tiempo. Frecuentaba galerías, estudiaba con detenimiento un cuadro antes de que fuese comprado o retirado de la exposición. Ver sus obras en casas de amigos, quizás en salones importantes, sería muy estimulante.

Insistencia

No abandonaba sus intentos, reclamaba comunicarse con Elizabeth. Por intermedio de la señora Laura obtuvo una pista aceptable. Beth debía estar en Francia, realizaba trámites de la herencia dejada a su favor por la anciana que vivió en Lyon.

La información le era insuficiente, requeriría de más detalles para localizarla. Sin aparentes presunciones de éxito, llamó a la residencia de la señora Durand, nadie salió al teléfono, entonces la buscaría en el hotel donde juntos se hospedaron durante el controvertido viaje a París. La tardanza, la espera en darle respuesta desbordó su ansiedad. Aceptó que el carpetero tenía muy malas pulgas, le había colgado el teléfono antes de concluir su pregunta precisa y triunfadora. Convencido de que su razonamiento era efectivo, Beth estaba allí, se dispuso a responder la interrogante. "De seguro, la muy disimuladora, disfruta de París con alguien que debe resultarle tremendamente especial, está en su hotel preferido, ordenó que no la molesten. Los franceses son fanáticos a su idioma, sienten gran orgullo por él, así que no perderé la oportunidad, el cabroncito carpetero no tendrá pretexto para esta vez ocultarme la verdad". Ni un segundo más de espera, a la sazón se dispuso a repetir la pregunta en francés.

—¿Usted no habla inglés? Pues hombre, haga igual que yo, macháquelo y ya verá el buen resultado.

—Señor, disculpe, la madame con quien desea contactar no se encuentra en la relación de huéspedes, tampoco estoy autorizado a brindar información, nada puedo hacer por usted, lo lamento, excúseme.

—Por favor, es urgente, no me defraude.

—No puedo hacer nada, señor.

—Otro intento, otro, uno más, le estaré muy agradecido. Repetiré la llamada dentro de cinco minutos.

—Perdón, es imposible.

Angustiado, derrotado hasta no más, tanto pensó, que dio por cierto lo pensado. Buscó las cartas, pretendió ponerlas al fuego, pero no valía la pena gastar una cerilla en ello, allí todo era caro, cuando tuviese tiempo las echaría en el cesto de basura. La vida era una cochina mierda, en la comunidad primitiva los hombres debieron sentirse más felices que en esta incivilizada civilización donde tantos insultos te llevan al punto del infarto para que, finalmente, sal y agua se te vuelva todo. Un cuento popular en su país le ayudó a reflexionar.

"Un hombre viajaba solo por un camino donde casi nadie transitaba, cuando algo muy desagradable le sucede: un neumático trasero de su auto soltaba todo el aire. No muy lejos, vivía alguien a quien acudiría para solicitarle ayuda. Estaba el desdichado tan acostumbrado a tropiezos y negativas, que le dio por pensar en los pretextos de que se valdría el hombre del gato (power) para no prestarle auxilio. «Estos tiempos son del carajo, la solidaridad se escapó con el diablo, nadie le hace un favor a nadie».

"Esas y otras ideas venían a su mente, se fue encolerizando, convencido cada vez más del inútil esfuerzo. No resolvería nada, la humanidad se ha vuelto mezquina, el diablo campeaba por su respeto por todas partes, al mundo le faltaba poco para hacerse añicos. Advertía cuál sería la respuesta. Dar una vuelta en seco para regresar sería muy ridículo, alguien pudiera verlo, pensaría que había enloquecido.

"Cuando tuvo ante sí al hombre del gato le gritó: «¡Métete tu gato por el c...! ¿Quién coño te va a creer eso? Ya lo sabía, eres muy tacaño, nunca había visto a alguien tan despreciable como tú... ¡No lo necesito, no lo necesito, so descarado!»".

Rafael todavía desmenuzaba la moraleja del hombre del cuento, la tenía presente. Desde el teléfono del hotel, le piden excusas, mil excusas. Madame Elizabeth había dejado una nota: *"Por favor, informar al señor que desea comunicarse conmigo a las siete de la noche estaré lista para recibir su llamada"*. Candela le entró en su cuerpo, más seguridad, su diagnóstico tenía indicios de realidad, disfrutaba la compañía de algún amante en su hotel preferido.

Poco le quedaba por hacer, ir a la cama le haría bien, o mejor, sentarse en la taza del baño, temió desconcentrarse, desde allí descubriría la verdad. Como el palafrenero de Boccaccio, optó por la astucia, conocedor de la estricta puntualidad de Beth, la llamaría cinco minutos antes de su cita concertada, quien da primero, da dos veces.

Beth levantó el teléfono, escuchó una suave música instrumental, *El unicornio azul* del trovador cubano Silvio Rodríguez, la conocía. No contestó, el nerviosismo se lo impidió. Él especulaba todo lo contrario, con cierto optimismo, consideró la posibilidad de una llamada de su abogado, o quizás de su hermano que vivía en Suiza. Cualquiera de las razones sería suficiente para apaciguar su ansiedad o acrecentarla. También pudiese suceder lo más increíble, su esposo había venido de Australia, juntos disfrutan de París. Pensándolo mejor, era ella lo suficientemente inteligente para no hacerse acompañar de quien no necesitaba. Lo cierto, la gran posibilidad se había escapado de las manos del hombre tan necesitado de encontrarla. Algo recuperado, pensó que siempre hay una segunda vez, pero no cabía equivocarse, a la tercera va la vencida. Repetiría la acción, haría sonar la misma canción quizás más alto que el día anterior.

El timbre del auricular puso a Beth en alerta, se había dado cuenta, estaba dispuesta a escucharlo, desde la «desaparición» de Rafael, había establecido la costumbre de dejar un mensaje con el probable horario en que regresaría, no tenía cita concertada, era no más que un vaticinio, algún día recibiría noticias.

Algo animado, intentó iniciar la conversación con un original monólogo: *"No estoy buscando el unicornio que se le extravió a mi coterráneo Silvio Rodríguez, no, el mío es más esquivo, acaso pretencioso; cualquier información la pagaré muy bien*[65]*"*.

Nadie contestó, con aparente paciencia esperaría. Ninguno de los dos se atrevía a colgar, finalmente ella lo hizo. Pasados tres días, a la misma hora, volvió a la carga, no cabía duda, la suponía en la misma habitación, sentada en el butacón preferido durante aquellos días tan distantes, cargada de cojines amontonados a su alrededor, muy hermosa debía vérsele, pero él no podía detenerse en fantasías, necesitaba ganar tiempo y sin otra introducción:

—¿Qué le sucedió al lémur? ¿llegaron los fossas hambrientos y lo devoraron porque el tiempo pudo más?.

—Por favor, estoy turbada, pudiera ser incoherente, algo muy extraño me sucede. No puedo, no puedo…

---

[65]Es un verso de la canción referida.

¡Ahora sí, la mula tumbó a Genaro![66] concluyó Rafael en voz baja, mientras Beth aún se mantenía en escucha.

---

[66]Expresión campesina muy popular en Cuba para indicar que ha ocurrido lo inesperado.

Increíblemente cierto

Prosperaba en los negocios, encontraba espacio para dedicarle a la pintura donde sus aspiraciones nunca serían elevadas, no podían serlo, simplemente, uno de sus sueños: necesidad de expresión. Participaba en exposiciones colectivas con halagüeños resultados, enviaba cuadros a instituciones encargadas de prestar ayuda a personas necesitadas. Se tomaba su tiempo hasta tanto llegara el momento propicio para escoger un tema sugerente.

Comenzó por adentrarse en los propios Estados Unidos, cuando ni él mismo lo esperaba estaba en el cañón del Colorado, las cataratas del Niágara o quizás en Oyotunji, la localidad donde Walter Eugene King, estudioso del vudú, quien después de viajar por Europa, África del Norte y Cuba —Matanzas, allí se realizó Ifá de la religión yoruba— regresó a Estados Unidos, fundó el vudú "Dambalah Hguedo", después el Babalao.

También Nueva Orleans, la que primero quiso conocer. Encontró mil razones para justificar el ansiado viaje a la ciudad flanqueada por el Misisipi. Siente nostalgia, el emigrante busca afianzarse en lo que pueda parecerle más cercano, allá se fue con una muestra de cinco cuadros, cada uno tenía como centro una trompeta, la selección no había sido al azar, el resultado de las influencias musicales entre Cuba y esa ciudad sureña, asistir al Martes de Carnaval para disfrutar de las fiestas y los desfiles, colmaría tanta dicha.

La ocasión no pudo ser más provechosa y divertida, al principio visitó lugares hermosos, frecuentó exposiciones, bailó como desde mucho tiempo no lo hacía. La carroza del Rey de Algodón le recordó su niñez, hasta los gorditos antipáticos, discutidores y buscapleitos; con todos le hubiese gustado compartir aquel espectáculo indescriptible. Nueva Orleans está diseñada para eso, el deleite, que la persona se sienta a sus anchas, abandone remilgos y apariencias. El Barrio Francés, el museo histórico del vudú, fue la apoteosis de lo que buscaba; por algunas razones a Marie Laveau siempre la asoció con la bellísima Cecilia Valdés, la habanera protagonista de la primera novela costumbrista cubana, de quien se enamoró desde las deliciosas páginas donde Cirilo Villaverde la describe de manera impecable. Albergó envidia de quienes piropeaban y admiraban en los atardeceres a la linda mulatica que veían descender por La Loma del Ángel, para en su atrevida inocencia de apenas catorce años, percibir el halago, intuir el deseo que sentían de tenerla. Quizás había relacionado a las dos mujeres a partir de lo leído de Francine Prose donde la Laveau aparece como personaje protagónico y la canción de Mary Gautier, *Wheel Inside the Wheel*, que tipifica a la mambo.

Al enfrentarse al retrato hecho por Frank Schneider se dio cuenta que la imaginación le había pasado una mala jugada, dos bellezas distintas y lejanas. Estaba frente a una mujer adulta, de piel morena y mirada penetrante, ciertamente muy hermosa. La negrura de sus cabellos se le escapaba discretamente por la frente y las sienes bajo un elegante casquete de un amarillo brillante. Dotada de una autoridad especial aparecía Madame Laveau, sus hechicerías le hicieron ganar el título de la más poderosa de todas las brujeras de color. Atrajo a muchas mujeres blancas y ricas de Nueva Orleans con la práctica del vudú y todos los ingredientes que solo ella sabía ponerle. Madame Laveau lo resolvía todo, indiscutiblemente, tenía su "aché"[67]. Y si se trataba de amoríos, los deshacía o unía con toda la urgencia que precisara el caso: era la ideal. Huellas dejadas en diversas manifestaciones del arte son testigos del alcance que logró, no debe ser descabellada la idea de que recibió buenas clases de su difunto esposo de origen haitiano, quien, según las malas lenguas, tuvo una muerte no esclarecida.

A Rafael no le tomó por sorpresa, le alegró sobremanera la invitación a participar en una ceremonia oficiada por un houngan. También le fue concedido un encuentro a solas con él. Coincidente con lo anticipado por el padrino de La Habana sería el futuro que le adelantó. Satisfecho, se disponía a retirarse, mas se detuvo en la figura del sacerdote quien, a manera de despedida, segundos antes le había dicho:

—Necesita ir Allá, vaya, dé un salto a La Esperanza, atrápela con la mirada desde su punto más alto. Allí tome aire, respire fuerte tres veces, lo más profundo que le sea posible, y después, cuando regrese, lo recibiré con gusto.

Aquellas palabras aparecidas de no se saben dónde, tal vez le sirvieron de empuje a Rafael, sintió necesidad de hablar de tú a tú con el houngan, no tendría razones para explicar por qué no lo hizo. Lo cierto, con una ojeada osada, suficiente atrevida, pretendió abandonar el lugar, pero el rostro de quien se ha creído afrentado comenzó a transformarse. La delgadez extrema, la amplia separación entre la cabeza y los pies de aquel hombre traían a la luz una figura poco elegante y bastante desajustada, que en

---

[67]De acuerdo con la religión afrocubana es un don de virtud concedido; todo lo bueno. En cierto modo es poder, suerte, energía, fuerza, como naturaleza que subyace a toda existencia humana y la posibilidad de materializarla en la realidad concreta, a través del logro de nuestros deseos.

segundos iba de menos a más. Alguna gran preocupación molestaba a quien se había mostrado muy conocedor y en cierta medida amable. Era extremadamente visible el cambio experimentado, el gran azogwe se transformaba, su frente se cubría de gotitas de sudor para raudas surcarle la cara, y a toda prisa chorrearse por su cuerpo terriblemente desencajado.

Lo cierto fue que una rabia venida de los suyos lo poseyó desde el mismo momento en que se juzgó observado con irreverencia. Quizá pensaba tomar un descanso efímero, volverse hoodoo, pagarle la intromisión a su petulante visitante, y volver a la normalidad. Necesitaba recuperarse, los escalofriantes temblores llegados desde las piernas le recorrían el cuerpo, se lo impedían, permanecía recostado a una mesa en la misma posición cada vez más encorvada. En el intento por incorporarse, sus ojos se abrieron salvajes hasta clavarse en los de Rafael.

—Váyase, váyase para el carajo y no regrese, es un puro comemierda que no sabe nada. No vuelva más a esta ciudad, aléjese antes de que lo saquen a patadas por el culo o hagan trizas sus asquerosos huesos. Váyase. Desaparezca inmediatamente de mi vista. Veo su pellejo colgado en un clavo de esta habitación, y no tendrá ni perros sarnosos que ladren su muerte.

Cada vez eran más abundantes y aterradoras las noticias llegadas acerca del rumbo y la fuerza que iba tomando el huracán Katrina, no dejó dudas, el sur de los Estados Unidos se vería muy afectado, Luisiana no se escaparía de sus devastadoras consecuencias. Rafael mantenía vivo el recuerdo de Nueva Orleans, se sintió lastimado, sobradas razones para no olvidar.

Mucho peor de lo predecible sucedió. Quienes lograban escapar de Nueva Orleans huían despavoridos, algunos sin rumbo fijo buscaban una puerta que se les abriera, necesitaban alejarse lo más posible. Las palabras mejor seleccionadas siempre estarían fuera de contexto para expresar lo ocurrido: un caos, total desorden. Los diques cedieron ante el embate de vientos incontenibles y huracanados, las aguas del Pontchartrain ocuparon la ciudad, Lo más increíble era cierto, el desastre ocurrido conmovió al mundo. Nadie permaneció impasible ante tamaña adversidad. Como muchos otros, Rafael se alistó de voluntario. La primera imagen a su llegada, un cuadro conmovedor, las aguas aún no habían cedido su paso.

"Muy próxima al lugar del desastre una mujer, sin zapatos y apenas vestido que la cubriera, daba vueltas a todo andar. Sus ojos díscolos, completamente desajustados jugueteaban en sus órbitas ensanchadas hasta lo imposible. A intervalos disminuía la marcha, cuando parecía detenerse, no lo lograba, una fuerza superior se lo impedía. Echaba un ligero vistazo, podía especularse que buscaba algo que no deseaba ver, le daba horror. Su precipitada intentona la encaminaba hacia donde horas antes se encontraba su familia, todo cuanto tuvo. Y continuaba corriendo como quien está segura de que un enemigo cuchillo en mano la persigue. Nadie se decidía a detenerla, tampoco podían esquivar sus asombradas pupilas ante tanto desamparo. Cuando no pudo más, cuando más fuerte fue su dolor, la cuchillada venció a la vida. Cayó, muerta cayó".

Lamentablemente, los dioses guerreros se habían confabulado, pero Nueva Orleans volvería a florecer, algún día aparecerían las casas con sus hermosos jardines, la música que conmueve, los cabarets nocturnos, la risa grande… Y cuando el tiempo y los hombres se encarguen de hacer su trabajo, entonces vendrá la leyenda, hará lo suyo. Aparecerá la respuesta a los maleficios que no mereció ese pueblo noble y luchador hasta el tuétano.

Un Carretón en Nueva York

Para Beth hubiese sido muy fuerte, decepcionantes las vivencias en Nueva Orleans. Sin embargo, qué placer saborear New York a pesar del invierno, qué mejor momento para alegrar la imagen triste en que la dejó aquella mañana en el aeropuerto internacional de las Seychelles intrigada en el silencio, sin comprender qué pudiera estar sucediendo con aquel hombre tan sencillo y a la vez complicado. Nunca hubiese sido capaz de imaginarlo, lo trascendente sería vivir juntos el momento tan anhelado.

Durante aquellas noches Rafael apagaba el tiempo con visitas a galerías antes de llegar al lugar donde estaba expuesto un cuadro suyo, sentía miedo a decepcionarse, le sobrecogía la idea de que algo pudiera suceder. Se trataba del primer paisaje que pintó a su llegada a los Estados Unidos, todavía con su mente poblada del entorno rural que lo vio crecer. Había plasmado en el lienzo un pedazo de La Esperanza con un carretón abandonado en un herbazal, una rueda yacía en el suelo, algunas tablas rotas y otras viejas ya, desprendidas.

Esta vez la asistencia de público, quizás por el frío y la nevada no fue tanta como en días anteriores. En el primer salón no advirtió nada extraordinario, se desplazó hasta el más pequeño, allí donde había dejado colgado su cuadro, otro ocupaba su lugar. Totalmente defraudado buscaría razones, lo creía menos atrayente, la iluminación peor proyectada, demasiado pequeño. Fue al baño, a su regreso saboreó un bocadillo de queso y una copa de vino, necesitaba tomarse un tiempo, salir de tan brusca sacudida. Imposible haber hecho el ridículo, presentar un cuadro indigno

"¿Será que las aguajiradas que se me ocurren no le dicen nada a la gente de New York? Pensándolo mejor, pude haber traído otro. Ciertamente, no he visto ningún carretón en este país; además, debió ser más presentable, no tan roto y maltrecho, con una de las dos ruedas tirada en el suelo, escondida en parte por la maleza. El zapatico de niña que aparece colgando lo pinté por el desagradable recuerdo, fue así como quedó mientras jugábamos: lo tiré, y a toda prisa la Ñata se arrojó desde el carretón en un intento por rescatar su zapatico rosado y, tristemente su bracito derecho se quebró al caer sobre la rueda abandonada". Tuvo que reconocerlo, pura verdad lo que su madre le pronosticaba cuando se le aparecía cargado de sueños y fantasías con el corazón apretado por tantas ilusiones: *«Hijo, pon los pies en la tierra, la miseria se arrastra".*

Buscando un razonamiento adecuado revisó todos los cuadros de la exposición, los encontró muy distintos al suyo, aquellos le parecieron tristes, descoloridos. *"El gusto es el gusto, el mío no gustó, no comprendieron. Ni más, ni menos, qué sabio era Arsenio: a la gente hay que darle por la vena del gusto. Me hubiese evitado el mal rato, añadida la pena que me espera cuando esté frente a la galerista. Para bien o para mal, a lo hecho, pecho. ¡Quién evita que la cabra tire al monte!"*

Pura casualidad, se encontraba frente a la gestora principal.

—Muy ansiosa por verle, señor.

—Perdone, no tiene por qué excusarse, de todas maneras, le estaré siempre agradecido, quizás en una próxima ocasión...

—¿Se siente mal?, no lo reconozco, señor, en otras oportunidades no se mostraba decepcionado como ahora. Anímese buen hombre, nuestra galería está de fiesta.

—No se preocupe, aunque, en realidad tenía las esperanzas puestas en la buena suerte que usted me diera... en seguida me repongo, estoy acostumbrado a que sobrevengan dificultades.

—¡Vamos, vamos! Acompáñeme a mi oficina, hay una persona esperando.

—¿A usted la esperan?

—No, a usted, señor.

—Interesante. —respondió reticente a la comunicación.

Una judía cincuentona, atestada de joyas y cara de tener dinero hasta para tirar por la ventana, con una sonrisa de lado a lado, le extendía la mano para saludarlo.

—Señor, me gusta mucho su cuadro. Sí, ese que ahora está sobre la mesa, es muy hermoso, fascinante.

—¿Ciertamente le gusta?

—En verdad, usted puede hacer cosas muy buenas, fantásticas. Aquí le dejo mi tarjeta, mañana vendrán por él, le haré llegar el cheque.

—¡Imposible!

Reencuentro

Animado por los resultados de la exposición en Nueva York y la favorable crítica, Rafael emprendió nuevos senderos. Tuvo interés en conocer a un eminente profesor de idioma yoruba en una universidad de Lagos que viajaba frecuentemente a los Estados Unidos para impartir cursos y conferencias sobre religiones africanas en varias universidades del Sur, era también apasionado de las artes plásticas.

Tenía un fuerte referente, más que la historia contada en los libros y su presencia en el Océano Índico; para él, Filomeno, desde niño, le abrió el apetito por el continente al que, a no ser por algún marcado interés económico, muchos prefieren no tenerlo en cuenta, otros, no reconocen la sangre que les corre por las venas. La mulatez heredada de los cubanos también se impuso, le urgía una mirada diferente hacia el continente negro. El nigeriano, con su gran cultura y sensibilidad artística, pudiera mostrarle la mejor manera de tan oportuno acercamiento.

Largas horas de diálogo sobre los más variados temas hicieron posible la amistad entre el profesor y el cubano, quienes por primera vez coincidieron en Atlanta mientras participaban en una exposición de pintura. No faltaba el brindis con Havana Club y habanos, muchas razones los aferraban al tronco común de las culturas que representaban. Cierto día se detuvieron en los nombres de Cuba y Nigeria, las variadas teorías respecto al de la Isla les llevó algún tiempo, Cristóbal Colón inicialmente creyó estar en una península que nombró Juana en honor al príncipe Juan, para finalmente los españoles convencerse de que se trataba de una isla, Cuba. Tampoco fue un nigeriano quien le dio nombre a su país. Flora Shaw, inglesa, en el siglo diecinueve hizo que comenzaran a llamar Nigeria al territorio con una de las más antiguas poblaciones humanas, y apareció por primera vez en la prensa norteamericana en 1897. Aquellas charlas avivaron en Rafael su interés por hacer un viaje a África, lo iniciaría en Victoria la ciudad que tantos afectos e inigualables momentos le proporcionó. Quería regresar al lugar donde trabajó la primera vez que salió de Cuba; al mismo tiempo, había un interés subyacente: encontrar a la mujer cuyo recuerdo no lograba desasir y cuya presencia necesitaba.

En Mahé se le destuercen los recuerdos, está a la expectativa, cada nuevo día sería la oportunidad que esperaba. Seleccionó el hotel Bou Vallon, allí encontró un estupendo ambiente. Animaba las noches la presencia de un grupo musical cubano de gira por las Islas, todo un acontecimiento aquellos jóvenes. Muy ansiosos esperaban los huéspedes el momento de disfrutar la buena música, nadie deseaba perderse tan contagioso ritmo.

Dos carismáticos hermanos, hembra y varón, procedentes de Madagascar, los más felices y divertidos. Estaban allí con el propósito de participar en los Juegos Africanos de Atletismo. Mandrika, el niño recuperado a la vida por el doctor Rafael en Mahajanga, era el varón. La emoción no pudo ser mayor, gozaron de la realidad y la leyenda acerca del hijo de Manahakanoni, incluido entre los favoritos para obtener el triunfo en los juegos. Animados, los malgaches sorprendieron a todos, acompañaron a los cubanos cuando cantaron *La Guantanamera* en español, para después, guitarra en mano, hacerles recordar a Compay Segundo: "De Alto Cedro voy para Markané / llego a Cueto voy para Mayarí…"

La alegría se multiplicó cuando dos días después, acertadísimos, los hermanos lograron el primer lugar en la competencia. Entregaron a Rafael las medallas de oro ganadas; mientras él, visiblemente emocionado se las devolvió, debían llevar a su país el merecido trofeo.

De manera fortuita alguien lo puso al tanto, Laura estaba en Praslin, acababa de llegar. No había tiempo que perder, representaba la persona más indicada, sería una valiosa fuente de información para encontrar a Beth. Reafirmaba el hecho, todavía se encontraba en su hotel preferido: debía insistir, ser más reflexivo, aunque, creativo y original. El ardid de la música no había funcionado, tampoco lo del lémur y los fossas; así que, a lo criollo montuno iría el próximo ataque. Apelaría a Cirilo, su narrador de cuentos durante la niñez utilizaría un medio de comunicación tradicional.

Un hombre llegado desde las Islas Canarias a Cuba recibía con insistencia cartas de un hermano que a nombre de la familia le pedía noticias suyas, su madre se consumía en la tristeza, nada les quedaba por hacer para animarla. El canario, bastante lento para hablar y peor para escribir, respondió:

Amados míos:

Es mi mayor deseo que al recibo de estas líneas ustedes estén bien, yo estoy bien, gracias a Dios. Con esta me parece dejar satisfecha a nuestra madre y a vosotros que tanto amor me tienen.

Por acá les digo que isla por isla es isla, así que no se preocupen, me siento bien. Deben saber que siempre les tengo presente, por eso, con las cartas que me hace el favor de llevar Antonio, les va un animalejo que es un encanto, pasado el tiempo hablará. Se quedarán maravillados, eso sí, deben acopiar paciencia.

También les hago saber que me empaté con una criolla con apariencia de ser inmejorable. Todavía está flaca y algo desgarbada, pero con buenos colmillos. Aunque hace poco tiempo la atrapé, ya está dando algunas señales de que sus pantorrillas serán gordas, cosa que escasea en estos rincones; las orejas que la acompañan ya de por sí las tiene grandes. Así que todo está dicho: "Buena pata, buena oreja, señal de buena bestia".

Con la ayuda de Catalino, el hijo de Ramón, el hermano de papá, que hace las veces de escriba, me he tomado el cuidado de mandar dos cartas, esperando que, si una se perdiere por el camino, la otra corra mejor suerte, aunque van en el mismo sobre, porque como veis, y se darán cuenta de que aquí todo, hasta la envoltura de las cosas no abunda como vos pensáis.

Los quiere,

Juan.

Nota: Ah, diantre, olvidaba lo más preciso. Si ven llegar un baúl azul, es que a las espaldas va Juan, y Juan soy yo.

Sin nada por quitarle ni ponerle, fue esa la carta que, esta vez, tomó rumbo a París, y cuyo remitente no debió ser otro que Cirilo.

Tres días después, en las primeras horas de la mañana, Beth recibió la correspondencia, no necesitaba de la inteligencia de Aspasia. Tremendamente sorprendida regresó al dormitorio. Ya en la cama, leyó varias veces la misiva, convencida de quién era el verdadero remitente. Como persona de sentimientos abiertos y corazón sincero, franca y estruendosa risa le produjo aquella lectura. La grata sorpresa llenó la habitación. No fue del todo divertido aquel momento, comenzaba a temblar mientras, una lluvia de lágrimas le mojaba el rostro. Deseó saber dónde podía encontrarlo, y se detuvo en el cuño de las Seychelles del sobre. El propósito inicial fue tomar un avión con ese destino, iría hacia allá. Demasiado tarde cuando se comunicó con su amiga Laura, él se había marchado.

Llegó Rafael al aeropuerto internacional Nnamdi Azikiwe, muy cerca de Abuya, la ciudad mejor planificada de África, una semana antes de abrir la exposición concertada. Tiempo suficiente había transcurrido, la carta debía estar en manos de Beth, a las seis y cincuenta y cinco de la tarde-noche, hora de Francia, hizo una llamada. Teléfono ocupado: buena señal. Ahora sí el buchón capturaría a la palomita, debía estar descansando o, por qué no, "comiendo maíz". Pasados cinco minutos repitió la llamada, una voz conocida le preguntó si era Cirilo quien estaba al teléfono, la risa fue inevitablemente prolongada.

Él, siempre con la bala en el directo, le dio el nombre de la ciudad y el hotel donde se encontraba, debía llegar el próximo viernes a Nigeria para asistir a su primera exposición personal en África, su presencia era imprescindible. Aquella llamada con rostro de pertenencia no la sorprendió, desde los insistentes recursos utilizados se dio cuenta de la feliz propuesta.

Algo retrasado, como suelen entrar o salir los aviones en muchos lugares del mundo, hizo su aterrizaje el que llevaba a bordo a Beth. La elegancia con que vestía y se conducía al descender por la escalerilla la distinguía. Era ya una mujer madura, muy atractiva, más dueña de sí que en aquellos lejanos días cuando la dejó en el aeropuerto. Él había llegado en un taxi, deseaba que nada interrumpiera tan especial ocasión, con una rosa amarilla en sus manos la estaba esperando. Sin alardes, un beso en cada mejilla y otro en la frente, fue la bienvenida. Tomados de la mano, como si se hubiesen visto pocas horas antes, se dirigieron al lugar de trabajo. No precisaban detenerse en los avatares de sus vidas, lo verdaderamente importante era la felicidad que otra vez experimentaban.

Se entregaron como uno solo a los preparativos de la exposición, para ello contaron con el apoyo de amigos y asistentes. Muchas razones los llevaban a pensar que todo saldría muy bien. Lamentablemente, algún contratiempo suele suceder cuando nos disponemos para las grandes ocasiones, la galería seleccionada no admitía tanta concurrencia; no tardó en aparecer la solución, aceptó ser la sede otra más grande. El pintor se dio por satisfecho, las expectativas fueron superadas.

No debió aceptar Elizabeth mostrar la apariencia de sentirse tan conmovida, había ido hasta allí para apoyar al hombre con quien disfrutó acaso, la etapa más feliz de su vida, merecían aquel encuentro. A fuerza de coraje él labró su camino, llegó a pintar mientras, ella ni siquiera encontró fibra para desentenderse definitivamente de Frederick. El momento y las circunstancias no justificaban detenerse en esas consideraciones cuando debía irradiar felicidad, pero su rostro reflejaba el conflicto en que se debatía, hasta que, necesitada de alivio, llevó grandes bocanadas de aire a sus pulmones.

En tanto Rafael, muy orgulloso, atendía cada detalle, encontraba respuestas para las más variadas preguntas de quienes interesados en su pintura le rodeaban. Liberado de la tensión inicial y convencido ya del resultado feliz de la exposición, captó su atención la insistente mirada de un hombre muy negro, extremadamente grueso quien, decidido a abrirse paso, se acercaba a él. Le parecía imposible reconocer a alguien en su primera visita a Nigeria. La efusividad demostrada en el saludo de quien le trató de amigo lo sorprendió, la intriga aumentó cuando lo nombró doctor Rafael.

Enterado Manhakanon y por intermedio de sus hijos, Mandrika y Pacalhita, de la presencia de Rafael en África y su exposición de pintura en Nigeria, se sintió obligado a viajar al Continente. Desde hacía mucho tiempo le molestaba no saber nada de la persona por quien sentía inmensa gratitud. Le confesó su sorpresa, consideraba insólito que un médico tan bueno en sanar enfermos extremadamente graves apareciera como pintor, aunque después de haberse detenido en la exposición y recordar los momentos que junto a él había vivido, lo comprendió.

En el almuerzo de despedida, disfrutaron anécdotas acerca de las circunstancias en que se habían conocido. Beth se sintió orgullosa, recordaba el viaje de Rafael a Madagascar para prestarle ayuda al comerciante de quien era buena cliente. Aprovechó la oportunidad para dar crédito a las vivencias en la gran isla, contadas a su regreso, pues tuvieron la apariencia de ser desmedidas, a veces poco creíbles, aunque se había acomodado a la idea de tener a su lado a un hombre con gran sentido del humor y amante de exagerar las historias con el propósito de que resultasen divertidas, o porque procedía de un lugar donde lo insólito era simple y pura realidad.

Espíritus africanos

Nigeria les reservaba nuevas sorpresas, no debían desaprovechar el tiempo para conocer la ciudad. La Roca Zuma y la impresionante Mezquita Nacional les sugirieron intimismo y paz. Intentaban que estos paseos semejaran lo más posible las vacaciones disfrutadas en París: siempre el hoy seguiría siendo lo importante, ninguno estaba dispuesto a dejarlo escapar. Llegar hasta Porto Novo en la República de Benín y a Kenia donde participarían de un safari, se les hizo imposible, lamentablemente no debían excederse del tiempo disponible.

La exagerada insistencia de Beth para no seguirlo a los barrios marginales de Oyo le llegó a molestar, no se trataba de una obstinación suya, ni desmedido fanatismo, pura necesidad del espíritu era aquel viaje, quizás único. El amigo nigeriano, esta vez por razones de trabajo, no continuaría acompañándolos, tendrían ocasión para nuevos encuentros.

De muy mala gana Beth lo acompañaba, experiencias increíbles les aguardaban. En los sectores más empobrecidos de la ciudad él ponía su mayor interés, no sabía realmente qué buscaba. Después de mucho andar y tomarse sus descansos para emprender nuevas aventuras, una memorable mañana, a la entrada de un mercado, se enfrentó a una ilusoria figura, de color negro-azul y hablar torcido, dueña también de una extraña y penetrante mirada, acaso la de algo o alguien a quien nunca había visto. No obstante, la juzgó conocida, idéntica a la descripción que de ella hizo su hijo Filomeno, el día en que junto a Simeón aró la tierra y comieron boniatos asados.

303

Entre la multitud asomaba Petrona con un gastado vestido de guinga a cuadros amarillos y su mano maltratada sostenida por un pañuelo rojo en forma de cabestrillo. La acompañaba su hermana jimagua, la joven que no quiso ser esclava y se arrojó al océano para regresar al lugar donde la habían sacado porque quería estar con sus nacionales

Las vio a las dos y para asegurarse de la realidad que vivía, en un intento por llamarles la atención, pronunció el nombre Filomeno. Rafael sintió la mirada quemante de Petrona, tal cual se la habían pintado con palabras, estaba frente a él, como si deseara saber algo del pedazo de su carne dejado en la más grande de las Antillas. No podía ser realidad lo que presenciaba, acaso la bebida preparada por Migdaleno, quien gustosamente le brindó a su amigo Simeón una vez que terminaron de trabajar, no le hizo bien al anciano aquel lejano día cuando sentado sobre la raíz de un jobo dijo que Petrona era congolesa. Cabía otra posibilidad, Filomeno también dijo que los espíritus africanos se trasladaban a variados lugares; esta vez, el de Petrona estaba en Oyo.

Rafael no podía salir de la sorpresa, no hizo ningún comentario, los sueños superaban la realidad, o la realidad a los sueños. Había tenido buen cuidado en no poner al tanto a Beth de lo presenciado, no deseaba lastimarla, estaba convencido de cuál pudiera ser su reacción. Fue tal su emoción, el aliento recibido, que muy animado recuperó fuerzas. Sintió la urgente necesidad de no salir de África sin antes llegarse a la actual Guinea Ecuatorial, único país africano donde se habla el idioma español.

Para Beth aquel viaje nada tenía que ver con ella, ningún atractivo que no fueran los hermosos paisajes.

Según decía, no había aprendido a entenderse con aquel extraño mundo. Prefirió no continuar disfrutando de la belleza natural de la isla, perderse la posibilidad de contemplar los gorilas de llanura, la variedad de ardillas, elefantes... Tomó la decisión de quedarse descansando en el hotel, sentía miedo, tantos desencantos sociales podían afectarla. A él nada lo detenía, adelante siempre con la premonición no descartada, algo nuevo aparecería ante su curiosa mirada. Comenzó a disfrutar largas jornadas, la mayor parte de las veces a pie por Malabo, capital y más antigua ciudad del país, localizada en la isla Bioko. Cada detalle le atraía, aparecía ante él lo invisible para otros.

Totalmente desconcertado hacía intentos para que Beth le acompañara en el recorrido por la cuidad. Sería el último día en aquel lugar, sin embargo, ella se mantuvo tan apática como nunca, deseaba con urgencia salir de allí. Y por más que él pretendiera ignorarlo, cierto distanciamiento comenzaba a afectarles. Tampoco aceptó seguirlo, llegarse hasta el puerto donde él precisaba extender su mirada a lo lejos, respirar profundo, despedirse de aquellas aguas, de aquel sol, de lo no encontrado.

No cejó en su empeño, se fue solo, la meta estaba trazada. Escasos minutos le faltaban para llegar al muelle, ya olía la cercanía del mar, veía los barcos, cuando en dirección contraria venía un anciano que, visto y dicho en buen cubano, no era más que hueso y pellejo; regresaba con una sarta de pescados en su mano derecha sin otra vestimenta que unos pantalones blancos doblados a media pierna. Curiosamente, por encima de una tetilla, una pequeña cruz marcaba su oscura piel, era la huella de la esclavitud en Cuba. Así ordenaba Herrera señalar a sus negros inmediatamente después de comprarlos.

Sin romper la mirada que los unía, como chivo que toca la flauta, Rafael invoca: "¡Guacamaya!", sin aparentar sentirse sorprendido el pescador se presentó como Munga, el mismo nombre por el que respondía desde que cual animal huidizo lo cazaron y echaron en un barco negrero.

No salía del asombró Rafael, Munga resultó ser Matungo, uno de los cuatro esclavos de su bisabuela Micaela. Ella se lo compró a Herrera, el dueño de un ingenio nunca exitoso. *"Caminaremos hasta la entrada de la bahía, en Puerto Viejo hay una tarja que indica el lugar por donde entramos los 260. Casi muertos llegamos los tantos que la reina de España pidió porque aquí no había quién trabajara. No recuerdo que en el viaje haya muerto alguno"*, le dijo con naturalidad, como si siempre lo hubiese conocido.

Desde muy pequeño, Rafael había escuchado hablar del complicado africano en condición de esclavo, famoso por la facilidad con que cambiaba de nombre. Por enfermizo y algunos defectos no demostrados, Herrera lo vendió muy barato, no rendía en el trabajo, siempre andaba débil y por más que el mayoral lo castigaba, menos hacía. Como en otro mundo vivía Matungo. No servía para el trapiche, le daba tos, el calor de las calderas lo asfixiaba, mucho menos valía para trabajar en el campo, la picazón de la caña le hacía ronchas, sangraba de tanto rascarse, y para peor condición, andaba siempre con las manos y los pies agrietados.

Lo que no sabía casi nadie era que Guacamaya vivió de cimarrón por las lomas del Guayabo. Había pasado mucho tiempo cuando los perros pudieron atraparlo sin mucho batallar, tenía el cólera. Una negra bruja en la enfermería próxima al barracón lo enderezó un poco con yerbas del monte. El amo se tomó interés en venderlo, no asentaba cabeza, tenía demasiadas máculas. Para colmo de males, los mareos precedían a la fiebre alta, era el momento en que hablaba de África y del viaje que iba a dar para no regresar más al maldito infierno en que había caído, haría cuanto pudiera en su interés de lograr su deseo.

Según decían, Gener, Matungo, Guacamaya, como quiera llamársele, fue quien enseñó a Gregorio a hablar el poco español que aprendió; aunque, a decir verdad nunca le interesó hablarlo, después de muerto Gregorio siempre hablaba en kikongo.

Los dos africanos fueron bien llevados, cada domingo Matungo acompañaba a Gregorio, vestían de blanco limpio, daban su recorrido habitual por el monte, recogían hojas secas muy bien seleccionadas, las suficientes para hacer arder la llama cuyo significado era fuerza, purificación. Una vez comenzaba a elevarse el fuego sagrado, entonaban plegarias y cantos hasta tanto se mantuviera avivado. Esclavos de otros dueños, llagaban desde muy lejos para compartir sus creencias, fantasías e historias. Ya atardecía cuando todavía se les veía debajo de la ceiba. Una vez al año, antes de terminar La semana santa iban a la puerta de La Guacamaya para recoger un puñado de tierra y llevarla con ellos, la depositaban en el tronco de la ceiba para avivar los espíritus. Según decían, era también una forma de ver a los suyos, a quienes quedaron Allá y los reclamaban porque nunca supieron si las fieras los liquidaron en la selva o estaban vivos.

Hay cosas que son del carajo ¡qué mierda es la vida! ¡hasta dónde puede llegar el egoísmo del ser humano! Ni doña Micaela, a quien tenían por mujer sensible, se daba cuenta o no le interesaba el sufrimiento de aquellos tristes.

Según quedaban rumores, Micaela le dio la libertad al esclavo por inservible, incapaz, culpable de todo lo malo sucedido. Un buen día, Matungo Gener desapareció. No le hicieron caso a la doña miedosa por su pérdida, apenas lo buscaron, no lo querían, ni las tiñosas, que pocas veces fallan, dieron con su rastro. Nada se supo, el inservible se había acogido a la Real Orden dictada por la reina Isabel que autorizaba el traslado de todos los negros esclavos y mulatos libres de Cuba que estuvieran dispuestos a ser trasladados a la Guinea española.

Nadie quería irse, quizás otra vez sintieron miedo, conscientes de la posibilidad de algo más malo que lo malo. Se llevaron obligados 259 porque Matungo Gener, con su nombre cambiado, se fue de buen gusto, en secreto de su ama y sus conocidos, de muy buena voluntad completó los 260 que llegaron a Bioko, una parte del reino de Oyo, allí donde siempre quiso estar, la cruz en el pecho era la huella visible que aún lo marcaba.

Mientras Rafael y Munga se dirigían a Puerto Viejo, el exesclavo habló de sus peores tiempos en Cuba, su llegada al río San Juan, que según él, se encuentra en lo último de la isla, allí vivió en uno de los barrancos deslizados hasta lo profundo. En Cuba no vio ningún río parecido a los de África, únicamente cuando llovía fuerte corría el agua con gusto. Le habló también de sus lágrimas por tanto abuso, el sudor en la construcción del caserío de Herrera, de cómo trabajó en la línea del tren para el tiro de la caña hasta el ingenio.

"Nadie imagina el sufrimiento y la infelicidad que nos cargaron a los negros con sacarnos de nuestras naciones

con el motivo de enriquecerse, pero los dioses negros son más fuertes y muchos, más que los de ellos, tarde o temprano, una a una se las van a cobrar todas. Solo falta darle tiempo al tiempo, las pagarán todas juntas".

Al escuchar aquellas palabras, Rafael sintió deseos de envolver a Matungo en un abrazo, retribuirle la impagable deuda, aunque no fuera cómplice. No albergaba sentimientos de venganza para quienes tanto daño hicieron, eran de justicia.

Extrañamente, no encontró ningún rastro de Gregorio. Acaso Allá tuviera otro nombre, pertenecía a lo que no se ponía a la vista. No obstante, todo estaba dicho, su implacable fuerza y poderío trascendían. Podía hablar cualquier lengua, tomar el nombre que quisiera: Francisco, José, Juanillo de la Luz, Tomasito… En la piedra gris y el tabaco torcido, en la calabaza redonda, en el llamado del fotuto, la tira roja, el one cent americano, la gallina prieta, lo negro, lo verde, lo amarillo, lo punzó. En el monte, en la flor de la campana, en África, en toda Juana, Gregorio está.

Llena de espíritus que dejaron sus esperanzas, huesos y descendientes en otras tierras, vive África, en Cuba quedaron también en sus credos y su cultura para enriquecerla y darle un lustre distintivo.

.

En el pico de la Esperanza

Daré un salto a La Esperanza. Encontré ocasión para todo, mas ese es el deseo callado, la cuenta por saldar, la promesa por cumplir, el viaje imprescindible que siempre dilaté. El caso es que fui creciendo, después achicándome, y no hay forma de que pasado el tiempo pueda dejar de ser yo, y no uno, varios intentando aplastar al otro, vencerlo; el primero en aparecer tiene una fuerza increíble, es mi opción preferida, nació Allá, por eso voy. Mi hijo irá conmigo, a regañadientes y con desgano, pero me acompañará.

Están muy claros en mi memoria los enredos y chismes aparecidos desde el momento en que salí a la luz, las inmediatas complicaciones e infortunios. Sin embargo, todo es poco comparado con mi gran pretensión, ir al lugar donde nací y crecí, he ahí el dilema: lo vivido y los recuerdos, los que valen son ellos, los recuerdos. Siento miedo y pena de maltratarlos, no ser capaz de reconstruirlos, que se tuerzan porque se me haya hecho demasiado tarde.

Quizás no pueda llamar a mis primeros años mi tiempo dorado, pero no dejará de ser lo más fuerte que se ató a mí en el camino al futuro que no existe, o si existe nunca lo veo, siempre es hoy y no mañana. Aquellos primeros años, desde que germiné, o casi a empujones mi abuela me hizo germinar, los recuerdo como si hubiesen sido los mejores. Y en realidad lo fueron, veía y decía mi verdad. Cada día los adultos necesitamos que nos expliquen más detalladamente las cosas, y casi siempre las malinterpretamos, las enroscamos, las falseamos.

Amanecemos con la mentira a flor de labios: con la palabra, la risa, el llanto, el sexo, con la fe… mentimos.

La llegada al aeropuerto José Martí —pensar en eso me pone los pelos de punta y la carne de gallina. Aquel día cuando me transformaron en otro yo, me estremece todavía, fue el preámbulo de la infelicidad, ahora llego a la conclusión de que esa maldita llegada es la principal responsable de tanta ausencia. Iré pronto, muy pronto.

¿Quiénes me estarán esperando? ¿Dónde me alojaré? No puedo imaginar ese momento. No faltarán quienes me reciban con los apodos que tan horribles me parecen, empezarán a recordarme las trastadas que yo hacía, u otro de mis hermanos, de mis primos, me las cargarán como una forma de congraciarse, o para reafirmar que no me han olvidado. Debo reaccionar civilizadamente en los más disímiles episodios.

No me tomará por sorpresa, antes de saludarme, como les es costumbre, me van a reprochar la tardanza, me dirán que me tomé "la Coca Cola del olvido". Pocas veces comprenden al amigo, al hermano que se fue a lo desconocido. Ellos en el nido, sin emplumar, pero en lo verdaderamente suyo. Además, las razones de las largas ausencias son disímiles, y por desgracia, muchos aparatosos a toda costa insisten en mostrar la apariencia de la abundancia deseada; aunque vayan debiéndole a las once mil vírgenes y a cada santo un peso, ni un dólar para la madre que los parió. ¡Ah!, si les falta dinero para alquilar un "turitaxi", no van, su ego debe asomar bien alto a la vista de todos. Y qué decir de las luminosas cadenas colgadas al cuello con exagerado grosor, aparentemente de oro. Ese maldito afán por ocultar las carencias de afuera no deja tiempo para pensar en las de adentro, las más importantes. Los humanos estamos convirtiéndonos no más que en pavos reales.

Lo más difícil, me llega hasta los huesos, me consume hasta dejarme el corazón como higo seco y me empuja hacia Allá, es la nostalgia por los que no están, por quienes se vieron en la triste necesidad de abandonar este mundo, la nostalgia por su ausencia me pone a sufrir. He decidido no preguntar por nadie, ellos, los presentes, me van a decir quién falta, me darán razones de las ausencias. ¿Habrá sobrevivido el ítamo real al que Ella echaba agua porque con la resina de sus florecitas rojas curaba nuestros ojos? ¿Encontraré él lirio amarillo y las gardenias olorosas que prefirió? ¡Y los zunzunes! la parejita de siempre no había día que faltase, juntos se alimentaban, hacían su nidal en el jardín.

Las flores y los pajarillos me causan pena, pero ¿dónde están Ellos? Los más jóvenes estarán dispuestos a acompañarme a su encuentro, no deben saber... pudiera ser grave; me repondré, de situaciones sumamente difíciles he sabido salir. Quizás los encuentre donde más les gustaba estar o donde por necesidad permanecían más tiempo. Estoy seguro de su presencia, me parece verlos, toda la humildad del mundo es poca para definirlos. Hablaré con cada uno de ellos o haré silencio, no sé. Me detendré ante su sudor, el sudor que dejaron en La Esperanza no se escapará, su sudor seco estará dándole fuerzas a la tierra.

Puestos mis pies en La Esperanza tampoco debo olvidar dónde encontrar mi taburete, el que forramos con el cuero de Rompetambor, le voy a tirar una foto para guardarla como recuerdo. Ojalá no me encuentre con León, no se me olvida cuando sin la aprobación de Tata, concertó una pelea con otro chamaco mayor que él; sin conocerse y mucho menos desearlo, los puso a pelear, se comieron a golpes en el patio de su casa. Las mujeres y los niños desesperados gritaban cuando les vieron casi muertos por tanto golpearse, sin motivo alguno estaban sangrando a chorros, no quiero ver a León.

Haremos una comida grande con condimentos aromáticos, acabados de desprender del huerto como si fuera un veinticuatro de diciembre, a la usanza de antes; será al aire libre, debajo de la mata de tamarindo, cerquita del pozo donde los pájaros y todo tipo de animales se encarguen de poner la música, aunque no sería mala la idea de invitar a Pichy y su conjunto Los Paraítos. A él debo llevarle cuerdas, su guitarra solo tiene tres cuerdas, por eso le dicen «el tres de Pichy». Allá comentan que Pichy es un talento, sacó las hebras de una goma vieja de una moto marca Kárpaty para hacer las cuerdas de su guitarra, fenomenal es Pichy, me encanta la idea de que Los Paraítos vayan a sonar el día del almuerzo.

Serán unas vacaciones divertidas, bien complicadas como no pueda imaginárselas genio alguno. Necesito aparentar serenidad, aunque a la viva, alerta siempre para no cometer indiscreciones ni verme en apuros.

No se lo voy a mencionar a nadie, pero coño, si me encuentro una hembra medio tiempo, y que esté "buena", sin pensarlo dos veces inventaré la forma de tirarle el lazo, caerá solita, no hay gallina jíbara cuando se tiene maíz en el bolsillo.

¿Cuáles son las cuestiones que no debo mencionar para que las cosas fluyan sin contratiempos? no debo contar de la misa la mitad. Referiré poco sobre la realidad vivida y cómo la he vivido. Si hablo de los momentos difíciles, sin tener apenas a quién acudir, no me creerán, me responderán que les vaya a otros con ese cuento, que estoy en el paraíso terrenal, en lo mejor de este mundo. Ojalá la Prieta se reserve mis aprietos si por pura suerte no se fue de lenguas desde que lo supo. Por sobradas razones, tampoco debo excederme contándoles acerca de los buenos tiempos traídos por el aire de la bonanza, es muy probable no les parezca bien, sientan alguna dosis de envidia. Así pues, no me explayaré. No sé si pueda aguantarme, no por vanidoso, sino como una forma de que se vean representados en mí. Ya veremos; cuando me toquen con unos tragos de la Guarfarina preparada por ellos, posiblemente ni Cantaclaro pueda detenerme.

Por ningún motivo debo expresarles mis consideraciones acerca de algunas cuestiones, las complicaciones siempre están al acecho, y sabrá Dios a cómo tocamos. Pensándolo bien, hablaré de cosas triviales, quienes nunca han salido del lugar donde nacieron les gusta que les cuenten, desean saber, unos aprenden algo nuevo y otros se divierten. Les diré de mis viajes a las mejores playas del mundo, del nudismo en ellas, de los famosos hoteles de Arabia Saudita, de Qatar. Y lo más simpático, la gozadera con la mulatona con quien me fui de vacaciones para Acapulco y regresé cargado de grandes sombreros y hablando igualito a los mexicanos, pero nada de negocios, de cursos de pintura, de baile, de idiomas… Nada del fisco que desembolso todos los años, ni del problema en que me vi involucrado por no pagarlo a tiempo, tampoco de la casa y el yate. Y lo del carro —el carro que todos los años cambio— no les puedo hacer eso.

De seguro también desean saber de los cruceros en Miami y otros lugares que no son Miami, porque enterados estarán de cómo a tal punto llegan las cosas relacionadas con ese asunto, que muchos no incluyen dentro del grupo de las personas a quienes no hayan vacacionado por el Mare Nostrum, aunque sea una vez. Yo tendré que hacerme el de la vista gorda, restarle importancia al tema. Callaré el hecho: desde uno de ellos, vi el Pan de Matanzas, e igual que José María Heredia, el poeta romántico cubano, quien estando en el exilio y rumbo a México, al divisar dónde estaban su madre y sus hermanas, se desbordó en lágrimas, yo también tuve que apretarme el c… ¡Es del caray estar tan cerca y no poder apearte!

No abriré la boca, no haré alusión a que por exposiciones, problemas de trabajo, o por la realísima gana, he andado y desandado las cuatro esquinas del mundo. A decir verdad, no me he llegado a la Macedonia de Aristóteles y Alejandro Magno. África me apasiona, si viene de cabo a paleta, les hablaré de mi preferencia por la cabeza de búfalo que cacé en Tanzania y preside la sala de mi casa. También les diré cómo resultó posible que de la primera bala el animal cayó desplomado, de igual forma me ocurrió con la primera que disparé en mi vida cuando maté el pájaro carpintero. Esta vez también quedé muy angustiado, decidí acercarme al búfalo, me miraba con gran tristeza en sus ojos ya nublados, sentí pena por él como me había sucedido con el pobre pajarito muerto en semejantes circunstancias a la orilla del río del Guayabo.

Llevaré algunos cuadros para regalar, pero no he de decir, porque no me creerán, cuántos he pintado, ni en las galerías que he expuesto, tampoco que colecciono sombreros y tengo una habitación dedicada a ellos. Los sombreros me dan cierta nostalgia, desde niño añoré tener uno que no fuera de yarey, uno bueno para las salidas importantes.

Soy aficionado a la fotografía, gran amigo de mi cámara, pero no llevaré fotos, si me ven montado en un elefante en Kenia, lo creerán un truco, eso sería lo último que me pueda suceder. La cámara sí, ella irá. Tiraré fotos, y depende cómo se anuncie el panorama, las guardaré o no. Me parece oírlos decir que estoy retratando a troche y moche, pero el paisaje que se observa desde el pico de La Esperanza lo captaré en todo su esplendor, debe quedar para siempre conmigo, no se me escapará. Además conforme como me lo ordenaron, respiraré tres veces lenta y profundamente.

Será razonable no hablar de política, callaré ante cualquier desafío polémico o sugestivo que alguien pretenda activar, cada cubano es un dirigente en potencia, y donde hay dos cubanos hay desacuerdo. El cubano sabe mejor que nadie la manera correcta de hacer las cosas, pero se le enredan los papeles y actúa según su parecer, como le venga en gana, y no hay dios que valga, aunque el camino escogido sea el peor, el de nunca llegar. Además, muchos están locos por venir para acá, el cinto ya le llegó al último juro: ni llanto ni pataletas me conmoverán, no voy a traer a nadie, "ojo que no ve, corazón que no siente".

Algunos como Cubano y su padre Manuel, que en paz descansen los dos, y que no se me olvide llevarles flores al cementerio, excepcionalmente estarán satisfechos con la vida que les ha tocado, quizás inquietos mirándome al bolsillo en espera de algo, filigranas harán.

Visto y comprobado, los cubanos somos expertos en todo, si se trata del béisbol, ahí llegó y paró, entre ellos me incluyo. De eso sí voy dispuesto a discutir de tú a tú hasta por los codos: de los disgustos que cojo por la mierda que hacen los directores, peloteros, y todos juntos. Tengo mis

316

razones para los por qué y los por cuantos; ¡ñoo! nada más de pensarlo me encabrono, se me enciende la cabeza. Allí, debajo de cualquier mata de yuca sale un pelotero, y ahora resulta que un equipito mequetrefe de cualquier isla sin nombre les gana para, sin otra alternativa, virar como el perro con el rabo entre las patas. Sé que las discusiones serán largas, ese es un tema importante, gusta mucho. Pierdan o ganen los Pativerdes, siguen siendo mi equipo. De los otros deportes hay poco por decir, casi todos se han ido loma abajo, el boxeo saca la cara no sin grandes aprietos.

Me esforzaré, las pláticas resultarán lo más amenas posible, sería de muy mal gusto desagradar, maldito el pájaro que se caga en su nido. Y no es ningún descubrimiento, propiciar riendas sueltas es lo más saludable, cada cual debe expresarse como mejor le plazca, sin cortas ni largas, me evitaré enojos y malos ratos.

Pensándolo bien me voy a divertir mucho, sé que me voy a divertir. Aunque escrito está que no soy de los que tienen gran paciencia, si me joden un poco, los mando pa'l carajo por mucho que los quiera, aunque después me arrepienta.

Me urge ir lo antes posible, una pesadilla me acosa, no me deja vivir. ¿Qué llevar? ¿Quiénes serán realmente los más necesitados? Darles dinero debe ser lo mejor; ¡carajo!, pero en los aeropuertos te requisan, te comen vivo por una pata. Llegaré tan cargado cual los moros en mulas, vendedores ambulantes por los campos, y como apenas recuerdo el tamaño y figura de cada uno por todo el tiempo pasado sin verlos, entonces se alterará mi presión arterial mirando cómo quieren meter La Habana en Guanabacoa y no pueden. Los que vienen de Allá, conocedores del asunto, hablan de que las mujeres gustan de las blusas con lentejuelas y para hombres y mujeres, los pullovers y los jeans deben aparecer con abundantes adornos. Yo de árbitro entre unos y otros cuando se arme la repartición, sin poder hacer nada. Me parece estar viendo a Rafaelito mirando para los celajes, desesperado porque terminen esos momentos.

Pero ni pensarlo, «los bultos» no deben faltar. Me evaluarán por la cantidad de bultos, no se dan cuenta, con el dinero resuelven más. Aunque bien conocido es que pasar el dinero y el equipaje es tremendísima candela. Ni cuchillas de afeitar llevaré. ¡Y cómo añoran los hombres que les lleven fosforeras y cuchillas Gillette! Ni unas, ni otras. Nada que pueda complicarme. Las mujeres reclaman sazones Goya, mosquiteros y alguna bata de casa para en caso de urgencia tenerla a la mano. No olvidaré tampoco los anzuelos y las pitas de pescar para Tomás, quien me ha dicho que si no fuera por lo jíbaras que se comportan, las clarias[68] se pudieran coger con las manos en cualquier arroyo. Y si tío Florentino no estuviera afectado por la sordera, bien podía llevarle una campanita, entretendría su vejez haciéndola sonar. A tía Iluminada, escondido en un doble forro, debo llevarle el medicamento que me han pedido porque es bueno para tenerla sosegada.

Por las noticias que me llegan, las comunicaciones por vía telefónica han mejorado increíblemente, en casas donde apenas aparece un lugar para sentarse el teléfono

---

[68] Un género de peces gato (orden Siluriformes) de la familia de Clariidae (peces gato capaces de respirar fuera del agua). Fueron introducidas en Cuba como fuente de alimentación, pero se ha documentado que han invadido estanques de acuicultura para alimentarse de los peces en ellos criados.

está ahí, esperando una oportuna llamada, aunque sea para anunciar la llegada a la carnicería del pollo por pescado o la carne de dieta para los enfermos. Desde hace tiempo, cuando la Prieta fue a buscarme la piedra salvadora a La Esperanza y me contó de los trabajos pasados para encontrarla, advertí algo muy desagradable, allí el marabú se comió cuanta vegetación útil había, el alma se me nubla.

No voy a detallar los sitios que visitaré, por una u otra razón pueden variar, mi propósito será aprovechar el tiempo con toda la intensidad que me sea posible, pero le pondré ofrendas a la ceiba donde los esclavos hacían sus rituales y, todos por alguna razón le llevábamos aunque fuera un kilo prieto. También me será camino obligado pasar muy cerca del pedregalito mágico, el de la suerte, y de seguro la Prieta y yo, por más intentos no podremos disimular, nos retorceremos los ojos, nos apretaremos las quijadas, pero callaremos. A la iglesia de los americanos también llegaré, aunque extraño parezca allí aprendí a soñar.

Una vez pasadas tantas emociones, me daré un salto a La Habana, voy a recorrerla solo y a pie, quiero sentir su olor, su olor húmedo, distinto a las demás ciudades del mundo. La Habana atrae con la fuerza de un imán, quien la visita por primera vez no podrá desprenderse de su encanto. Celia Cruz lo dijo: "La Habana no tiene comparación". No iré en un carro alquilado, lo haré en un «almendrón»[69] donde según me cuentan se viaja apretujado hasta faltar la respiración, pero no quiero tener preocupaciones. Llegaré a ver a mi padrino, tengo que

---

[69]Forma popular y contemporánea cubana para referirse a los viejos autos norteamericanos utilizados como taxis particulares.

tirarle "una tierrita", a la hora de la verdad, cuando la cosa se puso fea, fue él quien me alumbró el camino, poco a poco fui saliendo a flote y ciertamente, cuando me dice algo, es un clavo; si voy por donde me advirtió que no lo hiciera, sabré a qué atenerme.

El viaje a Santiago de Cuba para cumplir la promesa en el santuario de la Virgen del Cobre, la que Juan Odio, Juan Indio y Juan Esclavo vieron aparecer sobre las olas, lo haré con Rafaelito porque es buen chofer y disfrute la posibilidad de conocer la Isla de cabo a punta. Me acompañarán otros familiares y amigos, dar el paseíto les agradará. Me llegaré también a El Rincón, donde está San Lázaro, el viejo de las muletas y los perros, pero eso lo haré un día cualquiera, bien temprano en la mañana, antes de que el sol encienda la carretera.

Hay miles que viven como Carmelina, ni se acuerdan de su nacimiento Allá, o al menos, lo disimulan bien. Y yo, con la maldita manía de no traicionar los recuerdos, no sé vivir sin ellos, sin recuerdos no sé vivir. En las noches es cuando más me llegan, pienso mucho en el viaje, en la llegada, en La Esperanza.

¡Al fin estoy en el aeropuerto de Miami! No hay que hacer preguntas, todos los «gusanos»[70] son negros y grandes, su contenido real siempre sobrepasado aproximadamente en 15 kilogramos, ¿puede alguien ante tanta negrura distinguir cuáles son los suyos? Para ningún otro lugar los aviones de pasajeros trasladan tal exageración de equipaje; es larguísima la cola, tengo que

---

[70]Denominación genérica utilizada en Cuba para referirse a los grandes bolsos de viajes muy largos que se emplean para trasladar a la Isla los obsequios que los viajeros traen a sus familiares.

arrastrar los paquetes hasta la zona de chequeo, contra chequeo y pesaje.

Rafaelito, tan «entusiasmado» con el viaje, olvidó los documentos. No tengo otra alternativa, como se dice en Cuba: "hay que resistir". Él, aunque al otro día vaya para China, duerme como perro capado, y después, que sea lo que sea. Yo no puedo. Ahora no tengo otra opción, encargarme de tan jodida tarea, mantenerme con el corazón en la boca esperando a que aparezca con su santa paciencia, y cuando mis nervios estén hechos trizas, llegará con cualquier pretexto.

Por los altavoces repiten hasta el cansancio la cantidad máxima de dólares con que se puede viajar para Allá por los problemas del embargo: una miseria, casi nada. ¡Tú verás que todavía el perro se mete en el tabaco![71]

¡Mira la hora que es y el muchacho no aparece! Dante viene a interrumpirme, a congraciarse, queriéndome refregar las vicisitudes enfrentadas en su viaje al Infierno. Es cierto que tuvo tropiezos, pero no se las vio tan feas, llevaba a Virgilio de guía, sin embargo, yo, pobre pecador, todo en la vida lo he tenido que hacer solo, y de a porque sí. Por eso voy, soy de Allí. Este viaje no me lo inventé, es mi deber; además, los míos lo reclaman.

Me parece estar viendo a mi hijo siempre detrás, seguramente retraído, no va a entender nada de lo que estará sucediendo. ¡Maldito el vistazo a mi cara cuando fui al baño! ¿quién me mandaría a levantar la cabeza mientras me lavaba las manos? El problema no debe ser del espejo, difícilmente sea de él, el problema es de mi cara, totalmente de ella. ¿Quién coño me va a reconocer como

---

[71]Expresión habitual en el campo cubano para indicar que algo se complica.

estoy ya? Porque, a decir verdad, no me parezco en nada al que salió de Allí.

Tengo que empujar estos bultos aunque sea con los pies. Ya casi me corresponde presentar los documentos y otra vez estoy reventado de los deseos de orinar. El sudor me corre frío, la cabeza se me parte en dos. ¡Lo sabía, carajo, qué jodienda con este muchacho! ¡Ya comenzaron a llamar! Y yo aquí, solo, empecinado en lo mismo. Por más intentos no dejo de pensar en que no soy el mismo yo, y para peor situación, la idea del maldito espejo me persigue.

Que el marabú acabó con todo cuanto había en La Esperanza no puede ser cierto. Veo los campos sembrados de maíz, de tabaco, de yuca, los huertos listos ya para la cosecha, y la yerba tejiendo una dilatada alfombra verde hasta bordear los trillos. Las arboledas preñadas de racimos, y las palmas, las palmas reales saludándome con el batir de sus pencas. Todos los chiquillos montados en zancos para verme desde que doble por la curva donde el arroyo se desprende por el potrero, allí se me debieron haber perdido las dos pesetas. Los animales, alborotados, pretenderán zafarse de sus sogas para echarse a correr cuando les chifle; convencido estoy que me van a reconocer por el chiflido, felices por mi llegada. No es la época en que florecen los lirios, pero el de la flor amarilla, el de siempre, en el llano de las vacas estará con sus pétalos abiertos esperando por mí. Y la casa, la casa en sus noches repleta de gente, con sus miedos y sus fantasías, aguardando la colada porque quieren tomarse el buchito de café caliente, y porque saben que a La Esperanza un misterio callado la envuelve. Todo será fiesta, alegría, desde el mismo momento de mi llegada.

¡Compadre, coño, le ronca el mango! me tenías desesperado. Yo no puedo con todo esto, y si tú no llegabas... solo no voy, sin ti, no voy. ¡No te das cuenta!, necesito tus ojos para pintar el canto de la guayaba, el olor del sinsonte y el relincho del viento en el pico de La Esperanza.

Miami, 2021

Datos del autor

Pastor Castillo Díaz (Pinar del Río, Cuba 1945) - Cursó hasta el cuarto grado de la Enseñanza Primaria. Tiene la necesidad de trabajar y se dedica al cultivo de tabaco en Pinar del Rio. Desde joven se incorpora al movimiento guerrillero en las lomas de Pinar del Río, sirviendo de mensajero en el Ejército Rebelde liderado por Fidel Castro. Siendo adolescente alcanza el 6to.grado y continua los estudios hasta graduarse de medico por la Universidad de La Habana. Ejerce su profesión en Cuba y en las Islas Seychelles. Llega a Estados Unidos como prisionero político. Reside en Estados Unidos.

Ver la obra de Pastor Castillo en pastorcastilloart.com.

www.ingramcontent.com/pod-product-compliance
Lightning Source LLC
Chambersburg PA
CBHW062036170626
46813CB00001B/353